失格 人间

杨伟　　　太宰治

译　　　著

作家出版社

目录

人间失格

序　言

我曾看过那男人的三张照片。

第一张，该说是他幼年时代的相片吧，想必是在十岁前后拍下的。只见这个男孩子被众多的女人簇拥着（估计是他的姐妹，抑或堂姐妹吧），他站在庭院的水池畔，身穿粗条纹的裙裤，将脑袋向左倾斜了近三十度，脸上挂着煞是丑陋的笑容。丑陋？！殊不知，即使感觉迟钝的人（即对美和丑漠不关心的人）摆出一副无趣的表情，随口恭维，一句"是个蛮可爱的男孩子呢"，听起来也不完全是空穴来风。的确，在那孩子的笑脸上，并不是就找不到人们常说的可爱的影子，但只要是接受过一丁点儿审美训练的人，也会在一瞥之间颇为不快地嘟哝道："哎呀，这孩子怪瘆人的！"甚至还会像掸落毛毛虫那样，把照片扔得远远的吧。

说真的，不知为什么，那孩子的笑脸越看越让人毛骨悚然。那原本就算不上一张笑脸。这男孩一点儿也没笑。其证据是，他攥紧了两只拳头站在那儿。人是不可能攥紧拳头微笑的，唯有猴子才会那样。那分明是猴子，是猴子的笑脸。说到底，只是往脸上挤满了丑陋的皱纹而已。照片上的他，一副奇妙的神情，显得猥琐，让人恶心，谁见了都忍不住想说"这是一个皱巴巴的小老头儿"。迄今为止，我还从没看到过哪个孩子的表情有如此诡异。

第二张照片上的他，脸部发生了惊人的巨变。那是一副学生的打扮。尽管很难断定是高中时代还是大学时代的照片，但已经出落为一个青年才俊。但同样让人觉得蹊跷的是，这张照片上的他竟没有半点那种活生生的人的感觉。他穿着学生服，从胸前的口袋处露出白色的手绢，交叉着双腿坐在藤椅上，并且脸上还挂着笑容。然而，这一次的笑容，不再是那种皱巴巴的猴子的笑，而是变成了颇为巧妙的微笑，但不知为何，总与人的笑容大相径庭，缺乏那种可以称之为"鲜血的凝重"或是"生命的涩滞"之类的充实感。那笑容不像鸟，而是像鸟的羽毛，轻飘飘的，恰似白纸一张。总之，感觉就是一种彻头彻尾的人工制品。说他"矫情"，说他"轻薄"，说他"女人气"，都嫌不够，而说他"喜好捯饬"，就更是隔靴搔痒了。仔细打量的话，还会从这个英俊学生身上感受到某种近似于灵异怪谈的阴森氛围。迄今为止，我还从没有看到过如此怪异的英俊青年。

第三张照片是最为古怪的，简直无法判定他的年龄。他头上已早生华发。那是在某个肮脏无比的房间一隅（照片上清晰可见，那房间的墙壁上有三处已经剥落），他把双手伸到小小的火盆上烤火，只是这一次他没有笑，脸上没有任何表情。他就那么坐着，把双手伸向火盆，俨然保持着这个姿势，仿佛已经自然地死去了一般。这分明是一张弥漫着不祥气氛的照片。但奇怪的还不止这一点，照片把他的脸拍得比较大，使我得以端详那张脸的结构。不光额头，还有额头上的皱纹，以及眉毛、眼睛、鼻子、嘴巴和下巴，全都平庸无奇。哎呀，这张脸岂止是毫无表情，甚至不能给人留下任何印象。它缺乏特征，比如说，一旦我看过照片后闭上双眼，那张脸便顷刻间被我忘在了九霄云外。尽管我能回忆起那房间的墙壁以及小小的火盆等等，可对于那房间中主人公的印象，却一下子烟消云散，怎么也想不起来了。那是一张构不成画面的脸，甚至连漫画也画不成。睁开眼睛看过后，我甚至没有"哦，原来是这样一张脸哪。想起来了"这样的愉悦感。说得极端点，即使我睁开眼再次端详那张照片，也同样无法回忆起那张脸来，而只会变得越发抑郁焦躁，最后索性挪开视线了事。

即使是所谓的死相，也应该再多一些表情或是印象吧？或许把马首硬安在人的身体上，就是这种感觉吧。总之，那照片无缘无故地让看的人毛骨悚然，心生厌恶。迄今为止，我还从没见过像他这样诡异的脸。

手记之一

我过的是一种充满耻辱的生活。

对于我来说，所谓人的生活是难以捉摸的。因为我出生在东北乡下，所以初次见到火车，还是在长大以后。我在火车站的天桥上爬上爬下，完全没有察觉到，天桥的架设乃是便于人们跨越铁轨，满以为其复杂的结构仅仅是为了把车站建得像外国的游乐场那样又过瘾又时髦。很长一段时间，我都一直这么想。沿着天桥上上下下，这在我看来，毋宁说是一种超凡脱俗的俏皮游戏，甚至我认为，它是铁路的种种服务中最善解人意的一种。尔后，当我发现它不过是为了方便乘客跨越铁轨而架设的实用性阶梯时，顿时感到大为扫兴。

另外，在孩提时代，我从小人书上看到地铁时，也以为它的设计并非出于实用性的需要，而是缘于另一个好玩的目的：即比起乘坐地面上的车辆，倒是乘坐地下的车辆更显得别出心裁，趣味横生。

从幼年时代起，我就体弱多病，常常卧床不起。我总是一边躺着，一边思忖：这些床单、枕套、被套，全都是无聊的装饰品。直到自己二十岁左右时才恍然大悟，原来它们都不过是一些实用品罢了。于是，我对人类的节俭不禁感到黯然神伤。

还有，我也从不知道饥肠辘辘是何等滋味。这倒不是故意炫耀自己生长在不愁吃穿的富贵人家。我还不至于那么愚蠢，只是真的对饥肠辘辘的感觉一无所知。或许这样说有点蹊跷吧，但即便我两腹空空，也真的不会有所察觉。在我上小学和中学时，一旦放学回到家里，周围的人就会七嘴八舌地问："哎呀，肚子也该饿了吧，咱们也有过类似的体验呢。放学回家时的那种饥饿感，可真要人的命啦。吃点甜纳豆怎么样？家里还有蛋糕和面包哟。"而我则发挥自己与生俱来的喜欢讨好人的禀性，一边嗫嚅着"我饿了我饿了"，一边把十粒甜纳豆一股脑儿塞进嘴巴里。可实际上，我对饥饿感是何等滋味浑然不知。

当然，我也很能吃，但我不记得有哪次是因为饥饿而吃的。我爱吃的，是那些看来很少见的珍馐，或是貌似奢华的食物。还有去别人家时，对于主人端上来的食物，就算不喜欢我也要咽下肚去。在孩提时代的我看来，最痛苦难挨的莫过于在自己家用餐的时候。

在我乡下的家里，全家就餐时，十来个人排成两列，相对而坐。作为最小的孩子，我当然是坐在最靠边的席位上。用餐的房间有些昏暗，午餐时一家十几个人全都一声不响地嚼着饭粒，那情景总是让我不寒而栗。再加上我家是一个古板的旧式乡下家族，每顿端上饭桌的菜肴几乎一成不变，别奢望会出现什么稀奇的山珍，抑或奢华的海味，以致我对用餐的时刻充满了恐惧。我坐在那幽暗房间的末席上，因寒冷而浑身颤抖。我把饭菜一点一点地勉强塞进嘴巴，不住地忖度着："人为什么要一日三餐呢？大家都板着面孔吃饭，就俨然成了一种仪式。全家老小，一日三餐，在规定的时间内聚集到阴暗的屋子里，井然有序地摆好饭菜，即便没有食欲，也得低着头，一声不吭地嚼着饭粒。这或许是为了向蛰居于家中的神灵们进行祈祷的一种仪式吧。"

"人不吃饭就会饿死"，这句话在我听来，无异于一种讨厌的恐吓，但这种迷信（即使到今天，我依旧觉得这是一种迷信）却总是带给我不安与恐惧。"人因为不吃饭就会饿死，所以才不得不干活，不得不吃饭。"在我看来，没有比这句话更晦涩难懂，更带有威吓性的言辞了。

总之，我对人类的营生仍旧迷惑不解。自己的幸福观与世上所有人的幸福观格格不入，这使我深感不安，并因为这种不安而每夜辗转难眠，呻吟不止，乃至精神发狂。我究竟是不是幸福呢？说实话，尽管打幼小时起，我就常常被人们称为幸福之人，可我却总觉得自己身陷于地狱之中。反倒认为，那些说我幸福的人远比我快乐，让我望尘莫及。

我甚至认为，自己背负着十大灾难，即使将其中的任何一个交给别人来承受，也会将他置于死地。

总之，弄不明白。别人苦恼的性质和程度，都是我琢磨不透的谜。现实生活中的苦恼，仅凭吃饭就能一笔勾销的苦恼，或许才是最强烈的痛苦，是惨烈得足以使我所列举的十大灾难显得无足轻重的阿鼻地狱吧。但对此我却一无所知。尽管这样，他们却能够不思自杀，免于疯狂，纵谈政治也毫不绝望，不屈不挠，继续与生活搏斗，几时痛苦过呢？他们让自己成为彻底的利己主义者，并视其为理所当然，又几时怀疑过自己呢？倘若如此，不是很轻松惬意吗？然而，所谓的人不是全都如此，并引以满足的吗？我确实弄不明白……或许夜里酣然入睡，早晨就会神清气爽吧？他们在夜里都梦见了什么呢？他们一边款款而行，一边思考着什么呢？是金钱吗？绝不可能仅仅如此吧？尽管我曾听说过"人是为了吃饭而活着的"，但却从不曾听说过"人是为了金钱而活着的"。不，或许……不，就连这一点我也没法开窍。……越想越困惑，最终的下场就是被"唯有自己一个人与众不同"的不安和恐惧牢牢地攫住。我与别人几乎无从交谈。该说些什么，该怎么说，我都摸不着头脑。

于是，我想到了一个招数，那就是搞笑。

这是我对人类最后的求爱。尽管我对人类满腹恐惧，但却怎么也没法对人类死心。并且我依靠搞笑这一根细线，保持住了与人类的一丝联系。表面上我不断地强装出笑脸，可在内心却是对人类拼死拼活地服务，命悬一线地服务，汗流浃背地服务。

从孩提时代起，就连家里人，我也猜不透他们活着有多么痛苦，又在想些什么。我只是心怀恐惧，对那种尴尬的氛围不堪忍受，以至于成了搞笑的高手。就是说，我在不知不觉之间变成了一个不说真话来讨好卖乖的孩子。

只要看看当时我与家人们拍下的合影，就会发现：其他人都是一本正经的表情，唯独我总是很奇怪地在歪着头发笑。事实上，这也是我幼稚而可悲的搞笑方式。

而且无论家里人对我说什么，我都从不顶嘴。他们寥寥数语的责备，在我看来就如同晴天霹雳一般，使我几近疯狂，哪里还谈得上以理相争呢？我甚至认为，那些责备之辞乃是万世不变的人间真谛，只是自己无力去实践那种真谛，所以才无法与人们共同相处。正因为如此，我自己既不能抗争，也不能辩解。一旦别人说我坏话，我就觉得他们说得有理，是自己误解了别人的意思，所以只能默默地承受那种攻击，可内心却感到一种近于狂乱的恐惧。

　　不管是谁，遭到别人的谴责或怒斥，内心都会感到不爽。但我却从人们动怒的面孔中发现了比狮子、鳄鱼、巨龙更可怕的动物本性。平常他们总是隐藏起这种本性，可一旦遇到某个时机，他们就会像那些温驯地躺在草地上歇息的牛，蓦然甩动尾巴抽死肚皮上的牛虻一般，在勃然大怒中暴露出人的这种本性。见此情景，我总是不由得毛骨悚然。可一旦想到这种本性也是人类赖以生存的资格之一，便对自身感到一阵绝望。

　　我一直对人类畏惧不已，并因这种畏惧而战栗。对自己作为人类一员的言行也毫无自信，只好将独自的懊恼深藏进胸中的小匣子里，将精神上的忧郁和过敏封存起来，伪装成天真无邪的乐天外表，把自己一步步地彻底打磨成搞笑的畸人。

　　无论如何都行，只要能让他们发笑。这样一来，即使我处在人们所谓的"生活"之外，也不会引起他们的注意吧。总而言之，不能有碍他们的视线。我是"无"，是"风"，是"空"。诸如此类的想法愈演愈烈，我只能用搞笑来逗家人们开心，甚至在比家人更费解更可怕的男佣和女佣面前，也拼命地提供搞笑服务。

　　夏天，我居然在浴衣里套上一件鲜红的毛衣，沿着走廊走来走去，惹得家里人捧腹大笑，甚至连不苟言笑的长兄也忍俊不禁："喂，阿叶，那种穿着不合时宜哟！"

他的语气里充满了无限的爱怜。是啊，无论怎么说，我都不是那种不知冷热，以至于会在大热天里裹着毛衣四处乱窜的怪人。其实，我是把姐姐的绑腿缠在两只手臂上，让它们从浴衣的袖口中露出一截，以便在旁人看来，我身上像是穿了一件毛衣。

我父亲在东京有不少的公务，所以他在上野的樱木町购置了一栋别墅，一个月中的大部分时间都在那里度过。回到家时，总是给家里人，甚至包括亲戚老表们，都带回很多礼物。这俨然是父亲的一大嗜好。某一次，在上京前夕，父亲把孩子们召集到客厅里，笑着一一问每个小孩，下次他回来时，带什么礼物好，并把孩子们的答复一一写在了记事本上。父亲对孩子们如此和蔼可亲，还是很罕有的事情。

"叶藏呢？"

被父亲一问，我顿时语塞了。

一旦别人问起自己想要什么，那一刹那反倒什么都不想要了。这时，一个念头陡然掠过我的脑海：怎么样都行，反正这世上不可能有什么让我快乐的东西。同时，只要是别人赠予我的东西，无论它多么不合我的口味，也是不能拒绝的。对讨厌的事不能说讨厌，而对喜欢的事呢，也是一样，如同战战兢兢地行窃一般，我只是咀嚼到一种苦涩的滋味，因难以名状的恐惧感而痛苦挣扎。总之，我甚至缺乏力量在喜欢与厌恶之间择取其一。在我看来，多年以后，正是这种性格作为一个重要的因素，导致了我所谓的那种"充满耻辱的人生"。

见我一声不吭、扭扭捏捏的，父亲的脸上泛起了不悦的神色，说："还是要书吗？……浅草的商店街里，有人卖那种过年跳狮子舞用的面具呢。论大小嘛，正适合小孩子戴在头上。你不想要吗？"

一旦别人问我"你不想要吗"，我就只好举手认输了，再也不可能用搞笑的方式来回答了。作为搞笑的滑稽演员，我已经不够资格。

"还是书好吧。"长兄一副认真的表情。

"是吗？"父亲一脸扫兴的表情，甚至没有记下来就啪的一声合上了记事本。

这是多么惨痛的失败呀！我居然惹恼了父亲。父亲的报复必定是很可怕的。如果不趁现在想想办法，可就不可挽回了。那天夜里，我躺在被窝里打着冷战思忖着，然后蹑手蹑脚地站起身走向客厅。我来到父亲刚才放记事本的桌子旁边，打开抽屉取出记事本，哗啦哗啦地翻开，找到记录着礼物的那一页，用铅笔写下"狮子舞"后，又折回去躺下睡了。对于那跳狮子舞用的面具，我提不起半点兴趣，不如说还宁愿要书。但我察觉到，父亲有意送给我那种狮子舞面具，为了迎合父亲的意思，讨他高兴，我才胆敢深夜冒险，悄悄溜进了客厅。

果然，我这非同寻常的一招取得了预料中的巨大成功，得到了回报。不久，父亲从东京回来了。我在小孩的房间里听到父亲大声地对母亲说："在商店街的玩具铺里，我打开记事本一看，咦，上面竟然写着'狮子舞'。那可不是我的字迹哪。那又是谁写的呢？我想来想去，总算是猜了出来。原来是叶藏那孩子的恶作剧哩。这小子啊，先前我问他时，他只是一个劲儿地咪咪笑着，默不作声，可事后却又想要得不得了。真是个奇怪的孩子呢！他装作什么都不知道，却自个儿一板一眼地写了上去。既然真的那么想要，直接告诉我不就得了吗？所以呀，我在玩具铺里忍不住笑了。快去把叶藏给我叫来吧。"

还有，我把男女用人们召集到西式房间里，让其中的一个男佣胡乱地敲打着钢琴琴键（虽说是偏僻的乡下，可这个家里却几乎应有尽有）。我随着那乱七八糟的曲调，跳起了印第安舞蹈，逗得众人捧腹大笑。二哥则点上镁光灯，拍下了我的印第安舞蹈。等照片冲洗出来一看，从腰布的合缝处（那腰布不过是一块印花布的包袱皮罢了），竟露出了我的小雀雀。这顿时又引来了满堂的哄笑。或许这也可以称之为意外的成功吧。

每个月我都会订购不下十种新出的少年杂志，此外，还从东京邮购各种书籍，默默地阅读。所以，对"奇问奇答博士"啊，还有"什么东东博士"①啊，我都如数家珍。并且对鬼怪故事、评书相声、江户趣谈之类的东西，也门门精通。因此，我常常一本正经地说些笑话，令家人哈哈大笑。

然而，说到学校呢？呜呼！我不禁一声长叹！

在学校里，我也开始受到了众人的尊敬。"受人尊敬"，这概念本身就令我畏惧不已。我对"受人尊敬"这一状态进行了如下定义：近于完美地蒙骗别人，然后又被某一个全智全能之人识破真相，最终原形毕露，被迫当众出丑，以致生不如死。即使通过欺骗赢得了众人的尊敬，也肯定有人会看穿那种伎俩。不久，当人们从那个人口中了解到真相，发觉自己上当受骗之后，那种愤怒和报复将是怎样一种情形呢？即使稍加想象，也不由得毛发竖立。

我在学校里受到众人的拥戴，与其说是因为出身于富贵人家，不如说是得益于那种俗话所说的聪明。我自幼体弱多病，常常休学

---

① "奇问奇答博士"和"什么东东博士"均为日本杂志《少年俱乐部》（已停刊）连载的《滑稽大学》中的人物。

一两个月，甚至曾经卧床休息过一学年。尽管如此，我还是拖着大病初愈的身子，搭乘人力车来到学校，接受了学年末的考试，殊不知比班上所有人都考得出色。即使在身体健康时，我也毫不用功，即便去上学，也只是在课堂上一直画漫画，等到下课休息时，就把它们拿出来给班上的同学看，讲给他们听，逗得他们哄堂大笑。而上作文课时，我尽写一些滑稽的故事，即使被老师警告，也照写不误。因为我知道，其实老师正悄悄以阅读我的滑稽故事为乐呢。有一天，我按照惯例，用特别凄凉的笔调描写了自己某次丢人现眼的经历。那是在我跟随母亲去东京的途中，我把火车车厢通道上的痰盂当成尿壶，把尿撒在了里面（事实上，在去东京时，我并非不知道那是痰盂才出的丑，而是为了炫耀小孩子的天真无知，故意那么干的）。我深信，这样的写法肯定能逗得老师发笑，所以就轻手轻脚地跟踪在走向教员休息室的老师背后。只见老师一出教室，就随即从班上同学的作文中挑选出我的来，一边走过走廊，一边读了起来。他咪咪地偷笑着，不久便走进了教员休息室。或许是已经读完了吧，只见他满脸通红，大声笑着，还立刻拿给其他老师看。见此情景，我不由得心满意足。

淘气鬼的恶作剧。

我成功地让别人把这视为淘气鬼的恶作剧。我成功地从受人尊敬的恐惧中逃离了出来。成绩单上所有的学科都是十分，唯有品行这一项，要么是七分，要么是六分，而这也成了家里人的笑料之一。

事实上，我的本性与那种淘气鬼的恶作剧是恰恰相反的。那时，我已在男女用人的教唆下做出了可悲的丑事，并遭到了他们的侵犯。如今我认为，对年幼者干出那种事情，无疑是人类所能犯下的罪孽中最丑恶最卑劣的行径。但我还是忍受了这一切，甚至觉得自己仿佛就此洞悉了人类的另一种特质。我只能软弱地苦笑。如果我有说真话的习惯，或许我就能毫不胆怯地向父母控告他们的罪行吧，可是，我却连自己的父母都不能完全了解。我一点也不指望那种诉诸于人的方法。无论是诉诸于父亲还是母亲，也不管是诉诸于警察，抑或是政府，最终难道不是照样被那些深谙世故之人的冠冕之辞所打败吗？

不公平是必然存在的，这是明摆着的事实。说到底，诉诸于人就是枉费心机。我只能对真相一言不发，默默忍受，继续搞笑。

或许有人会嘲笑道："什么呀，你这不是对人类的不信任吗？嘿，你几时成了基督教徒？"事实上，在我看来，对人类的不信任并不一定就会直接通向宗教之路。包括那些嘲笑我的人在内，难道人们不都是在相互怀疑之中，将耶和华和别的一切抛在脑后，若无其事地活着的吗？记得是在自己幼小时发生的事。当时，父亲所属政党的一位名流到我们镇上来发表演说，于是男用人就带着我去剧场听讲。剧场里座无虚席，镇上所有与父亲关系亲近的人都悉数到场，使劲地鼓掌。演讲结束后，听众们三五成群地沿着雪夜的道路踏上了归途，信口开河地说着演讲会的种种不是，其中还掺杂着一个和父亲过从甚密的人的声音。那些所谓的"同志"用近乎愤怒的声调大肆评头论足，说什么我父亲的开场致辞拙劣无比，那位名人的演讲也让人云里雾里，不得要领等等。更可气的是，那帮人居然顺道拐入我家，走进客厅，脸上一副由衷的喜悦表情，对父亲说今晚的演讲会真是获得了巨大的成功。甚至当母亲向男佣们问起今晚的演讲会如何时，他们也大言不惭地回答说："真是太有趣了。"而正是这些男佣，刚才还在回家途中叹息着说道："没有比演讲会更无聊的了。"

而这仅仅是其中一个微不足道的事例。双方相互欺骗，却又颇为神奇地毫发不伤，相安无事，好像没有察觉到彼此在欺骗似的——这种显得干净利落而又纯洁开朗的不信任案例，在人类生活中可谓比比皆是。不过，我对相互欺骗这类事并没有太大的兴趣。就连我自己也是一样，从早到晚都是依靠搞笑来欺骗着人们。对修身教科书上所说的正义呀、道德呀之类的东西，我不可能抱有太大的兴趣。在我看来，倒是那些彼此欺骗，但却纯洁而开朗地活着，抑或是有信心如此活下去的人，才更令人费解。人们最终也没有教给我其中的妙谛。或许，如果明白了那些妙谛，我就不必再如此畏惧人类，不必拼命地讨好他们了吧。也更犯不着再与人们的生活相对立，去遭受每个夜晚的地狱所带来的痛楚了吧。总之，我没向任何人控诉那些男女用人所犯下的可憎罪孽，并不是出于我对人类的不信任，当然更不是缘于基督教的影响，而是因为人们对我这个名叫叶藏的人紧闭了信任的外壳。因为就连父母也不时向我展示出他们令人不解的部分。

　　然而，众多的女性却依靠本能，嗅出了我无法诉诸于任何人的那种孤独的气味，以至于多年以后，这成了我被女人们乘虚而入的种种诱因之一。

　　就是说，在女人眼里，我是个能够保守住恋爱秘密的男人。

手记之二

　　在海岸边被海水侵蚀而成的汀线附近，并排屹立着二十多棵伟岸粗大的山樱树。这些树皮呈黑色的山樱树，每到新学年伊始，便与看似黏稠的褐色嫩叶一起，在蓝色大海的背景映衬下，绽放出格外绚丽的花朵。不久，待到落英缤纷的时节，无数的花瓣便会纷纷落入大海，在海面上随波漂荡，然后又被浪涛冲回到海岸边。东北地区的某所中学，在这长着樱树的沙滩上就势建起了学校的校园。尽管我并没有好好用功备考，却也总算顺利考进了这所中学。无论是这所中学校帽上的徽章，还是校服上的纽扣，都印着盛开的樱花图案。

我家的一个远房亲戚就住在那所中学的附近。也正因为这个原因，父亲为我选择了那所面对大海和开满樱花的中学。我寄宿在那个亲戚家里，因为离学校很近，所以总是在听到学校敲响朝会的钟声之后，才飞快地奔向学校。我就是这样一个懒惰的中学生，但我却依靠自己惯用的搞笑本领，在同学中的人气日益攀升。

这是我生平第一次远赴他乡生活，但在我眼里，陌生的他乡比起自己出生的故乡，是一个更让我心旷神怡的环境。这也许是因为我当时已把搞笑的本领掌握得天衣无缝，在欺骗他人时显得更加得心应手的缘故。当然，做这样的解释又何尝不可，但更为致命的原因分明还在于另一点：面对亲人和陌生人，身在故乡和他乡，其间难免存在着演技上的难度差异。无论对哪位天才来说，包括圣子耶稣在内，不也同样会遇到这种难度上的差异吗？在演员看来，最难进行表演的场所莫过于故乡的剧场。如果是在五亲六戚聚集一堂的情况下，哪怕再高明的演员，恐怕也施展不出演技来吧。然而我却在那里一路表演过来，并取得了相当大的成功。所以像我这样的老油子，来到他乡进行表演，自然是万无一失的。

我对人的恐惧，与先前相比，倒是有过之而无不及。这种恐惧在我的内心深处剧烈地蠕动着，而我的演技却日渐长进。我常常在教室里逗得同班同学哄然大笑，连老师也不得不一边在嘴上感叹着"这个班要是没有大庭，该是一个多好的集体呀"，一边用手掩面而笑。甚至那些嗓音如雷贯耳的驻校军官，我也能轻而易举地逗得他们扑哧大笑。

当我正要为彻底掩饰了自己的真实面目而暗自庆幸时，却冷不防被人戳了背脊骨。那个戳我背脊骨的人，竟然是班上身体最羸弱的家伙，面色铁青，五官浮肿。他穿着像是父兄留给他的破烂上衣，过于长大的衣袖让人联想到圣德太子①。他的功课更是一塌糊涂，在军事训练和体操课时，总是在旁边观看，俨然就是一个白痴。就连我也从没想到有提防他的必要。

一天上体操课的时候，那个学生（他的姓氏我早已忘了，只记得名字叫竹一），也就是那个竹一，照旧在一旁观看，而我们却被老师吩咐进行单杠练习。我故意尽可能做出一本正经的表情，"啊——"地大叫一声，朝着单杠纵身一跃，就像是跳远那样向前猛扑过去，结果一屁股摔在了沙地上。这纯属是一次事先预谋好的失败，果然引得众人捧腹大笑。我也一边苦笑着，一边爬起来，掸掉裤子上的沙粒。这时，那个竹一不知何时已来到我旁边，捅了捅我的后背，低声咕哝道："故意的，故意的。"

我感到一阵震惊，做梦也没有想到，竹一竟然识破了我假摔的真相。我仿佛看见世界在刹那间被地狱之火裹挟着，在我眼前熊熊燃烧起来。我哇地大叫着，使出全身的力量来遏制住近于疯狂的心绪。

从那以后，我每天都生活在不安与恐惧之中。

---

① 圣德太子（574—622）：日本古代政治家，对日本文化、宗教的发展做出了巨大贡献。

尽管我表面上依旧扮演着可悲的滑稽角色来博取众人一笑，但有时候，也会情不自禁地发出重重的叹息。无论我再干什么，都已被竹一识破真相，并且他还会很快到处透露这一秘密——想到这儿，我的额头上就直冒汗珠，像狂人一般用奇怪的眼神审视着四周。如果可能的话，我巴不得全天候寸步不离地监视竹一，以免他随口泄露了秘密。而且我暗自打着如意算盘，要在我缠着他不放的这期间，想尽一切办法让他相信，我的搞笑并不是刻意为之的"伎俩"，而是自然发生的真实行为。我甚至打定主意，希望一切顺利的话，成为他独一无二的密友。倘若这一切办不到的话，那我便只能祈盼他死。不过，我却并没有要杀死他的念头。在过往的生涯中，我曾无数次祈盼自己被人杀死，却从未动过杀死别人的念头。这是因为我觉得，那样做反而只会造福于可怕的对手。

为了使他驯服就范，我首先在脸上堆满伪基督徒式的"善意"微笑，将脑袋向左倾斜三十度左右，轻轻搂抱住他瘦小的肩膀，用嗲声嗲气的肉麻腔调，三番五次地邀请他到我寄宿的亲戚家中去玩，但他却总是一副发呆的眼神，闷声不响。不过，一个放学后的傍晚，我记得是在初夏时节吧，天上陡然下起了黄昏的骤雨，学生们都为如何回家大伤脑筋。因为我亲戚家离学校很近，所以我并不在意地就要冲出门外。这时，我幕然看见了竹一，他正满脸颓丧地站在门口木屐箱的后面。"跟我走吧，我把伞借给你。"我说道，一把拽住怯生生的竹一，一起在骤雨中飞跑起来。到家后，我请婶婶替我们俩烘干淋湿的衣服，而我则成功地把竹一领到了自己在二楼的房间里。

我的这家亲戚是一个三口之家，有一个年过五十的婶婶，一个三十岁左右、戴着眼镜、体弱多病的高个子姐姐（她曾出嫁过一次，后来又回到了娘家。我也跟着这个家里的其他人，管她叫"阿姐"），和一个最近才从女校毕业，名叫节子的妹妹。她和姐姐大不相同，个头娇小，长着一张圆脸。楼下的店铺里，只陈列着少量的文具和运动用品等，其主要收入似乎来源于过世的主人所留下的那五六排房屋的租金。

"耳朵好疼啊。"竹一就那么一直站着。

"雨水灌进耳朵才发疼的吧。"

我一看，发现他的两只耳朵都害了严重的耳漏病，眼看着脓水就要流出耳郭外了。

"这怎么行呢？很疼吧？"我有些夸张地做出惊讶状，"都怪我在大雨中把你拽出来，害你成这样，真是对不起呀。"

我用那种近于女人腔的温柔语调向他道歉，然后跑到楼下拿来棉花和酒精，让竹一的头枕在我的膝盖上，体贴入微地给他清理耳朵。好像就连竹一也没有察觉到，这是一种伪善的诡计。

"你呀，肯定会被女人迷恋上的！"竹一头枕着我的膝盖，说了一句愚蠢的奉承话。

很多年以后我才知道，他的这句话就像是恶魔的预言一样，其可怕的程度是竹一也没有意识到的。什么"迷恋""被迷恋"，这些措辞本身就是粗俗不堪而又戏谑的说法，给人一种矫情的感觉。无论多么庄严的场合，只要让这些词语一抛头露面，忧郁的伽蓝①就会顷刻间分崩离析，变得平淡无奇。但如果不是使用"被迷恋上的烦恼"之类的俗语，而是使用"被爱的不安"等文学术语，似乎就不至于破坏忧郁的伽蓝了。想来真是很奇妙。

我给竹一清理耳朵里的脓血时，他说了"你呀，肯定会被女人

---

① 伽蓝：佛教用语，本意指寺院，呼应文中提到的"庄严的场合"。

迷恋上的"这句愚蠢的奉承话。当时，我听了之后，只是满脸通红地笑着，一句话也没有回答，可实际上，我暗地里也认为他的话不无道理。然而，面对"被迷恋"这样一种粗俗说法所产生的矫情氛围，承认"他的话不无道理"，这无异于是在抒发自己愚蠢的感想，就算拿来当作相声里那些白痴少爷的对白也远不够格，所以我是不会抱着那种戏谑的矫情心理来承认"他的话不无道理"的。

在我看来，人世间的女性不知比男性要费解多少倍。在我们家里，女性的数量是男性的好多倍，而且在亲戚家中也是女孩子居多，还有前面提到过的那些"犯罪"的女用人。我想甚至可以说，自幼时起，我便几乎是在女人堆中长大的。尽管如此，我却一直是怀着如履薄冰的心情与女人们打交道的。我对她们的心思一无所知，如同堕入五里雾中，不时会误踩虎尾，遭受重创。这与从男性那儿受到的鞭笞截然不同，恍若内出血一般引人不快，还会铸成内伤，难以治愈。

女人有时和我形影不离，有时又对我弃之不理。当着众人的面她蔑视我、羞辱我，而一旦背着大家，她又拼命地搂紧我。女人像死去般酣睡，让人怀疑她们是为了酣睡而活着的。我从幼年时代起就对女人进行了种种观察，尽管同属于人类，可女人分明是一种与男人迥然相异的生物。而就是这种不可理喻、需要警惕的生物，竟出人意料地呵护着我。无论是"被迷恋"的说法，还是"被喜欢"的说法，都完全不适用于我，或许倒是"被呵护"这一说法更贴近我的实情。

在对待搞笑上，女人似乎比男人更显得游刃有余。当我扮演滑稽角色来搞笑时，男人们从不会哈哈大笑。而且我也知道，如果在男人面前搞笑时过于忘乎所以，肯定会招致失败的，所以总是惦记着见好就收。可女人却压根儿不知道什么叫"适可而止"，总是无休无止地缠着我继续搞笑。为了满足她们那毫无节制的要求，我累得精疲力竭。事实上，她们确实能笑。女人似乎能够比男人更贪婪地吞噬快乐。

在我中学时代寄宿的亲戚家中，一旦那对姐妹闲下来，总爱跑到我二楼的房间里来，每次都吓得我差点儿跳将起来。

"你在用功吗？"

"不，没有啦，"我余惊未了地微笑着，合上书说，"今天学校里一个名叫棍棒的地理老师，他……"

从我嘴里进出的都是一些言不由衷的笑话。

"阿叶，把眼镜戴上给我们看看！"

一天晚上，妹妹节子和阿姐一起到我房间来玩。在逼着我进行了大量的搞笑表演后，她们冷不防提出了这个要求。

"干吗？"

"甭管了，快戴上看看吧。把阿姐的眼镜拿来戴戴看！"

平常她总是用这种粗暴的命令口吻对我说话。于是，我这个滑稽小丑就老老实实地戴上了阿姐的眼镜。刹那间，两个姑娘笑得前仰后合。

"真是一模一样！和劳埃德简直是一模一样！"

当时，哈罗德·劳埃德作为一名外国喜剧电影演员，在日本正风靡一时。

我站起身，举起一只手，说："诸位，此番我特向日本的影迷们……"

我试着模仿劳埃德的样子发表一通演讲，这更是惹得她们捧腹大笑。那以后，每当劳埃德的电影在这个镇上上演，我都是每部必看，私下里琢磨他的表情举止。

一个秋日的夜晚，我正躺着看书。这时，阿姐像一只鸟儿似的飞快跑进我的房间，猛地倒在我的被子上啜泣起来。

"阿叶，你肯定会救我的，对吧？这种家庭，我们还是一起出走的好，对不？救救我，救救我。"

她嘴里念叨着这些怪吓唬人的话，还一个劲儿地抽噎着。不过我并不是第一次目睹女人的这种模样，所以对阿姐的夸张言辞并不感到惊讶，相反，倒是对她那些话的陈腐和空洞感到格外扫兴。于是，我悄悄从被窝中抽身起来，把桌子上的柿子剥开，递给了她一块。只见她一边啜泣着，一边吃起柿子来了。

"有什么好看的书没有？借给我看看吧。"她说道。

我从书架上给她挑选了一本夏目漱石的《我是猫》。

"谢谢你的款待。"

阿姐有些害羞地笑着，走出了房间。其实不光是阿姐，还有所有的女人，她们到底是怀着怎样的心情活着的呢？思考这种事情，对于我来说，甚至比揣摩蚯蚓的想法还要费事，更让人有一种阴森可怖的感觉。不过，唯有一点是我依靠幼时的经验而明白的——当女人像那样突然哭诉起来时，只要递给她什么甜食，她吃过后就会云开雾散。

节子有时甚至会把她的朋友也带到我房间来。我按照惯例，公平地逗大家发笑。等朋友们离去之后，节子必定会对朋友的不是大肆数落一番，诸如"她是个不良少女，你可得当心哪"之类的。倘若果真如此，不是用不着特意带到这里来吗？也多亏了节子，我房间的来客几乎清一色都是女性。

不过这绝不意味着，竹一那句"你呀，肯定会被女人迷恋上的"

的奉承话已经兑现。总之，我不过是日本东北地区的哈罗德·劳埃德罢了。而竹一那句愚蠢的奉承话，作为可憎的预言，活生生地呈现出不祥的兆头，还是在多年以后。

竹一还送给了我另一个重要的礼物。

"这是妖怪的画像哪。"

有一次，当竹一到我楼上的房间来玩时，得意扬扬地拿出一张原色版的卷头插画①给我看，这样说道。

"哎？！"我大吃了一惊。多年以后我才意识到：就是在那一瞬间里，决定了我未来的堕落之路。我知道，其实那不过是凡·高的自画像而已。在我们的少年时代，所谓法国印象派的绘画正广为流行，大都是从印象派的绘画开始学习鉴赏西洋绘画的，所以一提起凡·高、高更、塞尚、雷诺阿等人的画，即使是穷乡僻壤的中学生，也大都见识过它们的照相版。凡·高的原色版画作我也见过不少，对其笔法的妙趣和色彩的鲜艳颇感兴趣，但却从没想过，他的自画像是什么妖怪的画像。

"那这种画又怎么样呢？也像妖怪吗？"

我从书架上取下莫迪利亚尼②的画册，把其中一幅古铜色肌肤的裸体妇人画像拿给竹一看。

"这可了不得呀。"竹一瞪圆了眼睛感叹道，"就像一匹地狱之马哪。"

"还是像妖怪吧。"

"我也想画这种妖怪哪。"

---

① 卷头插画：书籍、杂志中的扉页或正文前刊登的图画或照片。
② 莫迪利亚尼（1884—1920）：出生于意大利，是二十世纪上半叶巴黎画派的重要画家。

对人感到过分恐惧的人，反倒希望亲眼见识更可怕的妖怪；越是对事物感到胆怯的神经质的人，就越是渴望暴风雨降临得更加猛烈……啊，这群画家被人类这种妖怪所伤害所恫吓，最终相信了幻影，在白昼的自然中栩栩如生地目睹了妖怪的存在。他们并没有借助搞笑来掩饰自身的恐惧，而是致力于原封不动地表现自己看见的景象。正如竹一所说的那样，他们勇敢地描绘出了"妖怪的画像"。原来，这里竟然有我未来的同伴，这使我兴奋得热泪盈眶。不知为什么，我压低了嗓音，对竹一说道："我也要画，画那种妖怪的画像，画那种地狱之马。"

我从小学时代起就喜欢上了画画和看画，但我的画不像作文那样受到周围人的交口称赞。因为我压根儿就对人类的语言毫不信任，所以作文在我眼里就如同搞笑的寒暄语一般。尽管我的作文在小学和中学都逗得老师们前仰后合，但我自己却并不觉得有趣。只有在绘画（漫画等则另当别论）上，我才按照自己的方式，对对象的表现方式煞费苦心。学校绘画课的画帖实在无聊透顶，而老师的画也拙劣无比，所以我不得不靠自己来胡乱地摸索各种表现形式。进入中学以后，我已经有了一套完整的油画画具，尽管我试图从印象派的画风中寻找出绘画技巧的范本，可自己画出的东西却俨然像彩色花纸工艺般平板、呆滞、不成样子。不过竹一的一句话却启发了我，使我意识到自己以前对绘画的看法是完全错误的，它表现为一种幼稚和愚蠢，即竭力想把觉得美的东西原封不动地描绘为美。而绘画大师们利用主观的力量，对那些平淡无奇的东西加以美的创造，虽说他们对丑恶的东西感到恶心呕吐，却并不隐瞒自己对它们的兴趣，从而沉浸在表现的愉悦之中。换言之，他们丝毫也不为别人的看法所左右。我从竹一那儿获得了这种画法的原始秘籍。于是，我瞒着那些女性来客，开始着手制作自画像了。

一幅阴郁的画诞生了，连我自己都为之震惊。可这就是我隐匿在内心深处的真实面目。表面上我在开怀大笑，并引发人们的欢笑，可事实上，我却背负着如此阴郁的心灵。"又有什么办法呢？"我只好暗自肯定现状。但那幅画除了竹一之外，我没有给任何人看过。我不愿被人看穿自己搞笑背后的凄凉，也不愿别人突然间小心翼翼地提防起我来。我甚至担心，他们没有发现这便是我的本来面目，而依旧视为一种新近发明的搞笑方式，并把它当作一大笑料。这是最让我痛苦难堪的事情，所以我立刻把那幅画藏进了抽屉的深处。

在学校的绘画课上，我收敛起了那种妖怪式画法，而仍旧采用先前那种平庸的画法，将美的东西原封不动地描绘成美的东西。

以前，我一直只是在竹一面前才若无其事地展示出自己动辄受伤的神经，因此，这一次的自画像也放心大胆地拿给了竹一看，结果竟然得到了他的啧啧称赞。于是，我又接连不断地画了第二张、第三张妖怪的画像。竹一又送给了我另一个预言："你呀，肯定会成为一个了不起的画家哪。"

"肯定会被女人迷恋上"，"肯定会成为一个了不起的画家"，这是傻瓜竹一在我的额头上镌刻下的两大预言。随后不久，我便来到了东京。

我本来想进美术学校，但父亲对我说，早就打定主意让我上高中，以便将来做官从政，作为一个天生就不敢跟大人顶嘴的人，我只好茫然地遵从了父命。父亲让我从四年级开始考东京的高中，而我自己也对濒临大海和满是樱花的中学感到了厌倦，所以不等升入五年级，在修完四年的课程后便考入东京的高中，开始了学校的寄宿生活。不料，学校寄宿生活的肮脏和粗暴让我避之唯恐不及，哪里还顾得上搞笑。我请医生开了张"肺浸润"①的诊断书，搬出了学生宿舍，移居到上野樱木町的父亲别墅里。我根本过不了那种所谓的集体生活，什么青春的感动、什么年轻人的骄傲，这类豪言壮语只会在我耳膜里唤起一阵凛冽的寒气，使我与"高中生的蓬勃朝气"格格不入。我甚至觉得，不管教室，还是宿舍，都不啻为被扭曲了的性欲的垃圾堆而已。我那近于完美无缺的搞笑本领在这里根本没有用武之地。

父亲在议会休会时，每个月只在别墅里待上一周或两周，所以当父亲不在时，偌大的建筑物便只剩下了作为别墅管家的一对年迈夫妇和我三个人。我时常逃学，也没心思去游览东京（看来，我终究是看不成明治神宫、楠木正成②铜像、泉岳寺的四十七志士墓了），成天闷在家里读书画画。等父亲上京之后，我每天早晨都匆匆地赶往学校，但有时去的却是本乡千驮木町的西洋画画家安田新太郎的画塾，在那里连续三四个小时地练习画素描。一旦搬出了高中的学生宿舍，即使我坐在学校的教室里听讲，也会有一种颇为败兴的感觉，仿佛自己是处在旁听生的特殊位置上。尽管这或许只是自己的一种偏见，但我更是懒得去学校了。在我看来，经过小学、中学、高中，我最终也没懂得何谓爱校之心，也从没想过要去记住学校的校歌。

不久，在画塾里，我从一个学画的学生那儿学会了酒、香烟、娼妓、当铺以及左翼思想之类的东西。尽管把这些东西排列在一起，可谓是一种奇妙的组合，但的确是事实。

---

① 指浸润型肺结核。
② 楠木正成（1294—1336）：日本南北朝时期的著名武将。

那个学画的学生名叫堀木正雄，出生在东京的庶民居住区，比我年长六岁。从私立美术学校毕业后，因家里没有画室，他就上这所画塾来继续学习西洋画。

"能借我五元钱吗？"

在此之前，只是有过照面，还从没有说过话。所以我有些张皇失措地掏出了五元钱。

"走哇，喝酒去吧。我请你喝。真是个好孩子啊！"

我无法拒绝他，被他拽进了画塾附近蓬莱町的酒馆中。而这就是我与他交往的开始。

"我早就注意到你了。瞧，你这种腼腆的微笑，正是大有前途的艺术家所特有的表情哪。为了纪念我们的相识，来干杯吧——阿绢，这家伙该算得上是个美男子吧。你可不要被他迷住了哟。自从这小子来了画塾之后，害得我降格成第二号美男子啦。"

堀木长着一张黝黑的端庄面孔，身上穿着像模像样的西装，脖子上系着素雅的领带，这种装束在学画的学生中是颇为罕见的。他还抹了发油，梳了个中分头。

置身于酒馆这种陌生的环境里，我心中只有不安。我局促地把两只胳膊忽而抱紧，忽而松开，露出一脸腼腆的微笑。可就在两三杯啤酒落肚之后，我却有种像是被解放了的莫名轻松感。

"我原本是想进美术学校的，可是……"

"哎呀，可没劲啦，那种地方真是没劲透了！我们的老师乃是存在于自然之中！存在于我们对自然的激情之中！"

但我对他所说的东西却没有感到半点的敬意，只是暗自思忖道："这是个蠢货！他的画肯定蹩脚透顶，但作为一个玩伴，或许倒是最好的人选。"这时，我才生平第一次见识了什么是真正的都市痞子。尽管与我的表现形式大相径庭，但在彻底游离于人世的营生之外、不断彷徨这一点上，他和我的确属于同类。他是在无意识中进行搞笑，并对这种搞笑的悲哀浑然不知。而这正是他与我在本质上迥然相异的地方。

仅限于一块儿玩玩，仅限于把他当作玩伴来交往——我总是这样从心眼里蔑视他，耻于与他为伍。但在与他结伴而行的过程中，我却成了他的手下败将。

最初我一直认为他是个大好人，一个难得的大好人。就连对人感到恐惧的我，也彻底放松了警惕性，以为找到了一个领着我见识东京的好向导。说实话，要是我一个人的话，去搭电车时会对售票员犯怵；想去剧场看歌舞伎时，一瞧见大门口铺着红地毯的阶梯两侧站着引座小姐，就会望而却步；进餐厅就餐时，一看到悄悄站在自己身后等着收拾盘子的侍应生，就会胆战心惊。天哪，特别是买单时，就别提我那双颤巍巍的手了！当我买完东西结账时，不是因为吝啬小气，而是因为过度的紧张、过度的害臊、过度的不安与恐惧，我只觉得头晕眼花，世界蓦然变得漆黑一团，神志几近错乱，哪里还顾得上讨价还价，有时甚至忘记了接过找头，或是拿走买下的商品。我根本无法独自一人在东京街头漫步，所以只好整日蜷缩在家中打发光阴。

可一旦把钱包交给堀木再一起出去逛街，情形就大不相同了，只见堀木大肆砍价，俨然是玩耍的达人，使极少的钱发挥出最大的功效。他对街头昂贵的出租车一概敬而远之，因地制宜地选乘电车、公共汽车，抑或小型汽艇，利用最短的时间来抵达目的地，表现出非同一般的本事。他还对我实施现场示范教育，比如清晨从花街柳巷回家途中，顺路拐到某个餐馆，泡一个晨澡后，再点个豆腐锅配小酒，这不仅划算，还感觉很阔气奢华。他还告诉我，摊贩卖的牛肉盖浇饭和烤鸡肉串不仅价钱便宜，而且富有营养。他还蛮有把握地断言道，在所有的酒中间，要数电气白兰地①的酒劲儿上来得最快最猛。交给他来结账买单，我从没感到一星半点的惶恐和不安。

和堀木交往的另一大好处在于：他完全无视谈话对方的想法，只顾自己听凭所谓激情的驱使（或许所谓的"激情"，就是要无视对方的立场），成天到晚地絮叨着种种无聊的话题，所以完全用不着担心，我们俩在逛街疲倦了之后会陷入尴尬的沉默中。在与人交往时，我最介意的，就是唯恐出现那种可怕的沉默局面，所以天生嘴笨的我才会抢先拼命地搞笑。然而，现在堀木这个傻瓜却无意中主动承担起了那种搞笑的角色，所以我才可以对他的话充耳不闻，无须多加搭理，只要适时地笑着敷衍一句"怎么可能"便行了。

不久，我也渐渐地明白了：酒、香烟和妓女，乃是能帮助我暂时忘却对人的恐惧的绝妙手段。我甚至萌发了这样的想法：为了寻求这些手段，我可以不惜变卖自己的所有家当。

在我眼里，妓女这个种类，既不是人，也不是女性，倒像是白痴或者疯子。在她们的怀抱里，我反而能够高枕无忧，安然成眠。她们没有一丁点儿的欲望，简直达到了令人悲哀的地步。或许是从我这里发现了一种同类的亲近感吧，那些妓女常常向我表示出自然天成的好意，而从不让人感到局促不安。毫无算计之心的好意，绝无勉强之嫌的好意，对萍水相逢之人的好意，使我在漫漫黑夜之中，从白痴或疯子式的妓女们那儿，真切地看到了圣母马利亚的神

---

① 电气白兰地：一种以白兰地为基酒的鸡尾酒。电气在当时代表了文明的最新发展，许多东西都喜欢冠以"电气"之名。

圣光环。

　　为了摆脱对人的恐惧，寻得一夜的休憩，我前往她们那里。可就在与那些属于自己"同类"的妓女玩乐时，一种无意识的讨厌氛围开始不知不觉地弥漫在四周，这是连我自己也没有想到的所谓后遗症。渐渐地，那后遗症鲜明地浮出了表面。当堀木点穿了其中的玄机后，我不禁在愕然之余，心生厌恶。在旁人看来，说得通俗点，我经由娼妓的历练，近来在女人的修炼上大有长进。据说，通过妓女来磨炼与女人交往的本领，是最为严苛而又最富成效的。我的身上早已散发着"风月场上的老手"的气息，女人们（不仅限于妓女）凭借本能嗅到了这种气息，并趋之若鹜。人们竟把这种猥亵的、极不光彩的氛围当作了我的后遗症，以至于它比我试图获得休憩的本意显得更加醒目。

　　或许堀木是半带奉承地说出那番话的，但却大有不幸而言中的势头。比如说，我就曾经收到过一个咖啡馆女人写给我的稚拙情书；还有，樱木町邻居将军家那个二十岁左右的姑娘，会在每天早晨专挑我上学时，明明无事可做，却故意略施粉黛，在自己家门前进进出出；还有，当我去吃牛肉饭时，即使我一言不发，那儿的女佣也会……还有，我经常光顾的那家香烟铺子的小姑娘，在递给我的烟盒中竟然也……还有，在去观赏歌舞伎时，那个邻座的女人……还有，当我在深夜的市营电车上因酩酊大醉而酣然入睡时……还有，从乡下亲戚家的姑娘那儿出乎意料地寄来了缱绻缠绵的相思信件……还有，某个不知何许人也的姑娘，在我外出时留给我一个手工制作的偶人……由于我相当消极退避，所以每一次的罗曼史都是蜻蜓点水，停留于一些残缺的断片，没有任何更大的进展。但是，有一点却并非信口雌黄，具有不可否定的真实性，即在我身上的某个地方萦绕着某种可以供女人做梦的氛围。当这一点被堀木那样的家伙一语点破时，我感到一种近于屈辱的痛苦，同时，我对妓女的兴趣也倏然间消失了。

堀木出于爱慕虚荣和追赶时髦的心理（至今我也认为，除此之外，再也找不到任何别的理由了），某一天带着我去参加了一个叫作"共产主义读书会"的秘密研究会（大概是叫 R·S 吧，可我已记不清了）。也许对堀木这样的人来说，出席共产主义的秘密集会，也只是他领着我"游览东京"的一环罢了。我被介绍给那些所谓的"同志"，还被迫买下了一本宣传册子，听坐在上席的那个长相丑陋的青年讲授马克思的经济学说。然而，那一切在我看来，却是再明白不过的内容了。或许他的确言之有理，但在人的内心深处，分明存在着一种更加难以言喻的东西。称之为"欲望"吧，又觉得言不尽意；谓之曰"虚荣心"吧，也觉得语不及义。即使统称为"色情与欲望"，也仍旧词不达意。总之，尽管我也是云里雾里的，但我总认为，在人世的底层毕竟存在着某种绝不单纯是经济的、近于怪谈式的东西。我本来就对那种怪谈式的东西充满了恐惧，尽管我对唯物论，就像水往低处流一样很自然地加以了肯定，却不能仰仗着它来摆脱对人的恐惧，从而放眼绿叶感受到希望的喜悦。不过我却从不缺席地参加 R·S（仅凭记忆，可能有误）。"同志"们俨然大事临头似的，紧绷着面孔，沉浸在诸如"一加一等于二"之类的初等算术式的理论研究中。见此情景，我觉得滑稽透顶，于是发挥自己惯用的搞笑本领，以活跃集会上的气氛。或许是因为这个缘故吧，渐渐地研究会上那种拘谨刻板的氛围被缓解了，以至于我成了那个集会上不可或缺的宠儿。这些貌似单纯的人认为我和他们一样单纯，甚至把我看成一个乐观而诙谐的"同志"。倘若事实果真如此，那我便是从头到尾地彻底欺骗了他们。我并不是他们的"同志"，但我却每次必到，为大家提供作为丑角的搞笑服务。

这是因为我喜欢这样做，喜欢他们，但这未必可以归结为依靠马克思而建立起来的亲密感。

不合法，这带给了我小小的乐趣，不，毋宁说使我心旷神怡。其实，倒是世上称之为"合法"的那些东西才更加可怕（对此，我有某种无比强烈的预感），其中的复杂构造更是不可理喻。我不可能坐着，死守一个没有门窗的冰冷房间，就算外面是一片不合法的大海，我也要纵身跳进去，直到游得耗尽全力，一命呜呼。对我来说，或许这样还更轻松痛快些。

有个说法叫作"见不得人的人"，指的是那些人世间悲惨的败北者、背德者。我觉得自己打一出生便是一个"见不得人的人"。所以一旦遇到那些被世人斥为"见不得人的人"，我的心就不由分说地变得善良温柔，而且这种温柔足以使我自己也如痴如醉。

还有一种说法叫作"狂人意识"。身在这个世上，我一生都被这种意识所折磨，但它又是我休戚与共的糟糠之妻。和它厮守在一起，进行凄寂的游戏，已构成了我生存方式的一种。俗话里还有种说法，叫作"腿有伤痕，没脸见人"。当我还在襁褓中时，我的伤痕便已赫然出现在我的一条腿上，随着长大成人，非但没有治愈，反而日渐加剧，甚至扩展到了骨髓深处。每个夜晚，我遭受的痛苦就如同千变万化的地狱，但是（这种说法有些奇怪），那伤口却逐渐变得比自己的血肉还要亲密无间。在我看来，伤口的疼痛就仿佛是它鲜活的情感，甚而爱情的呢喃。对我这样的男人来说，地下运动小组的那种氛围令人出奇地安心和惬意。总之，与其说是那种运动的目的，不如说是那种运动的外壳更符合我的口味。堀木仅仅是出于闹着好玩的心理，把我带到那个集会上，把我介绍给了大家。其实他也就只去过那一次。他曾说过一句拙劣的俏皮话："马克思主义者在研究生产的同时，也有必要观察消费嘛。"所以他不去参加集会，而是一门心思拽住我到外面去考察消费状况。回想起来，当时存在着形形色色的马克思主义者：有像堀木那样出于爱慕虚荣、追赶时髦的心理而自诩为马克思主义者的人；也有像我一样仅仅因为喜欢那种"不合法"的氛围，便一头扎入其中的人。倘若我们的真实面目被马克思主义的真正信徒识破的话，无论是堀木还是我自己，都无疑会遭到他们的愤怒斥责，并作为卑劣的叛徒而受到驱逐吧。但我和堀木却没有遭到开除的处分，特别是我，处在那种不合法的世界中，居然比身在绅士们的合法世界中更显得悠然自得，游刃有余，也更显得所谓的健康，以至于作为前途无量的"同志"，被委派了种种机密工作。他们夸张地给那些工作披上一层过于神秘的面纱，让人着实忍俊不禁。事实上，我对委派的工作从不拒绝，泰然自若地照单全收，也从不曾因举止反常而遭到"狗"（同志们都这样称呼警察）的怀疑或盘问。我总是一边搞笑，一边准确无误地完成他们所谓的危险任务（那帮从事地下运动的家伙常常是如临大敌一般高度紧张，甚至蹩脚地模仿侦探小说，显得过分警惕。他们交给我的任务全都是一些无聊透顶的东西，可却煞有介事地制造出紧张的气氛）。就我当时的心情而言，就算成为共产党员遭到逮捕，一辈子身陷囹圄，也绝不反悔。我甚至认为，与其对世人的真实生活感到恐惧，每个夜晚都在辗转难眠的地狱中呻吟叹息，还不如被关进牢房来得畅快和轻松。

在樱木町的别墅里，父亲忙于接待客人，或是外出有事，所以即使同住一个屋檐之下，我和他有时接连三四天也见不上一面。我总觉得父亲很难接近，严厉而可怕，因此琢磨着是不是该搬出这个家，到外面去租个房子住。就在我还没来得及说出口时，从别墅的老管家那儿听说，父亲有意出售这栋房子。

父亲的议员任期就要届满了，想必其中还有种种理由吧，他无意继续参加选举。他还在老家建了栋养老的舍宅，似乎已对东京不再留恋。而我充其量就是一个高中生而已，或许在他看来，为了我而保留宅邸和用人，是一种不必要的浪费吧（父亲的心思与世上所有人一样，不是我能明白的）。总之，那个家不久便转让给了别人，而我则搬到了一个老旧公寓的阴暗房间里，这个公寓名叫"仙游馆"，位于本乡的森川町。而没过多久，我便在经济上陷入了窘境。

在此之前，我总是每月从父亲那儿得到固定金额的零花钱。即使这笔钱马上告罄，可烟、酒、芝士、水果等，家里都是应有尽有，而书、文具、衣服等其他东西，也都可以在附近的店铺里赊账，就算款待堀木吃碗荞麦面或者炸虾盖浇饭，只要是这条街上父亲经常光顾的餐馆，我都可以吃完后一声不响地甩手而去。

可现在一下子变成了在宿舍的独居生活，一切的一切都必须在每个月的定额汇款中开销，这让我一时慌了手脚。汇款依旧是在两三天内便花个精光，我感到不寒而栗，因心中无底而变得几近发狂，轮流给父亲、哥哥、姐姐又是打电报，又是写长信，催他们快点寄钱给我（信中所写之事，几乎纯属搞笑的虚构。窃以为，要想求助于他人，其上策乃是逗人发笑）。另外，我在堀木的教唆下，开始频繁地出入当铺，可照样手头拮据。

总而言之，我缺乏那种在无亲无故的宿舍中独立生活的能力。我感到兀自一人待在宿舍房间里是那么可怕，仿佛顷刻间就会遭到谁的袭击或者暗算似的，不由自主地飞奔到大街上，要么去帮助地下运动，要么和堀木一起到处找廉价酒馆喝酒。学业和绘画也给荒废了。在进入高中后翌年的十一月份，发生了我和一个比我年长的有夫之妇的殉情事件，从而彻底改变了我的命运。

我上学经常缺席，学习也毫不用功，但奇怪的是，每次考试都深谙答题的窍门，所以一直瞒过了老家的亲人。然而没过多久，终因旷课太多，学校秘密地通知了身在故乡的父亲。作为父亲的代理人，大哥给我寄来了一封措辞严厉的长信。不过比起这封信，倒是经济上的困境和地下运动交给我的任务给我带来了更直接也更剧烈的痛苦，使我无法以半带着游戏的心态来泰然处之。我当上了不知叫中央地区还是什么地区——反正包括了本乡、小石川、下谷、神田那一带——所有学校的马克思学生行动队队长。听说要搞武装暴动，我买了一把小刀（现在想来，那不过是一把纤细得连铅笔都削不好的水果刀），把它塞进雨衣的口袋中四处奔走，以进行所谓的"联络"。真想喝了酒大睡一场，可手头却没有钱。而且从P那儿（我记得，P就是党的暗语，也可能记忆有误）不断有任务下达而来，使我甚至得不到喘息的机会。凭我这副孱弱多病的身子骨，实在是吃不消了。本来，我就仅仅是因为对"不合法"有兴趣才参与这种小组活动的，如今一旦假戏真做，忙得手忙脚乱，我就禁不住在心中对P内的人嘀咕道："你们有没有搞错呀？那些任务交给你们的嫡系成员，不好吗？"——于是，我选择了逃避。逃避果然不是一件愉快的事，我决定一死了之。

那时，恰好有三个女人对我表现出特别的关心，其中一个是我寄宿的仙游馆老板娘的女儿。每当我在忙完地下运动后身心疲惫地回到房间，饭也不吃就躺了下来时，那姑娘总是会拿着便笺和钢笔走进我的房间，说道："对不起，楼下弟弟妹妹们吵死人了，害得我都没法写信。"

说罢，她就在桌子旁坐下来，一口气写上一个多小时。我原本可以佯装什么都不知道地兀自躺着，可那姑娘的神情好像是希望我开口说点什么似的，所以我又像往常一样发挥了那种被动的服务精神。事实上，我一句话也不想说，可还是让疲惫不堪的身体强打起精神来，趴在那儿一边吸烟，一边嗯嗯地敷衍着。

"听说呀，有个男人，用女人寄来的情书烧水洗澡。"

"哎呀，那可真讨厌哪。是你吧？"

"不，我嘛，只用情书煮过牛奶喝。"

"真是荣幸。那你就喝吧。"

我暗自忖度着：这人怎么还不快点回去？写什么信哪，不是明摆着在撒谎吗？其实，不过就是在那儿鬼画桃符罢了。

"把你写的信给我瞧瞧！"

事实上，我宁死也不想看。谁知这样一说，她竟连声嚷嚷道："哎呀！真讨厌！哎呀！真讨厌！"她那兴奋的模样真是有失体面，让我大倒胃口。于是，我想打发她去干点事。

"对不起，你能不能去电车道路旁的药店，给我买点安眠药？我太累了，脸上发烫，却反倒睡不着。对不起，钱嘛……"

"行啊，钱好说。"

她愉快地起身走了。打发女人去办事，绝不会惹她不高兴。恰恰相反，如果男人拜托女人去做事，她是会很开心的。对这一点我可是了然在心。

另一个女人则是女子高等师范学校的文科学生，一个所谓的"同志"。因地下运动的关系，就算不愿意，我和她也得每天碰面。等碰头会结束以后，这个女人总是跟在我后面，还不停地买东西给我。

"你就把我当作你的亲姐姐好啦。"

她这种酸溜溜的说法搞得我毛骨悚然。我做出一副不乏忧郁的微笑表情，说道："我正是这么想的哪。"

总之，我深知，激怒女人是很可怕的。我心中只有一个想法，就是要千方百计地敷衍过去。因此，我只得好好伺候这个丑陋而讨厌的女人，让她买东西给我（其实，都是些品位粗俗的东西，我大都当即转手送给了烤鸡肉串店的老板），并装出兴高采烈的样子，开玩笑逗她高兴。一个夏天的夜晚，她缠着我怎么也不肯离去。为了打发她早点回去，在街头一个阴暗的角落里，我亲了她。谁知她是那么厚颜无耻，竟然欣喜若狂，当即叫了一辆计程车，把我带到了一个狭窄的西式房间里。这房间是他们为了地下运动而秘密租借的办公室。在那里，我和她一直折腾到第二天早晨。"真是个荒唐透顶的姐姐。"我不禁暗自苦笑道。

无论是房东家的女儿，还是这个"同志"，都不得不每天见面，所以不可能像从前遇到的那些女人一样巧妙地避开。出于自己惯有的那种不安心理，我反而拼命地讨好这两个女人，结果让自己被束缚得一动也不能动。

在同一时候，我从银座一个大型酒吧的女招待那儿，蒙受了意想不到的恩惠。尽管只是一面之交，但因囿于那种恩惠，我同样感到一种被束缚得无法动弹的忧虑和恐惧。那时，我已无须再借助堀木的向导，就可以摆出一副老油子的架势来了，比如可以一个人去乘坐电车，或是去歌舞伎剧场，抑或穿着碎花布的和服光顾酒吧了。在内心深处，我依旧对人类的自信和暴力深感疑惑、恐惧和苦恼，但至少在表面上，可以和其他人一本正经地进行寒暄了。不，不对，尽管就我的本性而言，如果不伴随着败北的丑角式苦笑，就无法与别人寒暄，但现在我总算好歹磨炼出了一种伎俩，可以忘掉一切，向人结结巴巴地寒暄一气了。莫非这应归功于我为地下运动四处奔波的结果？抑或是归功于女人，或者酒精？或许应该主要归功于经济上的窘境吧。无论在哪儿，我都会感到恐惧。可要是在大型酒吧里，被一大群醉鬼或者女招待、侍应生包围着，能够暂时忘却那种恐惧的话，我这不断遭到追逐的心灵，不是也能获得片刻的宁静吗？我抱着这样的想法，揣上十块钱，一个人走进了银座的大型酒吧里。我笑着对女招待说道："我身上只有十块钱，你就看着办吧。"

"你放心好了。"

她的口音里夹杂着一点关西腔。而且她的这句话竟然奇妙地平息了我这颗心的悸动。这倒不是因为她的话化解了我对钱的担忧，而是化解了我待在她身边所感到的担忧。

我喝起酒来。因为我对她相当放心，所以反倒无心扮演小丑来搞笑了，只是不加掩饰地展示出自己沉默寡言和郁悒凄凉的天性，一声不吭地呷着酒。

"这些菜，你喜欢吗？"那女人把各种菜肴摆放在我面前问。

我摇摇头。

"只想喝酒，是吧？那我也陪你喝吧。"

那是一个寒冷的秋夜。按照常子（我记得是叫这个名字，但记忆已经模糊了。瞧，我这人竟然连一起殉情自杀的人叫什么名字都忘记了）吩咐的那样，我在银座背街的一家露天寿司摊上，一边吃着难以下咽的寿司，一边等她。（虽说忘了她的名字，可不知为何，那寿司难以下咽的味道，竟清晰地留在了我记忆里。那家寿司摊的老板长着一副黄颔蛇的脸相，脑袋已经秃顶。他摇头晃脑地捏着寿司，装着手艺高超的样子，那一幕至今仍历历在目。多年以后，好多次我乘坐在电车上，会突然觉得某张面孔似曾相识，想来想去，才想起原来与当时那个寿司摊的老板很像，于是不禁一阵苦笑。在那女人的名字和脸庞都从我的记忆中消隐而去的今天，唯有那寿司摊老板的面孔，我还能记得准确无误，甚至可以轻松地画出一张肖像画来。我想，这无疑是因为当时的寿司实在是难以下咽，甚至给我带来了寒冷与痛苦的缘故。说来，就算有人带我到美味的寿司店去品尝寿司，我也从没觉得好吃过。寿司实在是太大了。我常常想，难道不能捏成大拇指一般大小吗？）

她在本所①租借了木匠家二楼的一个房间。在这儿，我可以完全袒露自己阴郁的内心，一边喝茶，一边用单手捂住脸颊，仿佛遭到剧烈牙痛的袭击一般。不料，我的这种姿势似乎反倒赢得了她的欢心。她给人的感觉，就像是一个完全孤立的女人，周遭刮着凛冽的寒风，只有落叶枯枝在四处飞舞。

我一边躺着休息，一边听她唠叨自己的身世。她比我年长两岁，老家在广岛。她说道："我是有丈夫的人哪。原本他在广岛开了个理发店。去年夏天，我们一起背井离乡来到了东京，可丈夫在东京却没干什么正经事。不久，被判了诈骗罪，现在还待在监狱里哪。我呀，每天都要去监狱给他送点东西，但从明天起，我就再也不去了。"不知为什么，我这人天生就对女人的身世毫无兴趣，不知是因为女人的叙述方式拙劣，还是因为谈话不得要领，反正对于我来说，她们所说的话都不过是耳旁风。

真是寂寞呀！

比起女人连篇累牍地痛说家世，倒是这样一句短短的喟叹更能

———————

① 本所：日本一地名。

引发我的共鸣。尽管我一直期待着，却从没有从这个世上的女人那儿听到过这样的叹息。眼前这个女人尽管没有用语言说过一句"真是寂寞呀"，但她身体的轮廓中却流淌着一种剧烈而无言的寂寞，就宛若一股一寸见方的气流，只要我的身体一靠近她，就会被那股气流牢牢地裹挟住，与我自己身上那种阴郁的气氛，恰到好处地交融在一起，宛若"枯叶落在水底的岩石之上"，使得我以从恐惧和不安中抽身逃遁。

与躺在那些白痴妓女的怀中安然酣睡的感觉截然不同（首先，那些妓女是快活的），跟这个诈骗犯的妻子所度过的一夜，对于我来说，是获得了解放的幸福之夜（不假思索地在肯定意义上使用这样一种夸张的说法，我想，这在我的整篇手记中都是绝无仅有的）。

但也仅仅只有一夜。早晨，我睁眼醒来翻身下床，又变成了原来那个浅薄无知、善于伪装的滑稽角色。胆小鬼甚至会惧怕幸福。碰到棉花也会受伤。有时也会被幸福伤害。趁着还没有受伤，我想就这样赶快分道扬镳。于是，我又放出了惯用的搞笑烟幕弹。

"有句话叫'金钱耗尽，缘分两清'，其实，对这句话的解释恰好被颠倒了。并不是说钱一用光，男人就会被女人甩掉。而是说男人一旦没钱，就会自个儿意志消沉，变得颓废窝囊，甚至连笑声都软弱无力，性情也变得格外乖戾。最终破罐子破摔，主动甩了女人，近于半疯狂地甩掉一个个女人。据《金泽大辞林》解释，就是这个意思呢。真可怜哪，我也多少懂得点那种心境。"

的确，我记得自己当时说了上述的那些蠢话，把常子逗得哈哈大笑。我觉得不宜久留，脸也没洗就跑了出来，可没想到，我当时胡编的那句"金钱耗尽，缘分两清"这句话，后来竟与我自己发生了意想不到的关联。

在此后的一个月里，我都没有去见那一夜的恩人。分手之后，随着日子的流逝，我的喜悦之情也逐渐淡漠，倒是蒙受了她恩惠这一点让我隐隐约约倍觉不安，有一种强烈的被束缚感。甚至对酒吧里的所有消费都是由常子买单这种世俗的事情，也开始耿耿于怀了。常子最终也和房东的女儿、女子高等师范学校的那个女人一样，成了只会胁迫我的女人，所以即便远离了她，也还是对她满怀恐惧，而且我总觉得，如果再遇到那些与自己有过床笫之欢的女人，她们肯定会像烈火般勃然大怒，因此，我对再见到她们倍感劳神。正因为我性格如此，所以我对银座采取了敬而远之的态度。这种怕劳神费力的性格绝不是源于我的狡黠，而是因为我还不大明白一个不可思议的现象：女人这种生物在生存时，是把前一天晚上的床笫之欢与第二天早晨起床之后严格区分开来的，就像是彻底忘却了其间的关联一样，干净利落地斩断了这两个世界之间的联系。

十一月末，我和堀木在神田的露天摊铺上喝廉价的酒。喝完这一场后，这个恶友坚持要再找另一个地方续摊。我们已经花光了手头的钱，可在这种情况下，他还硬是吵嚷着"喝呀，喝呀"。此时的我早已喝得醉醺醺的，胆子也变大了，说："好吧，那我就带你去一个梦的国度。可别大惊小怪哟，那真可谓酒池肉林……"

"是一个大酒吧？"

"对。"

"那走吧。"

事情就这样定了，两个人一起坐上了市营电车。堀木兴奋得欢蹦乱跳，说道："今夜我好饥渴，好想要个女人哪。在那儿可以亲女招待吗？"

平常我是不大喜欢堀木摆出这种醉态的。堀木也知道这一点，所以又特意问了一句："可以吗？我要玩亲亲哟。坐在我旁边的女招待，我一定要亲给你瞧瞧。行不？"

"没问题吧。"

"太谢谢你了！我真的对女人很饥渴哪。"

在银座四丁目下车后，仗着常子的关系，我们身无半文地走进了那家堪称酒池肉林的大酒吧。我和堀木挑了一个空着的包厢相对而坐，只见常子和另一个女招待迅速跑了过来。那个女招待坐在了我身边，而常子则一屁股坐在了堀木身边。我不由得吃了一惊：眼看着常子就要被堀木亲吻了。

我倒并不觉得可惜。我这个人，本来就没有太强的占有欲，即使偶尔也有可惜的感觉，但也没有精力来与人抗争，大胆主张自己的所有权，以致在后来的某一天，我甚至眼睁睁地默默看着与自己同居的女人遭到别人的玷污。

我竭力避免介入人与人之间的芥蒂，害怕被卷入那样的漩涡。常子与我只不过是一夜的交情，她分明并不属于我。我不可能有觉得可惜的欲望，但我毕竟还是吃了一惊。

常子就在我面前接受着堀木猛烈的亲吻，我为常子的境遇感到可怜。这样一来，被堀木玷污过的常子或许就不得不与我分手了吧，而且我也不具备足够的热情来挽留住常子。啊，事情被迫到此结束了。我对常子的不幸涌起了瞬间的惊愕，但随即又如同流水一般，坦然接受了这一切。我来回瞅着堀木与常子的面孔，嗤笑了起来。

但事态却意想不到地恶化了。

"还是得了吧！"堀木撇着嘴说道，"再怎么样，我也不至于和这种穷酸女人……"

他一副很委屈的表情，交叉着双臂，目不转睛地盯着常子，露出了苦笑。

"给我酒。我身上没钱。"我小声地对常子说道。我真想喝个烂醉。从所谓的世俗眼光来看，常子的确是一个丑陋而贫穷的女人，甚至不值得醉汉亲吻。我突然有种五雷轰顶的感觉。我喝呀喝呀，从没喝过这么多酒，直到烂醉如泥，与常子面面相觑，悲哀地微笑着。经堀木那么一说，我真的觉得，她不过是个疲惫不堪而又贫穷下贱的女人，可与此同时，一种同病相怜的亲近感却又油然而生（我至今仍旧认为：贫富之间的矛盾尽管貌似陈腐，但却是戏剧家笔下永恒的主题之一）。我发现常子是那么可爱，以至于我生平第一次觉察到，有种微弱却积极主动的爱情正萌动在心里。我吐了，吐得不省人事。喝酒喝到不省人事，这还是第一次。

醒来一看，常子坐在我枕边。原来，我是睡在了本所木匠家二楼的房间里。

"你说过'金钱耗尽，缘分两清'，我还以为是开玩笑来着。莫非你是真心说的？要不，你干吗不来了？要断绝缘分也并不那么容易。难道我挣钱给你用，还不行吗？"

"不，那可不行。"

然后，女人也躺下睡了。拂晓时分，从女人口中第一次冒出了"死"这个字眼。她早已被人世的生活折磨得筋疲力尽，而我一想到自己对人世的恐惧和生存的烦忧，还有金钱、女人、学业、地下运动等，似乎就再也无法忍耐着活下去了。于是，我不假思索地赞同了她的提议。

但当时我却并没有真正做好去"死"的心理准备，其中的确隐含着某种游戏的成分。

那天上午，我和她踯躅在浅草的六区，一块儿走进了一家咖啡馆，各自喝了杯牛奶。

"你，先去把账结了吧。"

我站起身，从袖口里掏出小钱包，打开一看，里面仅有三块铜币。一种比羞耻更凄烈的情愫一下子攫住了我。我脑海里一闪而过的，是自己在仙游馆的那个房间，就是那个只剩下学生制服和被褥，再也没有任何东西可以送去典当的荒凉房间。除此之外，我所有的家当就只有穿在身上的碎花布和服与披风了。这便是我的现实。我清醒地意识到，自己已经走投无路。

看见我不知所措的样子，那女人也站了起来，瞅了瞅我的钱包，问道："哎?！就只有这么多?！"

尽管这句话有口无心，但分明有一种刺痛感穿透了我的骨髓。这是我第一次因爱人的一句话而倍感痛苦。说到底，不是什么钱多钱少的问题，而是三枚铜币根本就不算是钱，它带给我从未咀嚼过的屈辱感，一种没脸再活下去的屈辱感。归根到底，那时的我还尚未彻底摆脱富家子弟这种属性吧。也就在这时候，我才真正作为一种实感做出了去死的决定。

那天夜里，我们俩一块儿跳进了镰仓的海面。那女人喏嚅着"这腰带还是从店里朋友那儿借来的哪"，随即解下来叠放在岩石上面。我也脱下披风，放在了同一块岩石上，然后双双纵身跳进了海水里。

女人死掉了，而我却得救了。

或许因为我是一个高中生，再加上家父的名字多少有些所谓的新闻效应吧，情死的事被当作重大事件刊登在报纸上。

我被收容在海滨的医院里，一个亲戚还专程从故乡赶来，处理种种后事。故乡的父亲和一家人都勃然大怒，很可能就此与我断绝关系，那个亲戚告诉我这些后就回去了。但我哪有心思顾及这些，只是想念着死去的常子，禁不住潸然泪下。因为在我迄今为止交往的人中间，我只喜欢那个贫穷下贱的常子。

房东的女儿给我寄来了一封长信，里面是她写下的五十首短歌。这些短歌的开头一句，全都是清一色的"为我活着吧"这样一种奇特的句子。护士们快活地笑着到我病房里来玩，其中有些护士总是在紧握过我的手之后才转身离去。

这所医院检查出我左肺上有毛病。这对我来说，倒是一件好事。不久，我被警察以"协助自杀罪"为名带到了警察局。在那里他们把我当病人对待，收容在特别看守室里。

深夜，在特别看守室旁边的值班室内，一个通宵值班的年迈警察悄悄拉开两个房间中央的门，招呼我道："冷吧？到这边来烤烤火吧。"

我故作无精打采地走进值班室，坐在椅子上烤起火来。

"到底还是舍不得那个死去的女人吧。"

"嗯。"我故意用小得几乎听不见的声音回答道。

"这就是所谓的人情吧。"

接着他渐渐摆开了架势，俨然一副法官的样子，装腔作势地问道："最初和那女人发生关系，是在哪儿？"

他当我是个小孩子，摆出一副审讯主任的派头，为了打发这个秋天的夜晚，企图从我身上套出什么近于猥亵的桃色新闻。我很快察觉到了这一点，拼命强忍住想笑的神经。尽管我也知道，对警察的这种非正式审讯，我有权拒绝做出任何回答，但为了给这漫长的秋夜增添一点兴致，我始终在表面上奇妙地表现出一片诚意，仿佛从不怀疑他是真正的审讯主任，以至于刑罚的轻重都完全取决于他的意志似的。我还进行了一番适当的陈述，以多少满足一下他那颗色眯眯的好奇心。

"嗯，这样我就大体上明白了。如果一切都从实回答，我嘛，自然会酌情从宽处理的。"

"谢谢。还请您多多关照。"

真是出神入化的演技，这是一种对自己毫无益处的卖力表演。

天色已经亮了，我被署长叫了过去。这一次是正式审讯。

就在打开门走进署长室的当口，署长便发话了："哦，真是个好男儿啊。这倒怪不了你。怪只怪你的母亲，生下了你这样一个好男儿。"

这是一个皮肤微黑，像是从大学毕业的年轻署长。听他突如其来地这样一说，我不禁萌发了一种悲哀的感觉，恍若自己是个半边脸上长满了红斑的丑陋残疾人一样。

这个署长的模样就像是一个柔道选手或者剑道选手，他的审讯方式也显得干练而爽快，与那个老警察在深夜进行的隐秘而执拗的好色审讯相比，真可谓天壤之别。审讯结束后，署长一边整理送往检察局的文件，一边说道："你得好好爱惜身体哪。你吐血了吧？"

那天早晨我有些反常地咳嗽。一咳嗽，我就用手巾掩住嘴巴，只见手巾上就像是降了红色的霰子一般，沾满了血。但那并不是从喉咙里咯出来的血，而是昨天夜里我抠耳朵下面的小疙瘩时流的血。我突然意识到，不挑明其间的真相或许对我更为有利，所以只是低下头，机敏地回答道："是的。"

署长写完文件后说道："至于是否起诉，得由检察官来决定。不过还是得用电报或电话通知你的担保人，让他到横滨检察局来一趟。总该有一个吧，诸如你的担保人或监护人之类的。"

我突然想起，我学校的担保人就是那个曾经经常出入于父亲别墅，名叫涩田的书画古董商。这个叫涩田的人，长得又矮又胖，是个年届四十的独身男人。他和我们是同乡，常常拍我父亲的马屁。

他的脸，特别是眼睛，长得很像比目鱼，所以父亲总是叫他比目鱼，而我也跟着这么叫他。

我借助警察的电话簿，查到了比目鱼家的电话号码。我拨通了电话，请他到横滨检察局来一趟。没想到比目鱼活像摇身变了个人似的，说起话来装腔作势的，但还是答应了我的请求。

"喂，那个电话还是消下毒为好。没看见他吐血了吗？"

当我回到特别看守室坐下之后，听见署长正用大嗓门在这样吩咐警察。

午饭以后，我被他们用细麻绳绑住胳膊，与一个年轻警察一起，乘坐电车向横滨出发了。尽管他们准许我用披风遮住捆绑的部位，但麻绳的一端却被年轻警察紧握在手中。

不过我并没有丝毫的不安，倒是对警察署的特别看守室和那个老警察依依不舍。呜呼，我怎么会沦落到这步田地呢？被作为犯人捆绑起来，竟然反而使我如释重负，万般惬意。即使此刻追忆起当时的情形，我也会禁不住变得心旷神怡。

但在那段时期所有令人怀念的往事中，唯有一次悲惨的失败记录。它令我不胜汗颜，终生难忘。我在检察局一个阴暗的房间里接受了检察官简单的审讯。检察官年纪四十岁左右，看起来像是一个性情温和、不乏气度的人（如果说我长得漂亮，那也无疑是一种邪恶淫荡的漂亮，但这个检察官的脸上却始终是一种聪慧而宁静的神情，使你不得不承认，那才是一种真正的漂亮）。所以我情不自禁地彻底放松了警惕，只是心不在焉地叙述着。突然我又咳嗽了起来。我从袖口掏出手巾，蓦地瞥见了那些血迹。顿时，我涌起了一个浅薄的念头，以为或许我能把这咳嗽作为一种筹码来讨价还价。"咯，咯……"我夸张地大声假咳了两下，用手巾捂住嘴巴，顺势悄悄乜斜了检察官一眼。

"你是在真咳吗？"

他的微笑是那么宁静，我直冒冷汗。不，即使现在回想起来，我依旧会紧张得手足无措。中学时代，当竹一那个傻瓜说我是"故意的，故意的"，戳穿了我的把戏时，我就像被一脚踢进了地狱里一样。而如果说我这一次的羞愧远远超过了那一次，也绝非言过其实。那件事和这件事，是我整个生涯中演技惨败的两大纪录，我有时甚至想：与其遭受检察官那宁静的侮辱，还不如被判处十年的徒刑。

被予以缓期起诉，我却高兴不起来。我心中满是悲凉，坐在检察局休息室的长凳上，等待担保人比目鱼来领我出去。

透过背后高高的窗户能望见晚霞燃烧的天空，一大群海鸥排成一个"女"字形，朝远处飞去。

手记之三

一

竹一的两大预言，兑现了一个，落空了一个。"被女人迷恋上"这一并不光彩的预言化作了现实，而"肯定会成为一个了不起的画家"这一祝福性的预言却归于泡影。

我仅成了一个蹩脚的无名漫画家，负责给不入流的杂志画粗俗的漫画。

由于镰仓的殉情事件，我遭到了学校的除名。于是，我不得不住进比目鱼家二楼一间三铺席大的房子。每月从老家送来极少的生活费，并且不是直接寄给我，而是悄悄送到比目鱼手上（好像是老家的哥哥们瞒着父亲捎来的）。除此之外，我被断绝了与老家之间的所有联系。而比目鱼也总是板着一张脸，无论我怎样对他赔笑，他也一笑也不笑，与过去简直是判若两人，让我百思不得其解：人翻起脸来，怎么可能如此易如反掌？这令我感到可耻，不，毋宁说是滑稽。比目鱼一改过去的殷勤，只是对我反复叮嘱着同一句话："不准出去。总之，叫你不要出去。"

看来，比目鱼是认定我有自杀的嫌疑，换言之，认为我有可能追随那个女人投海自尽，所以才对我外出严加禁止的。我既不能喝酒，也不能抽烟，只能从早到晚蛰伏在二楼三铺席房间的被炉里翻翻旧杂志，过着傻瓜一样的生活，连自杀的力气也被销蚀殆尽了。

比目鱼的家位于大久保医专的附近，尽管招牌上堂而皇之地写着"书画古董商""青龙园"等，可毕竟只占了这栋房子两户人家中的一户。而且店铺的门口也相当狭窄，店内落满了尘埃，堆放着很多的破烂货（本来，比目鱼就不是靠买卖这些破烂货为生的，而是大肆活跃于另一些领域，比如将某个老板的珍藏品转让给另一个老板以从中渔利）。他几乎从不待在店里，而是一大清晨就绷着脸，急匆匆地出门去了，只留下一个十七八岁的小伙计守店。当然他也负责看守我。一有闲工夫，他就跑到外面去，和邻近的孩子们一起玩那种传接球游戏，俨然把我这个二楼上的食客当作了傻瓜或是疯子，有时还像大人般对我来一番说教。我天生就是一个不会与人争辩的人，所以只得做出一副疲惫不堪或是感激涕零的表情，聆听并服从他的说教。这小伙计是涩田的私生子，只是其间有些隐情，使得涩田没有和他以父子相称。涩田一直独身未娶，似乎与此也不无关系。我记得过去也从家里人那儿听到过一些有关的传闻，但我对别人的事情本来就没有太大的兴趣，所以对其中的详情一概不知。但那小伙计的眼神确实让人联想起那些鱼眼珠来，没准儿真的是比目鱼的私生子……设若如此，这倒也的确算得上一对凄凉的父子。夜深人静之时，他们常常瞒着二楼上的我，叫来荞麦面什么的，一声不响地吃着。

在比目鱼家里，一直是由这个小伙计负责主厨的。我这个二楼食客的饭菜，通常是由小伙计盛在托盘里送上来，而比目鱼和小伙计则在楼下四铺半席大的阴湿房间里匆匆忙忙地用餐，还一边把碗碟鼓捣得咔嚓作响。

在三月末的一个黄昏，或许是比目鱼找到了什么意料之外的赚钱门道，抑或是他另有计谋（即使这两种推测都没有错，至少也还有另一些我等之辈所无法推断的琐屑原因吧），他破例把我叫到了楼下的餐桌旁。桌子上竟然很罕见地摆放着酒壶和生鱼片，而且那些生鱼片不是廉价的比目鱼，而是昂贵的金枪鱼。就连款待我的主人家也大受感动，赞叹不已，甚至还向我这个茫然不知所措的食客劝了点酒。

"你究竟打算怎么办呢，这以后？"

我没有回答，只是从桌子上的盘子里夹起了一块干沙丁鱼片。看着那些小鱼身上银白色的眼珠子，酒劲便渐渐上来了。我开始怀念起那些四处游荡的时光，还有堀木。我是那么痛切地渴望起自由来了，以致差一点脆弱地掩面哭泣。

我搬进这个家以后，甚至丧失了逗笑的欲望，只是任凭自己置身于比目鱼和小伙计的蔑视之中。比目鱼似乎也竭力避免与我进行推心置腹的长谈，而我自己也无意跟在他后面向他诉说衷肠，所以我几乎完全变成了一个傻乎乎的食客。

"所谓缓期起诉，今后是不会成为人的前科的。就凭你自己的决心，便可以获得新生。若是你想洗心革面，正经八百地征求我的意见，那我自会加以考虑的。"

比目鱼的说法，不，世上所有人的说法，总是显得转弯抹角，含混不清，其中有一种试图逃避责任似的微妙性和复杂性。对于他们那种近于徒劳无益的防范心理和无数的小小计谋，我总是感到困惑不已，最后只得听之任之，随他而去。要么我以滑稽的玩笑来敷衍塞责，要么我用无言的首肯来得过且过，总之，我采取的是一种败北者的消极态度。

多年以后我才知道，其实当时要是比目鱼像下面这样简明扼要地告诉我，事情就会是另一个样子，可是……我为比目鱼多此一举的用心，不，为世人们那不可理喻的虚荣心和面子观念，感到万般凄凉和阴郁。

比目鱼当时要是这么直截了当地告诉我就好了："不管是官立的学校还是私立的学校，反正从四月开始，你得进一所学校。只要你肯进学校读书，老家就会捎来更充裕的生活费。"

后来我才了解到，事实上，当时情况就是这个样子的。若是那样，我是会言听计从的吧。但是，由于比目鱼那种过分小心翼翼、转弯抹角的说法，我反倒闹起了别扭，以至于我的生活方向也全然改变了。

"如果你没有诚心来征求我的意见，那我就无可奈何了。"

"征求什么意见？"我就像丈二和尚一样摸不着头脑。

"关于你心中想的一些事情罢了。"

"比如说？"

"比如，你自己打算今后怎么办？"

"还是找点活儿来干好吧？"

"不，我是问你自己究竟是怎么想的？"

"不过，即使我想进学校，也……"

"那也需要钱。但问题不在钱上，而在于你的想法。"

他为什么不挑明了说一句"老家会捎钱过来"呢？仅此一句话，我就会下定决心的。可现在我却堕入了五里雾中。

"怎么样？你对未来是否抱有希望之类的东西呢？照顾一个人有多难，这是受人照顾者所无法体会的。"

"对不起您。"

"这确实让我担心哪。我既然答应了照顾你，也就不希望你半途而废。我希望你拿出决心来给我看看，走上一条重新做人的道路。至于你将来的打算，如果你肯诚心诚意地告诉我，征求我的意见，我是愿意与你一同商量着办的。因为我比目鱼是个穷光蛋，能够给你的资助也有限，如果你还奢望过从前那种大手大脚的生活，那你就想错了。不过，要是你的想法切实可行，明确制订出了将来的方案，并愿意找我商量，就算我帮不了多少，也还是愿意助你重整旗鼓的。你明白我的良苦用心吗？说呀，你究竟以后打算怎么办？"

"如果您不愿意收留我，我就出去找工作来干……"

"你是真心那么说的吗？在如今这个世上，就算是帝国大学的毕业生也还……"

"不，我又不是去做什么公司职员。"

"那做什么呢？"

"当画家。"我一咬牙就说了出来。

"嘿？！"

比目鱼缩着脖子一阵嗤笑，他当时那狡黠的面影让我记忆犹新。

那嗤笑的面影里，潜藏着一种近于轻蔑却又不同于轻蔑的东西。倘若把人世间比作一片大海，那么在大海的万丈深渊里就分明曳动着那种奇妙的影子。我正是透过那种嗤笑，管窥了成年人生活的深层奥秘。

最后他说道："如果是这样，那根本就没法谈了。你的想法一点也不现实。你再想想看吧，今晚你就好好地想一晚上吧。"听他这样一说，我就像是遭到追撵似的，赶紧爬上了二楼。躺着想啊想啊，也没想出什么别的主意。不久，天开始亮了。黎明时分，我从比目鱼家逃了出来。

　　傍晚时我肯定回来。我去找下面这位朋友，商议将来的出路，请您不必为我担心。我保证。

我用铅笔在便笺上写下上面的一番话。然后，又写下堀木正雄的姓名和在浅草的住址，悄悄地溜出了比目鱼家。

我并不是因为对比目鱼的说教感到懊恼，才偷跑出来的。正如比目鱼所说的，我是个想法一点不现实的男人，对将来的愿景完全没有头绪。如果一直待在比目鱼家当食客，未免对不起比目鱼。就算我发愤图强，立下宏志，可一想到每个月都得让并不富裕的比目鱼来资助我，顿时感到黯然神伤，痛苦不堪。

不过我逃离比目鱼家，并不是真的想去找堀木之流商量什么将来的出路。我只是想让比目鱼暂且放下心来，才循着记忆，把堀木的住址和姓名随手写在了便笺的角落上（而我则可以趁机争取时间逃得再远一点，正是出于这种侦探小说式的策略，我才写下了那张留言条。不，不对，尽管不无这种心理，但更准确的说法或许是：我害怕自己冷不防带给比目鱼太大的打击，害得他惊慌失措。尽管事情的真相迟早要败露，但我还是惧怕直截了当地说出来，所以必须想办法掩饰。这正是我可悲的性格之一，尽管它与世人们斥之为撒谎而百般鄙弃的行径颇为相似，但我却从不曾为了牟取私利而进行掩饰。我只是对气氛骤然变化所带来的扫兴感到窒息般的恐惧，即使明知事后对自己不利，也必定会像往常一样，进行拼死拼活的服务。尽管这种服务是一种被扭曲了的、微不足道而又愚蠢至极的东西，但正是出于这种为人服务的精神，我才在许多场合下不由自主地加上一两句修饰语。然而，这种习惯却常常给世上的所谓正人君子们带来了可乘之机）。

我离开比目鱼家，一直步行着来到新宿，卖掉了揣在身上的书。这下我真是穷途末路了。尽管我对每个朋友都友爱而和善，却从未真正体会过那种所谓的友情。像堀木这样的玩伴另当别论，所有的交往都只给我带来痛楚。为了排遣那种痛楚，我拼命地扮演丑角，累得精疲力竭。只要在大街上看到熟识的面孔，哪怕只是模样相似的面孔，我也会大吃一惊，被那种令人眩晕的痛苦战栗牢牢地攫住。即使知道别人喜欢自己，我也缺乏爱别人的能力（不过，对世人是否真的具备爱别人的能力，我持怀疑态度）。这样的我，不可能拥有所谓的挚友，再说，我甚至不具备走访朋友的能力。于我而言，他人的家门比《神曲》中的地狱之门还要阴森可怕。这并非危言耸听，我真有这样的感觉：某种如可怕的巨龙般散发出腥臭的怪兽，正匍匐在别人家门内蠢蠢欲动。

我和谁都没有往来，我没地方可去。

还是去堀木那儿吧。

这是典型的假戏真做。我决定按照留言条上所写的那样，去走访住在浅草的堀木。在这之前，我从没主动走访过堀木家，大都是打电报叫他过来。可眼下，我连电报费也掏不出来了，更何况凭我这副潦倒之身，光发个电报，堀木恐怕也不会来见我吧。我决定来一次自己并不擅长的走访，叹息着坐上了电车。对于我来说，难道这世上唯一的救命稻草就是堀木吗？一想到这儿，一种冷彻脊梁的寒意便蓦地笼罩住了我。

堀木在家。他家是一栋两层的建筑，位于肮脏的胡同深处。堀木住在二楼的房间里，仅有六铺席大小。他年迈的父母和一个年轻的工匠正在楼下敲敲打打、缝缝补补，忙着制作木屐鞋带。

那天，堀木向我展示了他作为都市人的崭新一面，即俗话所说的老奸巨猾的一面。这个冷酷而狡诈的利己主义者，令我这样的乡巴佬瞠目结舌。原来他远不是像我这样不断漂泊流转的男人。

"你真是让我大吃一惊哪。你家老爷子原谅你了吗？还没有？"

我没敢说自己是逃出来的。

我像平常那样搪塞着。尽管马上就会被堀木察觉，但我还是敷衍道："总会有办法的。"

"喂，那可不是闹着玩的。就算是我对你的忠告吧，干傻事也该有个分寸。我嘛，今天还有点事呢，这阵子真是忙得不可开交。"

"有事？什么事？"

"喂，喂，你别扯断坐垫上的绳子好不。"

坐垫的四个角上都带有那种像稻穗般的细线，也不知道该说是线头子，还是绑绳。我一边说话，一边无意识地用指尖鼓捣着其中一根，还不时用劲地拉扯一下。看来，只要是家里的东西，就算是坐垫上的一根细线，堀木也爱惜无比，甚至不惜横眉竖眼地责备我，没有半点害羞。回想起来，在以前与我的交往中，堀木也从没吃过什么亏。

堀木的老母亲把两碗年糕小豆汤放在托盘上，送了上来。

"哎呀，您这是……"

堀木一副十足的孝子模样，在老母亲面前表现得诚惶诚恐，话语中也有几分不自然了："对不起，是年糕小豆汤吗？这也太奢华了。原本不必这么费心的，因为我们有事得马上出去哪。不过，一想到您特意做了拿手的年糕小豆汤，不吃未免太可惜了。那我们就喝了。你也来一碗。这可是我母亲特意做的哪。啊，这玩意儿真好喝。太奢华啦！"

他兴奋无比，津津有味地喝着，那神情也不完全像是在演戏。我也啜了一口小豆汤，只闻到一股白开水的味道。我又尝了尝年糕，觉得那压根儿就不是年糕，而是一种我所全然不知的莫名物体。当然，我绝对不是在这里蔑视他们家的贫穷（其实当时我并不觉得难吃，而且老母亲的心意也令我大为感动。即使我对贫穷有一种恐惧感，也绝没有什么轻蔑感）。多亏了那年糕小豆汤和因年糕小豆汤而兴高采烈的堀木，我才清楚地看到了都市人那节俭的本性，看到了东京人家庭那种内外有别、惨淡经营的真实面貌。我发现唯有愚蠢的我不分内外，接二连三地从人的生活中四处逃窜，甚至还遭到了堀木这种人的嫌弃。这怎不令我惶恐？我鼓捣着漆面剥落的筷子，一边喝年糕小豆汤，一边感到难以忍受的凄寂。我只想记录下当时的这种心情。

"对不起，我今天有点事，"堀木站起身，边穿上衣边说，"我要先走一步了，真是对不起哦。"

这时，正好有一个女客人来拜访堀木。不料，我的命运也随之急转而下。

堀木一下子精神大振，说道："哦，真是对不起。我正寻思着要去拜望您哪。可谁知来了个不速之客。不过，没关系，喂，请进吧。"

他一副方寸大乱的样子。我取出自己身下的坐垫，翻个面递给他。他一把夺过去，又翻了个面，然后请那女人就座。房间里除了堀木的坐垫外，就只剩下一个坐垫供客人使用。

女人是一个瘦高个儿。她把坐垫往旁边挪了挪，在门口附近的角落上坐了下来。

我茫然地听着他们俩的谈话。那女人像是某个杂志社的人，貌似不久前约堀木画了什么插图，这一次是来取画稿的。

"因为急着用，所以……"

"已经画好了，而且是早就画好了。这就是，请过过目吧。"

这时，送来了一封电报。

堀木看了看电报，原本兴高采烈的面孔一下子变得阴森起来。

"喂，你说说，这是怎么回事？"

原来是比目鱼发来的电报。

"总之，请你赶快回去。能亲自送你回去固然好，可我眼下实在没那工夫。瞧你，明明是从家里逃跑出来的，却一副满不在乎的表情。"

"您住在哪儿？"

"大久保。"我不由得脱口而出。

"那正好是在敝公司附近。"

那女人出生在甲州，今年二十八岁，带着快满五岁的女儿住在高圆寺的公寓里。据说她丈夫已去世快三年了。

"您一路长大，像是吃了不少苦头哪。怪不得很善解人意。也真够可怜的。"

从此，我第一次过上了男妾似的生活。在静子（这就是那个女记者的名字）去新宿的杂志社上班时，我就和她名叫繁子的五岁女儿一起看家。此前，当母亲外出时，繁子总是在公寓管理员的房间里玩耍，而现在来了个"善解人意"的叔叔陪她玩，她自然是很兴奋。

我在那儿稀里糊涂地待了一周左右。透过公寓的窗户，看见一只风筝绊在了不远处的电线上。裹挟着尘土的春风把风筝吹得七零八落，但它却牢牢地缠在电线上不肯离去，就像是在不停地点头一般。每当看见这一幕，我都忍不住苦笑、脸红，甚至被噩梦魇住。

"我需要钱。"

"……需要多少？"

"需要很多很多……俗话说'金钱耗尽，缘分两清'，此话一点不假呀。"

"你犯什么傻呀。那不过是句从前的老话而已……"

"是吗？不过你是不会明白的。照这样下去，没准儿我会逃走的。"

"到底是谁穷呢？又是谁要逃走呢？你还真是奇怪哪。"

"我要自己挣钱，用挣来的钱买酒，不，是买烟。就说画画吧，我也自认为比堀木画得好哪。"

这种时候，我脑子里会不由得地浮现出中学时代所画的那几张自画像，也就是竹一所说的妖怪。它们是被散佚的杰作。尽管在多次搬迁中遗落了，但我总觉得，唯有它们才称得上优秀的画作。那以后，我也尝试着画过各种画，但都远远抵不上那记忆中的杰作，以至于我总是被一种空荡荡的失落感所裹挟，恍若整个胸膛快要打开一个窟窿。

一杯喝剩的苦艾酒。

我就这样暗自描述那永远无法弥合的失落感。一提到画，那杯喝剩的苦艾酒就会在我眼前忽隐忽现。我被一种焦虑感搅得心神不宁。啊，真想把那些画拿给她看看。我要让她相信我的绘画才能！

"哼哼，怎么样啊？看你那样作古正经地开玩笑，还真是可爱哪。"

这不是开玩笑，而是真的！啊，我真想把那些画拿给她瞧瞧。我就这样徒劳地焦灼着。突然间，我改变主意，干脆断了那个念头，说道："漫画，至少画漫画，我自认为比堀木强。"

不承想，这句用来搪塞的玩笑话，倒让她信以为真了。

"是啊，其实我也蛮佩服你的。你平常给繁子画的那些漫画，让我看了都禁不住扑哧大笑呢。你就试着画画看，怎么样？我也可以帮你拜托一下我们社的总编哦。"

他们杂志社发行的是一种没什么名气的月刊杂志，主要面向儿童。

"……一看到你，大部分女人都巴不得为你做点什么呢……因为你总是一副战战兢兢的样子，却又是个出色的滑稽人物。……虽然有时候你显得茕茕孑然，郁郁寡欢，但正是那模样才更让女人为之心动哪。"

除此之外，静子还说很多奉承话来抬举我，可一想到那恰恰是属于男妾的可鄙特征，我就变得越发消沉，萎靡不振。我暗地里忖度着，金钱比女人更重要，我迟早会离开静子，去过自食其力的生活。我也为此煞费了苦心，可反倒越来越依赖静子了。包括我从比目鱼家出走的善后事宜等等，几乎全都由这个不让须眉的甲州女人一手操持，让我不得不在静子面前愈发战战兢兢了。

在静子的安排下，比目鱼、堀木以及静子进行了三方会谈，最终达成了协议：我就此与老家彻底决裂，而与静子光明正大地开始同居生活。在静子的多方奔走下，我的漫画也意外地赚了些钱，我就用那些钱来买酒和烟。谁知我的不安和郁悒却反而有增无减。我闷闷不乐，日渐消沉，在我为静子他们杂志画每月的连载漫画《金太郎与小太郎的冒险》时，竟突然想念起故乡的家人来。由于过分落寞，有时我会戛然停下手中的画笔，伏在桌子上泪流满面。

这种时候，能带给我些许安慰的，就只有繁子了。繁子已经毫不忌讳地把我叫作"爸爸"了。

"爸爸，有人说只要一祈祷，神什么都会答应，这是真的吗？"

说来，我倒是正需要这样的祈祷哪。

啊，请赐给我冷静的意志！请告诉我人的本质！一个人排斥欺侮另一个人，难道也不算罪过？请赐给我愤怒的面具！

"嗯，是的，对繁子嘛，神什么都会答应的。可是对爸爸呢，恐怕就不灵验了。"

我甚至对神也充满了恐惧。我不相信神的宠爱，而只相信神的惩罚。我觉得，所谓的信仰，不过就是为了接受神的鞭笞，而俯首走向审判台。就算可以相信地狱，却怎么也无法相信天国的存在。

"为什么不灵验呢？"

"因为爸爸违抗了父母之言。"

"是吗？可大家都说，爸爸是个大好人哪。"

那是因为我欺骗了他们。我也知道，这公寓里的人都对我表示出好感，可事实上，我是多么畏惧他们哪！我越是畏惧他们，就越是博得他们的喜欢，而越是博得他们的喜欢，我就越是畏惧他们，并不得不远离他们。可是，要向繁子说清我这种不幸的怪癖，显然困难至极。

"繁子，你究竟想向神祈祷什么呢？"我漫不经心地改变了话题。

"繁子我想要一个真正的爸爸呢。"

我吃了一惊，眼前一片晕眩。敌人。我是繁子的敌人？抑或繁子是我的敌人？总之，这里也有一个威胁着我的可怕大人。他人，不可思议的他人，尽是秘密的他人。顷刻间，我从繁子的脸上读出了这一切。

原以为只有繁子属于例外，没想到她身上也隐藏着"无意中抽死牛虻的牛尾巴"。打那以后，我在繁子面前也不得不提心吊胆。

"色魔！在家吗？"

堀木又开始上这儿来找我了。在我从比目鱼家出走的日子里，他曾让我陷入那么孤寂的境地，可现在我却无法拒绝他，而只能笑脸相迎。

"不是听人说，你的漫画很受欢迎吗？像你这样的业余画家，倒很有点'初生牛犊不怕虎'的胆量呦。真拿你没办法。不过，也别得意忘形。就说你的素描吧，简直惨不忍睹呢！"

他在我面前摆出一副绘画大师的派头。要是把我那些"妖怪的画像"拿给他看，他会是怎样一种表情呢？我又像往常那样开始徒劳地焦躁起来。我说："你别那么说我，我都差点儿尖声大叫了。"

堀木越发得意起来："如果仅凭为人处世的才能，迟早有一天总会露馅呦。"

为人处世的才能……听他这么一说，我除了苦笑，无以对答。我居然具有为人处世的才能！有句俗话叫作"明哲保身，得过且过"，这似乎成了一种处世训条。莫非我那种畏惧人类、避之不及、只能敷衍蒙混的性格，与遵从这种处世训条的狡猾做法，在表现形式上竟然相同？啊，其实人们彼此互不了解，明明看错了对方，却自以为是对方唯一的挚友，一辈子都对事实真相浑然不觉。等对方死后，不是还要上门吊唁，痛哭流涕吗？

堀木算是我离开比目鱼家之后那些善后事宜的见证人（他肯定是在静子的央求之下，才勉强答应的），所以他摆出一副助我重新做人的大恩人或月下老人的派头，煞有介事地对我说教，或是深更半夜喝得烂醉跑来借宿，或是开口找我借五块钱急用（每次都无一例外是五块钱）。

"不过，你玩女人也该到此为止了吧。再玩下去的话，世间是不会容忍的。"

所谓"世间"，又是什么呢？是"人"的复数吗？可哪儿有"世间"这个东西的实体呢？之前，我认为它是一种苛烈、严酷而且可怕的东西，并一直生活在这种想法中，如今听堀木那么一说，有句话差一点就逬出了我的喉咙口："所谓的世间，不就是你吗？"

我害怕激怒堀木，所以话到嘴边又咽了回去。

（世间是不会容忍你的。）

（不是世间，而是你不会容忍吧。）

（如果那么做，世间会让你头破血流的！）

（不是世间，而是你吧。）

（你不久就会被世间埋葬。）

（不是被世间，而是被你埋葬吧。）

对自己的可怕、怪异、恶毒、狡诈和诡谲，你要有自知之明！——诸如此类的话语在我胸中你来我往。尽管如此，我却只能用手巾揩着汗涔涔的脸，笑着嗫嚅道："这是冷汗，冷汗！"

打那时候起，我萌发了一种堪称"思想"的念头：所谓的世间，不就是个人吗？

自从有了这个念头之后，与以前相比，我多少可以按照自己的意志行事了。借静子的话来说，我变得有点任性了，不再像以前那样战战兢兢。再借堀木的话来说，我变得出奇地吝啬和小气了。而借繁子的话来说，我不大宠着她了。

我变得不苟言笑，每天一边照看繁子，一边应各家杂志社之约（渐渐地，静子他们以外的出版社也开始向我约稿了，不过都是些比静子他们杂志社还低俗的所谓三流出版社），画《金太郎与小太郎的冒险》，还有明显是模仿《悠闲爸爸》的《悠闲和尚》，以及《急性子小阿平》这类连自己也不知所云的连载漫画，其标题就充满了自暴自弃的意味。我满心忧郁、慢条斯理地画着（我的运笔速度算是相当缓慢的），以此来挣点酒钱。当静子从杂志社回到家里，就轮到我外出了。我阴沉着脸走出家门，在高圆寺车站附近的摊铺上，或者是简易的酒馆里，啜饮着廉价的烈性酒，等心情变好之后，才又回到公寓里。我对静子说："越看越觉得你的长相怪怪的。其实啊，悠闲和尚的造型就是从你睡觉时的模样中得到灵感的。"

"你睡觉时的模样，也显得苍老了很多。就像个四十岁的男人。"

"还不是都怪你，都被你榨干了。人生无常如水流，河畔柳枝何须愁？"

"别瞎闹了，早点休息吧。要不给你来点饭？"她是那么镇定自若，压根儿不理睬我那一套。

"如果是酒的话，我倒想喝一点……人生无常如水流……无常人生如流水，不……人生无常如水流……"

我一边哼唱着，一边让静子给我脱衣。然后，我把额头埋在静子胸前，睡了过去。这便是我的日常生活。

　　　　相同之事也反复发生在明日

　　　　只需遵从与昨天同样的惯例

　　　　只要避免过度地狂喜

　　　　自然不会有悲哀造次

蟾蜍总是会迂回前进

躲开阻挡前方的路石

当我读到这首上田敏翻译的夏尔·克罗的诗时,不禁满脸通红,就像火苗在燃烧。

蟾蜍。

(这就是我。世间对我已无所谓容不容忍,埋不埋葬了。我是比狗和猫更劣等的动物。是蟾蜍,只会趴在地上缓慢蠕动。)

我的酒量越来越大。不仅到高圆寺车站附近,也到新宿、银座一带去喝酒,有时还在外面过夜。为了避免"遵从与昨天同样的惯例",我在酒吧里装出无赖汉的模样,抱着人乱亲一气,总之,我又回到了殉情之前的状态,不,成了比那时更粗野更卑贱的酒鬼。没钱可花时,还把静子的衣服拿去当掉。

自从我来到这个公寓,望着那破烂风筝露出苦笑后,已经过去了一年多。当樱花树长出嫩叶的时节,我悄悄偷走静子和服上的腰带和衬衫,拿到当铺去典当,然后用换来的钱去银座贪杯。我在外面连续过了两夜,到第三天晚上,毕竟觉得于心不安,无意识中蹑手蹑脚地走回到静子的住处。只听到里面传来静子与繁子的谈话声:

"干吗要喝酒?"

"爸爸可不是因为喜欢酒才喝的。只因他人太好了,所以……"

"好人就要喝酒吗?"

"倒也不是那样,不过……"

"爸爸准会大吃一惊的。"

"没准儿会讨厌呢。瞧,瞧,又从箱子里跳出来了。"

"就像漫画里的急性子小阿平一样。"

"说得也是。"

能听到静子那压低了嗓门，但却发自肺腑的幸福笑声。

我把门推开一个缝，朝里瞅了瞅，原来是一只小白兔。只见小白兔在房间里欢蹦乱跳着，而静子母女俩正追着它玩。

（真幸福啊，她们俩。可我这个浑蛋却夹在她们中间，总有一天会毁了她们朴实的幸福。一对好母女。啊，倘若神能听见我这种人的祈求，哪怕一生中只有一次，我也祈求神能赐给她们母女俩幸福。）

我真想原地蹲下，合掌祈祷。我轻轻拉上门，又回银座去了。从那以后，我就再也没有回过那个公寓。

不久，我又寄宿在京桥附近一家小酒馆的二楼上，过起了男妾式的日子。

世间。我开始隐隐约约地明白世间的真相了。它就是个人与个人之间的争斗，而且是即时即地的争斗。只需要当场取胜即可。人是绝不会服从于他人的。即使是奴隶，也会以奴隶的方式进行卑屈的反击。除了当场一决胜负之外，人不可能有别的生存之道。虽然人们口头上主张大义名分，但努力的目标毕竟属于个人。超越个人之后依旧还是个人。说到底，世间之谜也就是个人之谜。所谓的汪洋大海，实际上并不是世间，而是个人。想到这里，我多少从对世间这一大海之幻影的恐惧中解放了出来，而不再像从前那样，凡事谨小慎微，操心不尽。换言之，我多少学会了要厚颜无耻，以适应眼前的需要。

离开高圆寺的公寓后，我来到了京桥的一家小酒吧。"我和她分手了。"我只对老板娘说了这一句，便足够了。亦是说，一锤子就定了胜负。从那天夜里起，我便毫不客气地住进了那里的二楼。尽管如此，那本该十分可怕的世间却并没有加害于我，而我自己也没有向世间进行任何辩解。只要老板娘不反对，一切便不在话下了。

我既像是店里的顾客，又像是店里的老板，也像个跑腿的侍从，还像是某个亲戚。在旁人眼里，我无疑是个来路不明的人。对此，世间却不足为怪，店里的常客们也"阿叶、阿叶"地叫我，对我充满了善意，还请我喝酒。

慢慢地，我对世间不再小心翼翼了。我渐渐觉得，世间这个地方并非那么可怕了。换言之，此前的那种恐惧感很有点杞人忧天的味道，就好比担心春风里有成千上万的百日咳细菌；担心澡堂里隐藏着成千上万导致人双目失明的真菌；担心理发店里潜伏着秃头病的病菌；担心省线电车的吊环上蠕动着疥癣的幼虫；担心生鱼片和生烤的猪肉牛肉里埋伏着绦虫的幼虫、吸虫的虫卵等等；担心赤脚走路时会有小小的玻璃碴扎破脚心，从而进入体内周身循环，戳破眼珠，使人失明……总之，我就像是被那种所谓的"科学的迷信"吓破了胆似的。的确，从科学的角度看，所谓成千上万的细菌在那儿蠕动，或许确有其事吧。但同时我也开始懂得了：只要我彻底无视它们的存在，那么它们也就成了与我毫无关联，并转瞬即逝的"科学的幽灵"。人们常说，如果饭盒里吃剩三粒米饭，一千万人一天都剩下三粒，那就等于白白浪费了好几袋大米；还有，如果一千万人一天都节约一张擤鼻涕的纸，那么将会汇聚成多大的一池纸浆啊。这种科学的统计曾让我多么害怕呀。每当我吃剩一粒米饭，或是擤一次鼻涕时，我就觉得自己白白浪费了堆积如山的大米和纸浆。这种错觉死死地攫住我，使我黯然神伤，仿佛自己正犯下重大的罪孽一样。但这恰恰是"科学的谎言""统计的谎言""数学的谎言"。在黑灯瞎火的厕所里，人们踩虚脚掉进粪坑里，这种事的概率有多大呢？还有，乘客不小心跌进电车门与月台外缘的缝隙中，这种人的概率又是多少呢？统计这种概率性是愚蠢可笑的，同样，三粒米饭也不可能被汇集到一处。即使作为乘法和除法的应用题，这也是过于原始而低能的题目。尽管它的确有可能发生，但真正在厕所的茅坑茅坑上因踩虚脚而受伤的事例，却从没有听说过。然而，那样一种假设却作为"科学的事实"灌输进了我的大脑里，直到昨天为止，我还完全把它作为现实来加以接受，并担惊受怕。我觉得自己是那么天真可爱，忍不住想笑。我开始一点点地了解世间的实体了。

尽管如此，人这种东西在我眼里仍旧十分可怕，要从楼上下去见店里的顾客，我必须先喝杯酒给自己壮胆。可俗话说，越是害怕越想看，所以我每天晚上都去店堂里，像小孩子总是把自己害怕的小动物紧攥在手中一样，我开始在喝醉之后，向店里的客人吹嘘拙劣的艺术论。

漫画家。啊，我只是一个既无大悲亦无大喜的无名漫画家。我渴望着狂暴而巨大的欢乐，即使再大的悲哀接踵而至，我也在所不惜。尽管我心急如焚，但眼下的乐趣却不外乎与客人闲聊神侃，喝客人请我喝的酒。

来到京桥以后，我已过了近一年这样无聊的生活。我的漫画也不再仅限于儿童杂志，而开始刊登在车站贩卖的猥亵杂志上。我以上司几太（情死未遂）①这个谐谑的笔名，画了一些下流的裸体画，并在其中插入了《鲁拜集》中的诗句：

> 停止做那种徒劳的祈祷。
>
> 抛弃那诱发眼泪的一切。

---

① "上司几太"与"情死未遂"在日语中谐音。

来，干一杯吧，只想美妙的事物，
忘记一切多余的烦恼。

那用不安和恐怖威胁人的家伙，
惧怕自己制造的弥天罪恶，
为防备死者愤然复仇，
终日算计，不得安卧。

昨夜，我的心因醉意而充满欢欣，
今早醒来，却徒留一片凄清。
真是怪哉，相隔一夜，
我的心竟然判若两人！

别再想什么恶有恶报！
如同远方喧闹的鼓声，
那家伙莫名地不安和烦恼。
又怎能得救，倘若放屁也算罪行？

难道正义是人生的指针？
那么在血迹斑斑的战壕
那暗杀者的刀锋上
又是何种正义在喧嚣？

哪里有指导我们的原理？
又是何种睿智之光在闪烁？

美丽与恐惧并存于浮世，
软弱的人子背负起不堪的重荷。

因为我们被播撒了无奈的情欲种子，
所以总听到善与恶、罪与罚的咒语。
我们只能束手无策、彷徨踯躅，
因为神没有赐给我们力量和意志。

你在哪里徘徊游荡？
你在对什么进行批判、思索和重新考量？
是并不存在的幻觉，还是空虚的梦乡？
哎，忘了喝酒，那全都成了虚假的思量！
不妨遥望那漫无边际的天空，
我们不晋其中浮现的一个黑点。
岂能知道，这地球是凭什么自转？！
自转，公转，反转，与我们有何相干？！

到处都有至高无上的力量，
所有的国家，所有的民族，
无不具有相同的人性。
难道只有我是异端之徒？

人们都误读了先知的圣训，
要不就是缺乏常识和智慧。
竟然忌讳肉体之乐，还禁止喝酒，

够了，穆斯塔法，我最讨厌那种虚伪！

（摘自堀井梁步译《鲁拜集》）

但那时，却有一个少女劝我戒酒。

她说："那可不行啊，每天一到中午，你就喝得醉醺醺的。"

她是酒吧对面那家香烟铺老板的女儿，年纪有十七八岁，名字叫良子。她长得肌玉肤白，还有一颗虎牙。每当我去买香烟时，她总会笑着给我忠告。

"为什么不行呢？有什么不好？有多少酒就放开喝。'人子啊，消除你心中的憎恨吧！'这是古代波斯人的名言——算了，我不要说这么复杂了。还有呢，'给悲哀疲惫的心灵带来希望的，正是那带来微醺的玉杯'。这，你懂吗？"

"不懂。"

"傻丫头，当心我亲你哟。"

"亲就亲呗。"她毫不胆怯地噘起了下嘴唇。

"傻丫头，居然没有一点贞操观念。"

但良子的表情中，却分明散发着一种没有被任何人玷污过的处女气息。

在开年后的一个严寒之夜，我喝得醉醺醺地出去买香烟。不料掉进了香烟铺前面的下水道洞口里，我连声叫着："良子，救救我，救救我。"

良子使劲把我拽了上来，还帮我处置右手上的伤口。这时，她收起笑容，一本正经地说道："你喝得太多了。"

我对死倒是满不在乎，但若是受伤出血导致身体残废，那我死活也不干。我一边让良子给我处置手上的伤口，一边寻思着，是不是真的该戒酒了。

"我戒酒。从明天起一滴不沾。"

"真的？！"

"我一定戒。如果我戒了，良子愿意嫁给我吗？"

关于她嫁给我的事，其实只是一句玩笑话而已。

"当啰。"

所谓"当啰"，是"当然啰"的省略语。当时流行着各种各样的省略语，比如"时男"（时髦男子）、"时女"（时髦女子）等等。

"那好哇。我们就拉拉钩，一言为定了。我一定戒酒。"

可第二天，我从中午起又开始喝酒了。

傍晚时分，我踉踉跄跄地走到外面，站在良子的店铺前面，高喊道："良子，对不起，我又喝了。"

"哎呀，真讨厌，故意装着醉了的样子。"

她的话让我吃了一惊，仿佛酒也醒了。

"不，是真的。我真喝了。才不是故意装醉呢。"

"别捉弄我，你真坏。"

她一点也不怀疑我。

"你一看不就明白了吗？我今天又是从中午起就喝酒了，原谅我吧。"

"你可真会演戏哪。"

"不是演戏，你这个傻丫头。当心我亲你哟。"

"你亲呀！"

"不，我没有资格。娶你的事，也只有死心了。瞧我的脸，该是通红吧。我喝了酒哪。"

"那是因为夕阳照着脸上呢。你想要弄我可不行。昨天不是说定了吗？你不可能去喝酒的。因为我们拉了钩的。说你喝了酒，肯定是在骗人，骗人，骗人！"

良子坐在昏暗的店铺里微笑着，她那白皙的脸孔，啊，还有她那不知污秽为何物的童贞，是多么弥足珍贵。迄今为止，我还从没和比我年少的处女一起睡过觉。那就和她结婚吧，即使因此而有再大的悲哀降临吾身，我也在所不惜。我要体验那近于狂暴的巨大欢乐，哪怕一生中仅有一次也行。尽管我曾认为，童贞的美丽不过是愚蠢诗人所抱有的甜美而悲伤的幻觉，可我现在却发现，它确实真真切切地存在于这个世上。那就结婚吧，等到春天来临，我就和她一起骑着自行车，去看绿叶掩映的瀑布吧！我当即下定了决心，也就是抱着所谓一决胜负的心理，毫不犹豫地偷摘这朵美丽的鲜花。

不久，我们便结婚了。从中得到的快乐未必如预期的巨大，但其后降临的悲哀却堪称凄烈之至，超乎想象。对于我来说，世间的确是一个深不可测的可怕之地，也绝非依靠一决胜负便可以轻易解决一切的场所。

二

堀木与我。

相互蔑视，却又彼此来往，并一起自我作践——倘若这就是世上所谓朋友的真实面目，那么我和堀木的关系无疑正好属于朋友的范畴。

多亏了京桥那家酒吧老板娘的侠义之心（所谓女人的侠义之心，乃是一种奇妙的措辞，但据我的经验而言，至少在都市男女中，女人比男人更富有侠义之心。男人们大都心虚胆怯，只知道装点门面，实则吝啬无比），我和香烟铺的良子开始了同居生活。我们看中了筑地①靠近隅田川的一栋木制两层公寓，租下一楼的一个房间居住。我把酒也戒掉了，开始拼命从事日渐成为我固定职业的漫画创作。晚饭后我们俩一起去看电影，在回家路上顺道踅进咖啡馆坐坐，或是买下一个花钵。不，这一切都算不了什么，我最大的乐趣乃是和这个由衷信赖自己的小新娘子厮守在一起，倾听她说的每一句话，欣赏她做的每一个动作。我甚至觉得，自己越来越像一个正常人，不至于以悲惨的死法终其一生。可就在我心中隐约萌动起这种甘美的想法时，堀木又出现在了我面前。

"哟，色魔！哎呀，从你的表情看，像是多少懂点人情世故了。今天我是高圆寺那位女士派来的使者哪。"说着，他又突然降低了嗓门，朝正在厨房里沏茶的良子那边翘起下巴，问我道："不要紧吧？"

"没事，尽管说吧。"我平静地回答道。

事实上，良子真算得上信赖的天才。京桥那家酒吧的老板娘和我之间的关系自不用说，就算我告诉她在镰仓发生的那起事件，她也对我和常子之间的事毫不怀疑。这倒并不是因为我善于撒谎，事实上，有时候我是说得再明白不过了，可良子却只是当作笑话来听。

"你还是那么自命不凡哪。说来，也没什么要紧事，她托我转告你，偶尔也去高圆寺那边玩玩吧。"

就在我刚要忘却之际，一只怪鸟又扑打着翅膀飞过来，用鸟喙啄破了我记忆的伤口。于是，转眼之间，过去那些耻辱与罪恶的记忆又在脑海里再度复苏，让我感到一种想高声呐喊的恐惧，不由得

---

① 筑地：东京一地名。

坐立不安。

"去喝一杯吧。"我说。

"好的。"堀木回答道。

我和堀木。我们俩在外表上是那么相似，甚至被误认为是一模一样的人。当然这也仅限于四处游荡着喝廉价酒的时候。总之，两个人一碰面，就顷刻间变成了外表相同、毛色相同的两条狗，一起在下着雪的小巷里来回窜动。

打那天起，我们又开始重温起过去的交情，还结伴去了京桥的那家酒吧。最后，两条醉成烂泥的狗还造访了高圆寺静子的公寓，在那里过夜留宿。

那是一个无法遗忘的闷热夏夜。黄昏时分，堀木穿着一件皱巴巴的浴衣来到我在筑地的公寓。他说，他今天有急用当掉了夏天的衣服，但倘若这事被他老母亲知道了，那事情可就麻烦了，所以想马上用钱赎回来，让我借点钱给他。不巧我手头上也没钱，所以就照老办法，让良子拿她的衣服去典当。不过，借给堀木后还剩了点余钱，于是就让良子去买来了烧酒。我们来到屋顶上，吹着隅田川上夹杂着臭水沟味的凉风，摆了一桌略显不净的纳凉晚宴。

这时，我们开始玩起了喜剧名词和悲剧名词的字谜游戏。这是我发明的一种游戏。所有的名词都有阴性名词、阳性名词、中性名词之分，同样，也应该有喜剧名词与悲剧名词之分。比如说，轮船和火车就属于悲剧名词，而市营电车和公共汽车就属于喜剧名词。如果不懂得如此划分的原因，那是无权奢谈什么艺术的。作为一个剧作家，哪怕在喜剧中只掺杂了一个悲剧名词，也会因此而丧失资格。当然，悲剧亦然。

"准备好了没有？香烟是什么名词？"我问道。

"悲剧（悲剧名词的略称）。"堀木立即回答道。

"药品呢？"

"药粉还是药丸？"

"针剂。"

"悲剧。"

"是吗？可还有荷尔蒙针剂哪。"

"不。绝对是悲剧。你说，注射用的针头不就是一个大悲剧吗？"

"好吧，就算是我输给你了吧。不过我告诉你，奇怪的是，药品和医生都属于喜剧（喜剧名词）哪。那么死亡呢？"

"喜剧。牧师与和尚也一样。"

"棒极了！那么生存就该是悲剧了吧。"

"不，生存也是喜剧。"

"这样一来，不是什么都变成了喜剧吗？我再问你一个，漫画家呢？总不能说是喜剧了吧？"

"悲剧，悲剧，一个大悲剧名词。"

"你说的什么呀！你自己才是一个大悲剧哪。"

一旦演变成这样一种低俗的谐谑，的确很无聊了，但我们却自命不凡地认为，这是世界上所有沙龙中都没人玩过的机智游戏。

当时我还发明了另一个类似的游戏，那就是反义词的字谜游戏。比如，黑色的反义（反义词的略称）是白色，白色的反义却是红色，而红色的反义则是黑色。

"花的反义词呢？"我问道。

堀木撇着嘴巴，想了想说道："哎，有一个餐馆的名字叫花月，这样说来，就该是月亮吧。"

"不，那可不能称其为反义词哪，毋宁说是同义词。星星和紫罗兰，不就是同义词吗？那绝对不是反义词。"

"我明白了。那就是蜜蜂。"

"蜜蜂？！"

"莫非牡丹与蚂蚁相配？"

"什么呀，那是画题呀。你可别想蒙混过关。"

"我明白了。不是有句话叫花逢烟云吗？"

"不，应该是月逢烟云吧？"

"有了，有了，花与风。是风。花的反义词是风。"

"这可是太蹩脚了。那不是浪花节①中的句子吗？你这下真是露了老底儿哪。"

"要不，就是琵琶。"

"这就更离谱了。关于花的反义词嘛，应该是举这世上最不像花的东西才对。"

"所以……等一等，什么呀，莫非是女人？"

"顺便问一句，女人的同义词是什么？"

"内脏呗。"

"你真是个对诗一窍不通的人。那么内脏的反义词呢？"

"是牛奶。"

"这倒是有点精彩。就照这样子再来一个。羞耻的反义词是什么？"

"是无耻。是流行漫画家上司几太。"

"那堀木正雄呢？"

说到这里，我们俩却再也笑不起来了。一种阴郁的气氛笼罩住了我们，仿佛满脑袋都是玻璃碎片似的，俨然那种喝多了烧酒后特

---

① 浪花节：一种三弦伴奏的民间说唱歌曲，类似中国的评弹。

有的感觉。

"你别出言不逊！我还没像你那样遭受过被关押的耻辱哪。"

这让我大吃一惊。原来在堀木心中，并没有把我当作真正的人来看待，而只是视为一个自杀未遂的、不知廉耻的愚蠢怪物，即所谓"活着的僵尸"。他只是为了自己的快乐而在最大程度上利用我罢了。一想到我和他的交情仅止于此，我不禁耿耿于怀。但转念一想，堀木那样待我也在所难免，我一开始就是个没资格做人的小男孩。遭到堀木的蔑视，也实属理所当然。

"罪。罪的反义词是什么呢？这可是一道大难题哟。"我装作若无其事地说道。

"法律。"堀木平静地回答道。

我不由得再次审视着堀木的面孔。附近那栋大楼的霓虹灯闪烁着，照射在堀木身上，使他的脸看起来就像是魔鬼刑警一般，显得威风凛凛。我不禁更加惊讶，说道："你说什么呀？罪的反义词，该不会是那种东西吧。"

他竟然说罪的反义词是法律！没准儿世上的人们都是抱着这种简单的想法，而满不在乎地活着，以为罪恶只是在没有警察的地方蠢蠢欲动。

"那么你说是什么呢？是神吧？因为在你身上就有种基督教徒式的味道，让人恶心。"

"别那么轻易下结论，让我们俩再想想看吧。这不是一个有趣的题目吗？我觉得，单凭对这个题目的回答，就可以知晓那个人的全部秘密。"

"未必吧。……罪的反义词是善。善良的市民，也就是像我们这样的人。"

"别再开那种玩笑了。不过，善是恶的反义词，而不是罪的反义词哪。"

"恶与罪，难道有什么不同？"

"我想是不同的。善恶的概念是由人创造出来的，是人随意创造出的道德词语。"

"你还真啰唆哪。那么就还是神吧。神，神，把什么都归结为神，总不会有错吧。哎呀，我的肚子都饿了哪。"

"良子正在楼下煮蚕豆哪。"

"那太棒了。那可是我爱吃的好东西。"

他双手交叉着，枕在脑袋后面，仰躺在地上。

"你好像对罪一点兴趣也没有。"

"说来也是，因为我不像你是个罪人。就算玩女人，我也决不会害死女人，或是卷走女人的钱财。"

并不是我害死女人的，我也没有卷走女人的钱财。只听见我内心的某个角落里，回荡着这微弱但却竭尽全力的抗议之声。但随即我又转念想到，那一切皆是我的错。而这正是我奇特的习性。

我怎么也无法与人当面抗辩。我拼命地克制着，以免自己的心情因烧酒阴郁的醉意而变得更加阴森可怕。我几乎是在自言自语似的嗫嚅道："不过，唯独被关进监狱这一点，不算是我的罪。我觉得，只要弄清了罪的反义词，那么也就把握住了罪的实体。神……救赎……爱……光明……但是，神本身有撒旦这个反义词，而救赎的反义词是苦恼，爱的反义词是恨，光明的反义词是黑暗，善的反义词是恶。罪与祈祷，罪与忏悔，罪与告白，罪与……呜呼，全都是同义词。那，罪的反义词究竟是什么？"

"罪的反义词是蜜，如蜂蜜般甘甜。哎呀，我肚子都咕咕叫了，快去拿点吃的来吧。"

"你自己下去拿，不就得了吗？"

我用生平从未有过的愤怒声音说道。

"好吧，那我就到楼下去，和良子一起犯罪吧。与其空谈大论，还不如实地考察呢。罪的反义词是蜜豆，不，莫非是蚕豆？"

他已经酩酊大醉，语无伦次了。

"随你的便，随你滚到哪儿去都行！"

"罪与饥饿，饥饿与蚕豆，不对，这是同义词吧？"

他一边信口雌黄，一边起身站了起来。

罪与罚。陀思妥耶夫斯基。这念头蓦然掠过大脑的某个角落，使我大为震惊。没准儿陀思妥耶夫斯基不是把罪与罚当作同义词，而是当作反义词排列在一起的……罪与罚，两者绝无相通之处，水火般互不相容。把罪与罚视为反义词的陀氏，其笔下的绿藻、腐烂的水池、一团乱麻的内心世界……啊，我总算有点开窍了，不，还没有……这一个个念头如走马灯一般，闪过我的脑海。这时，突然传来了堀木的叫声："喂，他妈的，这蚕豆也太离谱了！快来看！"

他的声音和脸色都恍若变了个人。他刚才是蹒跚着起身下楼去的，没想到马上就踅了回来。

"什么事？！"

倏然间，周围的气氛变得紧张起来。我和他从楼顶下到二楼，又从二楼往下走。在中途的楼梯上堀木停下脚步，用手指着什么说道："瞧！"

我房间上方的小窗户敞开着，可以看到房间里面。只见房间里亮着电灯，有两只动物正干着什么。

我感到头晕目眩，呼吸急促。"这也不失为人间景象之一。也是人类的面目之一。大可不必大惊小怪。"我在心里嘀咕着,甚至忘了快去救良子,而只是呆立在楼梯上。

堀木大声咳嗽着。我就像是一个人在逃命似的,又跑回到屋顶,躺在地上,仰望着布满水汽的夏日夜空。此时,席卷我心灵的情感既不是愤懑,也不是厌恶,更不是悲哀,而是剧烈的恐惧。它并非那种对墓地幽灵的恐惧,而是在神社的杉树林中,撞上身着白衣的神体时所感到的恐惧,它仿佛来自远古,不容你分说。从那天夜里起,我的头上出现了白发,对所有的一切越来越丧失信心,对其他人也越来越怀疑,永久地远离了对人世生活所抱有的全部期待、喜悦与共鸣。事实上,这在我的整个生涯中都是一件具有决定性的事件,如同有人迎面砍伤了我前额的正中部位,使我无论与任何人接近时,都会感到那道伤口正隐隐作痛。

"尽管我很同情你,但你也多少得了点教训吧。我再也不到这儿来了。这儿完全是一座地狱。……不过,关于良子嘛,你可得原谅她哟。因为你自己也不是什么好汉哪。我这就告辞了。"

堀木绝不是那种傻瓜蛋,会甘愿久留在一个令人尴尬的地方。

我站起身来,兀自喝着烧酒,然后开始号啕大哭,泪水不断地向外奔涌。

不知不觉之间,良子已怔怔地站在我身后,手里端着盛满蚕豆的盘子。

"要是我说,我什么都没干……"

"好啦好啦,什么都别说了。你是一个不知道怀疑别人的人。来,坐下一起吃蚕豆吧。"

我们并排坐下,吃着蚕豆。呜呼,难道信赖别人也是罪过?!那男人三十岁左右,个子矮小,是个不学无术的商人。每次来找我给他画漫画，离开时总是会煞有介事地搁下点钱，然后才离开。

此后，那商人就再也没有来过。不知为什么，比起那个商人，我倒是更加痛恨堀木。在他第一时间看到时，原本他可以用大声咳嗽来加以阻止，可他却什么也没做，就径直回到屋顶上来通知了我。对堀木的憎恶和愤怒时常会在不眠之夜席卷而来，使我呜呜呻吟。

不存在着什么原谅与不原谅的问题。良子是一个信赖的天才，她不知道怀疑他人。也正因为如此，才愈加悲惨。

我不禁问神灵：难道信赖他人也是罪过吗？

在我看来，比起良子的身体遭到玷污，倒是良子对他人的信赖遭到玷污这件事，在日后埋下了我无法活下去的苦恼种子。我是一个畏畏缩缩、总看别人脸色行事、对他人的信赖感早已布满裂纹的人。对于这样的我来说，良子那种纯洁无瑕的信赖之心，就恰如绿叶掩映的瀑布般赏心悦目。谁知它却在一夜之间蜕变为浑黄的污水。这不，从那天夜里起，良子甚至对我的一颦一笑也十分在意了。

"喂——"每次我叫她，她都会被惊吓到，不知道该把视线投向哪里。无论我多么想逗她笑，她都一直是那么战战兢兢、惶恐不安，甚至对我说话也滥用敬语。

纯真无瑕的信赖之心，难道真是罪恶之源？

我四处搜罗那些描写妻子被人侵犯的故事书来看，但我认为，没有一个女人遭到像良子那样悲惨的侵犯。她的遭遇是成不了故事的。在那个小个子商人与良子之间，倘若还有哪怕是一丁点儿近似于恋爱的情感，或许我的心境反而会得到拯救。然而，就是在某个夏日的夜晚，良子相信了那个家伙。事情仅此而已，却害得我被人迎面砍伤了额头，声音变得嘶哑，白发陡然出现，而良子也不得不一辈子战战兢兢。大部分的故事都把重点放在丈夫是否原谅妻子的行为上，但这一点对我来说，并未构成太大的苦恼。至于原谅与否，拥有这种权利的丈夫无疑是幸运的，倘若认为自己无法原谅妻子，那么也无须大声喧哗，只要立刻与她分道扬镳，然后再娶一个新娘，也就一了百了了。但如果做不到这一点，那就只好原谅对方，默默忍受。不管怎么说，只要丈夫自己心态好，就能平息八方事态。总之，在我看来，即使那种事是对丈夫的一个巨大打击，但也仅限于打击而已。与那种永不休止地冲击海岸的波涛不同，拥有权利的丈夫是可以借助愤怒来处置和化解这种纠葛的。而我的情形又如何呢？作为丈夫却不具备任何权利，一想到这里，愈发觉得一切皆是自己的错，不用说发怒，就连一句怨言也不能说。而妻子恰恰是被她那种罕见的美好品质给残酷地侵犯了，并且那种美好的品质正好是丈夫久已向往的、被称为"纯洁无瑕的信赖之心"这样一种可怜之物。

纯洁无瑕的信赖之心，难道也是一种罪过吗？

我甚至对这种唯一值得倚傍的美好品质也产生了疑惑，一切的一切都变得越发不可理喻，以至于我的前方只剩下了酒精。我脸上的表情变得极度卑微，一大早就喝开了烧酒，而牙齿也落得残缺不全，手头上画的漫画也几近于春宫淫画。不，还是让我坦白吧。那时候，我开始临摹春画来偷偷贩卖了，因为我急需酒钱。每当我看到良子不敢正眼看我，一副惴惴不安的模样时，我忍不住会胡思乱想：她是一个完全不知道防备别人的女人，没准儿和那个商人有过不止一次瓜葛吧？还有，和堀木呢？不，或许还有某个我所不知道的人吧？——结果，疑心再生疑心，形成了一个恶性循环的怪圈。但我却没有勇气去加以证实，以至于被惯有的不安与恐惧所纠缠着，只有在喝得烂醉之后，才敢小心翼翼地试着进行卑屈的诱导性发问。

尽管内心忽喜忽忧，可表面上却拼命地搞笑，在对良子施以地狱般可憎的爱抚后，如同一摊烂泥似的酣然大睡。

那一年末，夜深人静之后我才酩酊大醉地回到家里。当时我很想喝一杯糖开水，可良子却貌似已经睡着了，我只好自个儿去厨房找糖罐。打开盖子一看，里面却没有半点白糖，而只有一个细长的黑色纸盒。我漫不经心地拿在手里，看了看盒子上贴的标签，顿时目瞪口呆。尽管那标签被人用指甲抠去了一大半，但却留下了标有洋文的部分，上面一目了然地写着：DIAL。

巴比妥酸[1]。那时我全靠烧酒帮助睡眠，并没有服用安眠药。不过不眠症似乎成了我的宿病[2]，所以对大部分安眠药都相当了解。单凭这一盒巴比妥酸，就足以置人于死地。盒子还尚未开封，想必她曾涌起过轻生的念头，才会撕掉上面的标签，把药盒子藏在这种地方的吧。说来也真够可怜的，这孩子因为读不懂标签上的洋文，所以只用指甲抠掉了一半，以为这样一来就不会暴露了。（你是无辜的。）

我没有出声，只是悄悄地倒满一杯水，然后慢慢给盒子开了封，把药全部塞进嘴里，冷静地喝完杯中的水，随即关掉电灯，躺下睡了。

据说整整三个昼夜，我就跟死掉了没什么两样。医生认为是过失所致，所以一直犹豫着没有报警。据说我苏醒过来时所说的第一句话，就是"回家"。所谓的家，究竟是指的哪儿，就连我自己也不得而知。总之，据说我那么说完后，号啕大哭了一场。

渐渐地，眼前的雾散开了。我定睛一看，原来是比目鱼绷着脸，

---

[1] 巴比妥酸：巴比妥类药物，是一种重要的镇静催眠药物。

[2] 宿病：旧病。

坐在我枕边。

"上一次也是发生在年末。这种时候谁不是忙得团团转哪。可他偏偏挑准年末来干这种事，这不是要我的命吗？"

在一旁听着比目鱼发牢骚的，是京桥那家酒吧的老板娘。

"夫人。"我叫道。

"嗯，什么事？你醒过来了？"

老板娘俯身对着我说道，仿佛要把她的那张笑脸贴在我脸上。

我不由得泪如泉涌。

"就让我和良子分手吧。"

我脱口而出的，竟然是这句连自己也意想不到的话。

老板娘欠起身，发出了轻声的叹息。

接下来，我又失言了，而且更加唐突，不知该说是滑稽还是愚蠢。

"我要到没有女人的地方去。"

"哈哈哈……"先是比目鱼咧嘴大笑，随即老板娘也偷偷笑了。最后，我自己也流着泪，红着脸，苦笑起来。

"嗯，那样倒是好哇。"比目鱼一直吊儿郎当地笑着，"你最好是去没有女人的地方。只要有女人在，你就彻底没治。到没有女人的地方去，这倒是个好主意哪。"

没有女人的地方。不料，我这近于痴人说梦般的胡言乱语，不久竟悲惨地化作了现实。

良子似乎一直认定，我是作为她的替身而吞下毒品的，因此，在我面前更加手足无措了。无论我说什么，她都不苟言笑，所以只要待在公寓的房间中，我就会觉得胸闷气短，忍不住跑到外面去酗酒。但自从巴比妥酸事件以后，我的身体明显消瘦了，手脚也变得软弱无力，画漫画时也懒洋洋的。那时，比目鱼来看我，留下了一笔慰问金（比目鱼说："这是我的一点心意。"随即递过那笔钱，俨然是从他的荷包里掏出来似的。可事实上，这也是老家的哥哥们托人捎来的钱。这时，我已不再是当初逃离比目鱼家时的我了，能够隐隐约约地看穿比目鱼那套装腔作势的把戏了，所以我也就狡猾地装出不知情的样子，向比目鱼道了谢。不过比目鱼干吗要弃简从繁，不直接说出真相呢？对其中的缘由我似懂非懂，好生奇怪）。我打定主意，用那笔钱独自到南伊豆温泉去看看。不过我不属于那种能长时间畅享温泉之旅的人，一想到良子，我就感到无限的悲凉。而我与那种透过旅馆窗户，眺望山峦的平和心境更是相距甚远，在那里我既没换上棉和服，也没有泡温泉澡，而是跑到外面，钻进一家肮脏的茶馆，猛喝烧酒，直到把身体糟蹋得更加孱弱后就回到了东京。

　　那是在一场大雪降临东京的某个夜晚。我醉醺醺地走在银座的小巷里，小声地反复哼唱着"这儿离故乡几百里，这儿离故乡几百里"。我边唱边用鞋尖踢开街头的积雪，突然间我吐了。这是我第一次吐血。只见雪地上出现了一面硕大的太阳旗。好一阵子，我都蹲在原地，然后用双手捧起没有弄脏的白雪，边洗脸边哭了起来。

　　　　这儿是何方的小道？
　　　　这儿是何方的小道？

　　一个女孩哀婉的歌声恍若幻听一般，隐隐约约地从远处传了过来。不幸。在这个世上不乏各种不幸之人，不，即便说尽是不幸之人，也绝不为过。但他们的不幸却可以堂而皇之地向世间发出抗议，而世间也很容易理解和同情他们的抗议。可是，我的不幸却全部源于自身的罪恶，所以不可能向任何人抗议。假如我敢结结巴巴说出某句近于抗议的话，则不仅比目鱼，甚至连所有的世人都肯定会因我口出狂言而深感讶异。我果真像俗话所说的那样刚愎自用吗？还是恰好相反，显得过于唯唯诺诺？对此连我自己都蒙在鼓里。总之，我是罪孽的集合体，所以我只可能变得愈发不幸，无从找到防范的具体对策。

我站起身来，心想应该先随便吃点什么药。于是，我走进了附近的一家药店。就在我与老板娘四目交汇的瞬间，就像被闪光灯射花了眼睛似的，她抬起头瞪大了双眼，呆然伫立在原地。但她瞪大的眼睛里既没有惊愕的神色，也没有厌恶的感觉，而是流露出像是在求救、又像是充满了渴慕的表情。啊，这也肯定是个不幸之人，因为不幸之人总是对别人的不幸也万分敏感。正当我这样想着时，我发现，那女人是拄着拐杖，颤巍巍地站立着的。我遏制住冲过去的念头，和她面面相觑。我的眼泪不禁夺眶而出。而此时，泪水也从她睁大的眼睛里潸然而下。

也仅此而已。我一言不发地走出了那家药店，踉踉跄跄地回到了公寓，让良子化了杯盐水给我喝，然后默默地睡下了。第二天，我谎称感冒，昏睡了一整天。晚上，我对自己吐血的秘密感到很是不安，便起身去了那家药店。这一次我微笑着对老板娘坦诉了自己的身体状况，向她咨询治疗方法。

"你必须戒酒。"

我们就像是至亲的骨肉一般。

"或许是酒精中毒吧。我到现在都还想喝哪。"

"那可不行。我丈夫得了肺结核，却偏说酒可以杀菌，整天泡在酒坛里，结果是自己缩短了自己的寿命。"

"我真是好担心。我已经害怕得不行。"

"我这就给你开药。不过，唯独酒这一样东西，你必须戒掉哟。"

老板娘（她是一个寡妇，膝下有一个男孩，考上了千叶或是什么地方的医科大学，但不久就患上了与父亲相同的病，现在正休学住院。家里还躺着一个中风的公公，而她自己在五岁时因患小儿麻痹症，有只脚已经没有知觉）拄着松树的拐杖，翻箱倒柜地找出各种药品来。

"这是造血剂。"

"这是维生素注射液，这是注射器。"

"这是钙片。这是淀粉酶，可以治疗肠胃病。"

这是什么，那是什么，她充满爱心地给我介绍了五六种药品。但对于我来说，这个不幸女人的爱情，委实太过沉重了。最后她说："这药是在你实在忍不住想喝酒时才用的。"说罢迅速将那种药品包在了一个纸盒里。

原来，这是吗啡注射液。

夫人说："这药至少比酒的危害要小。"我也就听信了她的话，再说当时正好我自己也觉得，酗酒是很丢人现眼的行为，所以暗自庆幸终于能摆脱酒精这个恶魔的纠缠了，于是不假思索地将吗啡注射进自己的手臂。不安、焦躁、害羞等等，一下子全都被扫荡一空，我甚至变成了一个开朗阳光的雄辩家。而且每当注射吗啡以后，我就会忘却自己身体的虚弱，而拼命地工作，一边创作漫画，一边构思出令人忍俊不禁的绝妙方案。

本打算一天注射一针的，没想到一天增加到了两针，最后再增加到一天四针。到了这时，一旦缺了那玩意儿，我就简直无法工作了。

"那可不行哟。一旦中了毒，可就要命了。"

经药店老板娘一提醒，我才发现，自己已严重上瘾（我这人天性脆弱，动辄就听信别人的暗示。比如有人说，这笔钱是不能花的，可既然是你嘛，那就……一听这话，我就会陷入一种奇怪的错觉：仿佛不花掉那笔钱，反倒会辜负对方的期待，所以肯定会马上把它花掉）。出于对上瘾的担忧，我反倒加大了对那种药品的需求。

"拜托，再给我一盒吧，月底我一定会付你钱的。"

"钱嘛，什么时候付都没关系，倒是警察查起来很麻烦。"

啊，我周围总是笼罩着某种浑浊而灰暗的、见不得人的可疑气氛。

"请你想办法帮我搪塞过去，求你了，夫人。我亲你一下吧。"

夫人的脸一下子红到了耳根。

我趁势央求道："如果没有药的话，工作就一点也进展不了。对于我来说，那就像是强精剂一样。"

"那样的话，还不如注射荷尔蒙吧。"

"开什么玩笑哇。要么靠酒，要么靠那种药，否则我是没法工作的。"

"酒可不行。"

"对吧？自从我用那种药以后，就一直滴酒未沾哪。多亏了这样，我的身体状况好着哩。我也不想永远画那种蹩脚的漫画，从今以后，我要把酒戒掉，养好身体，努力学习，当一个伟大的画家给你们瞧瞧。眼下正处在节骨眼上，所以我求求你啦。让我亲你一下吧。"

夫人扑哧笑了起来："真拿你没辙。你上瘾了，我可不管哟。"

她咯吱咯吱地拄着拐杖，从药品架上取下那种药，说道："不能给你一整盒，你马上就会用完的。给你一半吧。"

"真小气，哎，没办法呀。"

回到家以后，我立刻打了一针。

"不疼吗？"良子战战兢兢地问我。

"那当然疼啦。不过，为了提高工作效率，即使不愿意也只能这样啊。这阵子我很精神，对吧？好，我这就开始工作。工作，工作。"我兴奋地嚷嚷道。

我甚至还在夜深人静时敲过药店门。老板娘裹着睡衣，咯吱咯吱地拄着拐杖走了出来。我扑上去抱住她，一边亲她，一边做出一副痛哭流涕的样子。

她只是一声不吭地递给我一盒药。

药品与烧酒一样，不，甚至是更讨厌更可恶的东西——当我深切地体会到这点时，已经彻底染上了毒瘾。那真可谓无耻之极。为了得到药品，我又开始临摹春画，并与药店的残疾女老板发生了丑恶的关系。

我想死，索性死掉算了。事态已不可挽回。无论做什么，都是徒劳一场，只会丢人现眼，雪上加霜。骑自行车去观赏绿叶掩映的瀑布，已是我难以企及的奢望。只会在污秽的罪恶上叠加可耻的罪恶，让烦恼变得更多更强烈。我想死，我必须死。活着便是罪恶的种子。尽管我这样左思右想，但却依旧近于疯狂地来回穿梭于公寓与药店之间。

无论我多么拼命工作，因药品用量随之递增，所以积欠的药费已高得惊人。老板娘一看到我，就会泪流满面，而我也禁不住潸然泪下。

地狱。

为了逃出地狱，只剩下了最后一招。若是这一招也归于失败，那么日后便只有勒颈自尽了。我不惜把神的存在与否作为赌注，斗胆给老家的父亲写了一封长信，向他坦白了我的一切实情（有关女人的事，最终还是没能忝书纸上）。

没想到结局更加糟糕。无论我怎么等待，都一直杳无音信。等待的焦灼与不安反而使我加大了药量。

今夜，索性一口气注射十针，然后跳进大海里一死方休。就在我暗下决心的那天下午，比目鱼就像是用恶魔的直觉嗅到了什么似的，带着堀木出现在我面前。

"听说你咯血了。"

堀木说着，在我面前盘腿坐下。他脸上的微笑荡漾着一种我从未见过的温柔。那温柔的微笑使我感激涕零，兴奋不已，以至于我不由得背过身子，潸然落泪。仅仅因为他那温柔的微笑，我便被彻底打碎了，被一下子埋葬了。

他们把我强行送上了汽车。"无论如何你必须住院治疗，剩下的事就全部交给我们吧。"比目鱼用平静的语气规劝着我（那是一种平静得甚至可以形容为大慈大悲的口吻）。我就俨然是一个没有意志和判断力的人，只是抽抽搭搭地哭着，唯唯诺诺地服从于他们俩的指示。加上良子，我们一共四个人在汽车上颠簸了许久，直到周围变得有些昏暗时，才抵达了森林中一家大医院的门口。

我以为这是一家结核病疗养院。

我接受了一个年轻医生温柔而周到的检查。然后，他有些腼腆地笑着说道：那就在这里静养一阵子吧。

比目鱼、堀木和良子撂下我一个人回去了。临走时良子递给我一个装有换洗衣服的包袱，然后一声不响地从腰带中取出注射器和没有用完的药品交给我。她还蒙在鼓里，以为那是强精剂吧。

"不，我已经不需要它了。"

这可是很难得的事。在我迄今为止的生涯中，敢于斗胆拒绝别人的劝诱，这是绝无仅有的一次例外。是的，这样说一点也不夸张。我的不幸乃是一个人缺乏拒绝能力所带来的不幸。我时常陷入一种恐惧中，以为一旦拒绝别人的劝诱，就会在对方和自己心灵中剜开一道永远无法修复的裂痕。可是，当良子递给我药品时，我却很自然地拒绝了自己曾四处疯狂寻求的吗啡。或许是我被良子那种"神一般的无知"所打动了吧。在那一瞬间，难道我不是还没有染上毒瘾吗？

在那个腼腆微笑着的年轻医生带领下，我进了某一栋病房。随即大门咔嚓一声挂上了大锁。原来这是一所精神病医院。

"到一个没有女人的地方去。"我在服用巴比妥酸时的胡言乱语竟奇妙地化作了现实。在这栋病房里，全部是发疯的男人。甚至连护士也是男的，没有一个女人。

如今我已算不上罪人，而是狂人。不，我绝对没有发狂。哪怕是一瞬间，我也不曾疯狂过。但据说，大部分狂人都是这么说的。换言之，被关进这所医院的人全都是狂人，而逍遥在外的全都是正常人。

我问神灵：难道不反抗也是一种罪过吗？

面对堀木那不可思议的美丽微笑，我曾经感激涕零，甚至忘记了做出判断和反抗，便搭上了汽车，被他们带到这儿，变成了一个狂人。即使重新从这里出去，我的额头上也会被打上狂人，不，是废人的烙印。

我已丧失了做人的资格。

我已彻底变得不是人了。

来到这儿时，还是初夏时节。从铁窗向外望去，能看见庭院内的小小池塘里盛开着红色的睡莲花。又是三个月过去了，庭院里开始绽放波斯菊了。这时，发生了意想不到的事情：老家的大哥带着比目鱼前来接我出院。大哥像过往一样，用略带紧张的严肃口吻说道："父亲在上个月末因患胃溃疡去世了。我们对你既往不咎，也不想让你为生活操心劳神。你可以什么都做。不过有一个前提条件是，虽说知道你肯定依依不舍，但还是必须离开东京，回老家去好好疗养。至于你在东京闯的祸，涩田先生已大致帮你解决了，你不必记挂在心。"

蓦然间，故乡的山水清晰地浮现在我的眼前。我轻轻地点了点头。

我已变成了一个十足的废人。

得知父亲病故以后，我愈发萎靡颓废了。父亲已经去了。父亲片刻也不曾离开我心际，他作为一种可亲而又可怕的存在，已经消失而去，我觉得自己那收容苦恼的器皿也陡然变得空空荡荡。我甚至觉得，自己那苦恼的器皿之所以如此沉重，也完全是因为父亲的缘故。如今，我顷刻间变成了一只泄气的气球，甚至丧失了苦恼的能力。

大哥不折不扣地履行了对我的诺言。从我生长的城镇坐火车南下四五个小时，那儿有一处东北地区少有的温暖海滨温泉。村边有五间破旧的茅屋，墙壁已经剥落，房柱也遭到了虫蛀，几乎已经无法修缮。大哥为我买下了那些房子，还为我雇了一个年近六旬、一头红发的丑陋女佣。

那以后又过去了三年的光阴。其间，我多次遭到那个名叫阿铁的老女佣奇妙的侵犯。有时我和她甚至像一对夫妻似的拌嘴。我肺上的毛病时好时坏，忽而胖了，忽而又瘦了，甚至还咯出了血痰。昨天，我让阿铁去村里的药铺买点卡尔莫钦[1]，谁知她买回来后我

---

① 卡尔莫钦：一种烈性的镇静安眠药。

一看，其药盒子的形状和平常的大为不同。对此我也没有特别在意，可睡觉前我连吃了十粒也无法入睡。正当我觉得蹊跷时，肚子开始七上八下，就急忙跑进了厕所，结果腹泻得厉害。那以后又接连上了三次。我觉得好生奇怪，于是仔细看了药盒上的名字，原来是一种名叫"海诺莫钦"的泻药。

我仰面躺在床上，把热水袋放在腹部上，恨不得对阿铁发一通牢骚。

"你呀，这不是卡尔莫钦，而是海诺莫钦哪。"

我刚一开口，就哈哈地笑了。"废人"，这的确像是一个喜剧名词。本来想入睡，却错吃了泻药，而那泻药的名字又正好叫"海诺莫钦"。

对于我来说，如今已不再有什么幸福与不幸了。

只是一切都将逝去。

在我一直过着地狱般生活的这个所谓人的世界里，这或许是唯一可以视为真理的一句话。

只是一切都将逝去。

今年我才将满二十七岁。因为头发花白的原故，人们大都认为我已经四十有余。

后 记

我与写下上述手记的狂人，其实并不直接相识，但我却与另一个人略有交情，她可能就是上述手记中所出现的京桥那家酒吧的老板娘。她身材娇小，脸色苍白，有着细长的丹凤眼和高挺的鼻梁，给人一种硬派的感觉，与其说是一个美人，不如说更像一个英俊青年。这三篇手记主要描写了昭和五至七年①间的东京风情。有两三次，我曾在朋友的带领下，顺道去京桥的酒吧喝过 Highball②，当时正是昭和十年前后，恰逢日本军部越来越露骨地猖獗于世之时。所以我不可能见到过写下这些手记的那个男人。

然而今年二月，我去拜访了疏散在千叶县船桥的一位朋友。他是我大学时代的校友，现在是某女子大学的讲师。事实上，我曾拜托这位朋友给我一个亲戚说媒，也因为有这层原因，再加上我打算顺道采购一些新鲜的海产品给家里人尝尝，所以就背上帆布包往船桥出发了。

船桥是一个濒临泥海的大城市。因为这位朋友是新近搬过去的，尽管我拿着他家的门牌号去问当地人，也没人知道。天气格外寒冷，我背着帆布包的肩膀也早已酸痛不已，这时我被唱机里传来的小提琴声吸引住了，随即推开了一家咖啡馆的大门。

那儿的老板娘似曾相识，一问才知道，原来她就是十年前京桥那家酒吧的老板娘。她似乎也马上想起了我似的。我们彼此都很吃惊，然后又相视而笑了。我们没有照当时的惯例彼此询问遭到空袭的经历，而是非常自豪地相互寒暄道："你呀，可真是一点也没变哪。"

"不，都成老太婆了。一身老骨头都快散架了。倒是你才年轻哪。"

"哪里哪里。小孩都有三个了。今天就是为了他们才出来采购东西的。"

我们彼此寒暄着，说了一通久别重逢的人常说的那些话，然后相互打听着共同认识的朋友的近况。

---

① 1930 至 1932 年。

② Highball：一种由威士忌加苏打水混合而成的鸡尾酒。

过了一会儿，老板娘突然改变语调问道："你认识阿叶吗？"

我说："不认识。"

老板娘到里面去，拿出三个笔记本和三张照片交给我，说："没准儿可以成为小说的素材呢。"

我的天性如此，对别人硬塞给我的材料是无法加工成小说的，所以我当场便打算还给她，但却被那些照片给吸引住了（关于那三张照片的怪异，我在序言中已经提及），以至于决定暂且保管一下那些笔记本。

我说："我回来时还会顺道来的，不过，你认识 ×× 街 ×× 号的 ×× 人吗？他在女子大学当老师。"

毕竟她也是新搬来的，所以倒还认识。她还说，我的那个朋友也常常光顾这家咖啡馆，他的家就在附近。

那天夜里，我和那个朋友一起喝了点酒，决定留宿在他那里。直到早晨我都彻夜未眠，一直出神地阅读那三篇手记。

手记上所记述的都是些过去的事了，但即使现代的人读起来，想必也会兴致勃勃的。我想，与其拙劣地进行加工或添写，还不如原封不动让哪家杂志社发表出来更有意义。

给孩子们买的海产品，尽是一些干货。背上帆布包，告别了朋友，我又折进了那家酒吧。

"昨天真是太感谢你了。不过……"我马上直奔主题地说，"能不能把那些笔记本借给我一段时间？"

"行啊，你就拿去吧。"

"这个人还活着吗？"

"哎呀，这可就不知道了。大约十年前，一个装着笔记本和照片的邮包寄到了京桥的店里。寄件人肯定是阿叶，不过邮包上却没有写阿叶的住址和名字。在空袭期间，这些东西和别的东西混在一起，竟然神奇地逃过了劫难，到这阵子我才把它全部读完……"

"你哭了？"

"不，与其说是哭……不行啊，人一旦变成那个样子，就已经不行了。"

"如果是已经过了十年，那或许他已经不在这个世上了吧。这是作为对你的感谢而寄给你的吧。尽管有些地方言过其实，但好像的确是蒙受了相当大的磨难哪。倘若这些全部都是事实，而且我也是他朋友的话，说不定我也会带他去精神病医院的。"

"都是他父亲不好。"她漫不经心地说，"我们所认识的阿叶，又诚实又乖巧，要是不喝酒的话，不，即使喝酒……也是一个神一样的好孩子哪。"

二十世纪旗手

——生而为人，我很抱歉

序唱　须知神灵火焰的酷烈

并非苦恼增长得愈高便愈显尊贵。可即便如此，即便如此，隔着篱笆的两株锦葵，还是彼此较着劲儿，拼命地向上延伸，延伸。两三枝纤弱的花儿蜷缩着身体，那神情仿佛早已忘却自己曾姹紫嫣红的华美往昔。凋零的黝黑花瓣布满了褶皱，让人顿生悲凉。"我就这样穿着草鞋，闯进了九天之上的神苑，想来的确是冒犯了圣域。可我却无所畏惧，用这双手摘来了神苑的花朵。岂止如此，我还着实用这双眼睛，窥探了一番神午休时的完美睡脸呢。"他说道。他那如同在夺旗比赛中捷足先登的飞毛腿少年般的得意身影里，还残留着招人喜欢的可爱劲儿，以至于围观者们全都露出微笑或者苦笑，算是宽宥了他。不料一夜之间，这孩子竟迷上了比寒冰还冷冽的月牙儿，陷入了莫名的癫狂："神与我，也不啻五十步与一百步之异，无甚大差。那一日，恰逢三伏酷暑，神身上也就只裹了一件五环花纹的浴衣而已，还把袖口挽到胳膊上。"听罢，没有人不敞怀大笑。

于是，响起了一阵超出预料的鼓掌声和喝彩声。啊，瞧那站在台上的童子，如同瘦狗般嘴喙外凸，皮肤青黑，身材纤弱，高近六尺，外表苍老。这孩子——其实，也就是那拼命长高的锦葵化身而成的树精——目睹并耳闻着这波涛般裹挟全场的掌声和喊声，甚至没有察觉到，眼前的奇特现象乃是缘于他那作为搞笑高手的滑稽模样，而兀自抽动着宽大的鼻子。此刻他正陷入狂喜，仿若眼神都在奇怪地燃烧。"今宵正逢七夕节，本人在此斗胆向众人宣告：我，即是神。高居九天之上的神，只顾着每日午睡，这是何等的怠慢。有一次，我曾蹑手蹑脚地溜进他的卧室，悄悄拿过神冠戴在自己的大脑袋上。神的惩罚，我压根儿就不怕。哈哈哈。毋宁说我倒是想好好见识一下，神的惩罚是什么样子！"可这次，却并没有响起预期的喝彩声。周遭一片阒寂，接着是一阵潮水般的骚动。"这个不知天高地厚的家伙！""神哪，希望这一切只是梦境一场……哎呀！这剧场里居然有老鼠！""这贱民如此傲慢无礼，真是不知分寸。多么卑劣的秉性！啊，瞧他那副模样，简直就是一只不忍直视的雨蛙。"一瞬间，响起啪的一声，只见一块石头朝着那有些恍惚的孩子的鼻梁扔了过来。说来，这才是他不幸的开始。都怪你像那锦葵夸耀自己花儿的高度一般，充满骄傲地在工作，所以才惨遭如此毒手的吧。说到底，艺术毕竟不是什么夺旗比赛哟。喂，喂，你看有多脏啊。这不，都流鼻血了。好好看看，你那自诩为无懈可击的短篇集《晚年》，原本有多么冷酷！再仔细瞧瞧，你所谓杰作的范本，其实充满了赤裸的痛苦。"求你铺上香蒲，为我搭一个温暖的被窝吧。"每当不眠之夜，我就这样站在蚊帐旁哀求你，可你总是只说一句"很冷吧"，便留下两三个大喷嚏扬长而去。难道不是吗？说来，我一生的热情全都倾注在了这本书里，甚至来不及叹息。惩罚！惩罚！是神的惩罚，还是市民的惩罚？命途多舛，爱憎流变。我瞒着其他人，悄悄戴上那顶黄金的神冠，只顾对着镜子独自嗤笑。其实，我的罪孽也就仅此而已。但神却不肯饶恕我。神，就跟天然的狂风一样讨厌。他严峻、执拗，摁住我的脖子，咕咚咕咚地把我沉入水中，迫使我在水底匍匐，直到人家快要溺死的刹那，才肯稍微松开双手，让我悄悄浮出水面，因看见阳光而欣喜若狂，禁不住发出深深的叹息。"至少让我好好膜拜一下这久违五年的阳光吧。"可就在我双手合十地恳求时，那摁住我脖子的手劲又倏然加大，让我第五百几十次地下沉到水底，成为泥中龟仔的侍从。有饱经沧桑之人曾发出这样的忠告，说："只有舍身沉入水底，才能找到立足的浅滩。"其实，这忠告分明是无稽之谈。要知道，一旦沉入水底，便会就此一沉不起，倘若真有谁重新浮上水面，那我倒很想见识见识。当我重新坐下，试图告诉比我更年轻的率直朋友，什么是这世上真正的恶时，神的眼睛已放着光，摁下左手上的秒表，向我通报着下沉的时限。"啊，又来了，又来了。又要五年被打入水底了。那我还能见到您吗？"这时，只听见神沙哑的嗓音已在下达命令："预备！""如果想我了，就到水底来看我吧。啊，至少请再听我说一句。那个……"可耳旁传来的，却分明唯有波浪声声。

一唱　猫头鹰啼叫之夜，残疾儿降生于世

啊，真是吉星高照。刚写下"一唱"，便奇迹惊现。这不，尚未开启的窗板上，出现了一个五分镍币大小的微型洞孔。朝阳恰好穿过这洞孔，把阳光径直射在这"一唱"的"一"字上。啊，奇

迹！这绝对是奇迹！来，握个手，高呼万岁。快停止你那愚蠢、浅薄而又无聊的胡闹，开启神圣的事业吧。我"嗨"地应承下来。可一问路在何方，女人却顿时哑然无言。周遭是一片凋零的荒原，就算问了也是白搭。就权当是瞎折腾吧，我要只身前往。没准儿就在这胡闹的当口，明胶会慢慢凝固起来，好歹给我指引某个特定的方向吧。我拄着不牢靠的拐杖，一个人说着两个人的对口相声。明明是孤身一人，却佯装人多势众，又是吟唱，又是念白。长达一百天，我都围着一篇令人困惑的罗曼史悄悄地踱来踱去，就像一只瞄准了金丝雀、黑眼珠都已濡湿的小猫。请为我高兴吧，昨晚我终于找到了故事的开头。且待我先喝完一杯茶，然后再娓娓地开口道来吧……

在打开话匣子之前，我要事先声明一句。不为别的，只是想告诉你，在此我并没有使出全身解数。没准儿你会说，又来了，这句陈腐得可怕的台词，但这样说确实是源于作者的好意。当大如绿蟠龟壳的冰块扑通扑通地从海上缓缓漂来，老练的船长肯定会不失时机地掉转方向。这多危险，多危险哪！一旦与冰块迎面相撞，船就会沉入大海。要知道，冰山漂浮在水面上的部分，就算看起来只有圆顶斗笠般大小，可它藏在水中的部分，也至少有五匹河马的体积。倘若你真想了解我，那就不妨光临寒舍，与我共同起居一周，亲自见识一番我那三寸不烂之舌的厉害吧。肯定会让你连睡觉的工夫都没有的。可这样一来，你不是就好歹能对我太宰的能力——尽管只是十分之一左右——有所了解了吗？你不妨相信我此话的真实性。要知道，从口中吐出一言，即意味着遭受两三千句话趁机溜走的惨烈损失。你大可相信，上述那些尽显幼稚的逞强话，明显有违于我的性格，全都是昭示我肉体灭亡的预告。或许我们再也不能相见了吧，这种忧虑与不安正是我受难的各各他①，也就是我的骷髅地——啊，这片荒凉的心间风景里，唯一可以明确辨认的，只有不断反复的老去而已。而它们并不是对生命的戏谑。我已接受了神的惩罚，只是老实地遵从着被给予的黯淡命数。事到如今，我还能去憎恨谁呢？全都是我一个人的罪孽。我只能边写小说边小心翼翼地活着，担心生命无常，就好比小竹叶上顷刻消融的晨霜。如今的我，至少得写出两三篇佳作，以作为绵薄的谢礼去报答那些善待我的好心人。就权当是给我自己缝制的华丽寿衣吧，我每晚夜不成寐，殚思竭虑地创作了一篇罗曼史。好吧，就算人们说它粗俗而拙劣，但届时都已与我毫无干系。是的，罪孽已伴着诞生同时降临。

二唱　级数递减法

我正逐渐向下坠落而去。可我还自以为是在渐次上升，甚至一副春风得意的表情，唰地摊开扇子，悠然地取风纳凉，不料却是在朝下层层坠落。先是向下坠落五级，然后才又陡然回升三级。人们无一例外，全都忘记了已坠落五级的事实，而只顾着为上升三级而相互道喜。说来真是丢人现眼。明明是历经十年下坠，才换得一夜上升的。哇，这算什么呢？我感到万分迷惑，但已为时晚矣。"这就是所谓的人世吧。"我只好这样苦笑着嘟哝道，彻底断了念头。是的，这就是人世。

---

① 各各他（Golgotha）：又称"各各他山"，亦称"骷髅地"，位于耶路撒冷西北郊，相传为耶稣死难地。

三唱 二人同行

关于巡礼，不知自己曾认真考量过多少次。明明是单身外出旅行，却在苔草斗笠上写了"二人同行"四个小字。这意味着，自己是和另一个旅伴在相携而行，而那个同行者却是不见身影的隐形人。他只顾低垂着头，闷声跟在我身后。他是水的精灵，还是我柔弱的影子？是红唇白齿的少年，还是身穿灰色明石绉绸①和服的四旬贵妇？要不就是用柠檬香皂洗掉周身油垢后更显洁净的温柔少女？尽管我无法确切指出他是谁，但却肯定是个善良温柔之人。在这两人同行的旅途上，倘若不是我身体有恙，想必早就摇响动听的铃声，来了一场颇有说道的青年巡礼，至少是在形式上洗心革面了。首先，我会伫立在某某人家的庭院前向他告辞，把我无限的哀伤托付给丁零零的铃声。看着庭院里茂盛的一草一木，我深谙，这是我今生最后的一瞥。我愁肠寸断，忍痛诀别，含泪巡礼，与秋风一道起程。我清楚地知道，自己终将被沿途的黄土所掩埋——对这无休无止的命运，我堪称了然于心。而在这过程中，我谈了一场奇怪的恋爱。我不能说出对方的名字，也不能流露出陷入恋爱的痕迹。真是苦不堪言。就算烂掉舌头也不能透露风声。这分明是不义之举。我要再坦承一句：我并不是在有了巡礼的志向后才开始恋爱的。而不过是因为太想抹去，对，抹去这心中纷繁的思绪，才动了巡礼的念头。其实我想要的，并不是全世界。也不是什么百年的名声。我想要的，只是一束蒲公英花的信

---

① 明石绉绸：日本有名的绉绸，多用来缝制夏季衣服。

赖，一片莴苣叶的慰藉，甚至不惜为此枉费了一生。

四唱　请相信我

东乡平八郎^①的母亲大人从不在儿子枕边随意走动。她坚信，儿子将来必定是众人之首，因此千万不可无礼于他。尽管是自家的孩子，但母亲还是对他倍加尊敬，谨小慎微地侍奉着他。不过我们家却大相径庭。从我七八岁的时候起，我就一直很孤单落寞。每天晚上在客厅里，以祖母为首，冷清地聚集着母亲和两三个亲戚，而到了冬夏两季，则有哥哥姐姐们放假回来加入其中。他们会不时在背地里说我的坏话，有一次，当我从客厅前的走廊上路过时，隐约听见最小的哥哥正煞有介事在说我："别看他现在成绩不错，一旦进了中学和大学，就会一落千丈的，所以呀，还是不要太表扬他的好。"瞧这小子，都说的什么屁话！我固执地认定，父母是和兄弟姐妹们串通一气，来欺负着我这个七岁的孩子。从这时候开始，我就对家族的客厅会议深恶痛绝，宁愿一直守在厨房的石炉边。冬天，我把马铃薯埋进炉灰里，与四五个男佣一起烤着吃。或许是不忍心看到我终日孤单的身影吧，某一天，一个年老的女仆走过来，把手搭在我肩上，说了句奇奇怪怪的话："越是好钢，才越要千锤百炼呢。"

我记得，失眠症好像就是从这时开始的。我和最小的姐姐一直感情不错。当我上小学四五年级时，每逢寒暑假，在女校读书的她

---

① 东乡平八郎（1848—1934）：日本海军元帅、侯爵，与陆军的乃木希典并称日本军国主义的"军神"。因在对马海峡海战中率领日本海军击败俄国海军，有"东方纳尔逊"之称。

就会回来看望家人。这时她常常带着一个朋友一起回来。这位朋友是个名叫萱野的女生，戴着眼镜，身材适中，显得小巧玲珑，长着一张白皙而胖嘟嘟的圆脸，还有个双下巴，睫毛长长的。除了睡觉的时间以外，一双乌黑的眼珠总是像个小丑般地带着微笑。她还不时取下眼镜，一边眨着眼，一边像嗅着什么东西似的紧贴着杂志看。这样的眼睛和表情，看起来就恍如小熊般天真无邪，让我觉得可爱极了，尽管她还比我年长三岁。

早在更久以前，不，从还没有见到你之前，我就知道你的芳名了。姐姐曾在来信中这样写过：

> 梅花组的组长，也就是萱野亚季，对你每个季节都不忘寄来各种软糖和千年糕，赞不绝口呢。羡慕我有一个好弟弟，说我真幸福。要是你的来信中没有那些津轻土话，也不写错假名的话，那我就可以在更多的伙伴面前炫耀一番了。

那时候，你说你要当一个画家，还随身带着一台非常精致的照相机。你在我老家那夏日的田野间溜达着，一声不响，只管啪啪啪地摁下快门。不可思议的是，你拍下的那些风物，居然与我发现的景色几乎如出一辙。北国的夏天就如同南国的初秋，只见一道火红的藤蔓颤颤巍巍地缠绕在杉树根上。就在这景色被我不经意地收入眼底的同时，立马传来了你摁下快门的啪啪声。每当这时候，我都禁不住轻声地感叹。但是，也曾因心中的怨念而整日哭泣过。想来，不管是当时，还是现在，我都不过是一个乡下的孩子。说来，在大正十年那会儿，照相机还算是稀罕的玩意儿，所以当我看见你那个装相机的黑色小皮包时，就忍不住有些羞怯地扭捏着，央求你让我来拿。在你的恩准下，我把它放在肩上，一直跟在你身后。记得你在蓝色的浴衣上系了一条红色的扎染腰带。那天，我在树荫下悄悄打开装着底片的暗盒，想瞅个究竟，结果发现底片上一片乳白。我摇着头，一脸的不满，把胶卷重新放回到原来的套子里，佯装着什么都没发生过似的。不料，当天晚上，暗房里爆发出一阵惨烈的叫声，因为显像出来的胶片全都黑成一团。于是，我这个犯人的愚行顿时彻底败露。从那天以后，你就再也不准我拿相机了。若是你既往不咎，愿意再相信我一次，肯把相机再交给我拿，那么我就是不惜生命也一定会保护好底片的。对了，还有——当时我们一起玩过捉迷藏，你扮的是鬼。在等大伙儿藏好之前，你就趴在西式房间的沙发上，煞是无聊地翻看着杂志。其实，我和你一样，也对捉迷藏兴味索然，原本该找个地方好好藏起来的，却直接躬身躲在了你的沙发背后。"我们已经藏好了哟！"——远处传来了弟弟的声音。你就那样拿着杂志，站起身来去找大伙儿。你还记得吧？没准儿已经忘记了，是不？大伙儿很快就被你找了出来，然后一个个踅回到西式房间里。

"阿治还没找到呢。"

"不用找，他就躲在沙发背后的。"

我只得从沙发背后探出身来，寻思着：原来你早就知道呀？不料你冷冷地嘟哝了一句："要知道，我是鬼呢。"

二十年了，我都一直没有忘记过当时的鬼。前些日子，我从报纸上读到一则标题为《浅田夫人爱情三级跳》的新闻报道，这才知道，你已是二科①的新秀，还是有田教授的……算了，我就不再说

---

① 二科：即二科会，日本美术家团体之一，其举办的"二科展"是日本最著名的画展之一。

了。想来，从那时候，也就是你十六岁的夏天起，你的眉宇间就有了不祥的皱纹，已经预示着今日的不幸。"越是有钱人，就越是对钱充满向往。正因为没有自己挣过钱，所以才更是觉得钱这玩意儿又宝贵又可怕。"你说的这些话，我一直念念不忘。原谅我在这里把它们公之于众。萱野小姐，那时的你其实爱上了我哥哥。

前些天夜里，读到报纸上的那则新闻，想到你的落寞，我禁不住独自在蚊帐里哭了三个小时。这既不是什么策略，也算不上什么计谋，而纯粹是因为你的痛苦而潸然泪下。当然也不需要任何的报酬。那天夜里，我是多么祈望你能坚强起来。我想告诉你，有人在相信你的纯洁。我要你自信地生活下去。仅仅出于这个理由，我也要给你写信。可我一打开墨水瓶盖，却又不知该从何动笔。我想到了福田兰童①，这家伙就曾连篇累牍地给女人写过这种信，堪称不折不扣的情书。

五唱　被斥之为撒谎者的规矩人

一走到街上，就有人说，瞧，那个撒谎者来了。在被晚霞染红的白色卷云下，一群十四五岁的姑娘就像懒汉般把双手揣进和服的阙腋，悄悄捂住自己坚硬的乳房，并排着倚靠在土窑仓库的白壁上。她们相互使着眼色，还不时地点头，有些怕痒似的缩着脖颈，发出咪咪的笑声。其实，遭人嗤笑的撒谎者，才肯定是这个世上的老实人。今天早晨，我在老家的报纸上读到一则奇闻，说一个名叫什么

---

① 福田兰童（1905—1976）：本名石渡幸彦，是日本著名的音乐家，也从事过电影音乐，与开高健、志贺直哉等小说家也交情甚笃。

家的料亭还兼营着奇奇怪怪的旅馆，居然模仿歌舞伎的舞台装置，安装了一个电动设备。只要一摁按钮，就会弹出一张大型睡床。读着读着，我不由得笑出声来。显然，这家店的女老板是个善人，或许是受到黑帮电影的影响吧，才会突发奇想，试图让这样的"恶之花"悄悄绽放在现实中。一旦被人抓住这种大型的把柄，不是就只有死路一条，一句话也辩解不了吗？真是愚蠢哪，乡下的恶人，不过倒也还算可爱和不离谱。真正的恶人是不可思议的，是活神仙、活佛，既有良心，也靠得住。暗地里说，他们没有一个人例外，全都堂而皇之地属于不正经的天才，就连释迦牟尼佛在这些大人物面前，也得甘拜下风，背地里斥之为"无缘的众生"。

六唱　你若命令我装狗叫，那我就老实从命

拜启：用信函的方式去拜托您，有失礼数，但还是恳求您关照。敝社发行的《秘中之秘》第十期，计划刊登足以呈现当代学生气质的、描写学生生活的有趣读物，以便让世间的父兄们了解自家的学子。为此，特挑选出具有代表性的学校（帝大、早稻田、庆应、目白女子大学、东京女子医专），准备每月进行连载。打算下月首先做一个帝大专辑，不知能否拜托于您。篇幅为四百字稿纸十五页左右，内容则希望既写实而又有趣。另请务必严守截稿日期。尽管用信函来拜托您非常失礼，但还是务必请允诺执笔。《秘中之秘》编辑部。

哈哈！过去在鸟兽混战中，蝙蝠靠四处背叛获利不少。日后其劣迹败露，因陷入不义而不敢在白天外出，只得等日落之后才悄悄出门，可就算如此，还是羞愧难当，只好采取了自暴自弃的飞行姿势。对了，我忘了一点。不用说，肯定是那样的。不，我并不是指你。就让我敞开心扉道出心里话吧。实际上我觉得，自己就跟肮脏的蝙蝠没什么两样，所以才左右为难，一筹莫展的。为了生存下去，比起面包，我更需要的是葡萄酒。即便三天不进食也无所谓，我倒宁愿用那钱买一根价值八日元的、在握柄上装饰着蜥蜴头部的手杖。对那种因失恋而想自杀的心理，我这阵子总算是明白了。从中学、高中，直到大学，我都一直认为，手拿花束到处游荡和因失恋而自杀，这是两种让人羞愧不已的行为，仅仅一想到这两件事，就犹如脊背上被泼了一盆冷水。可现在，就算看见一枝白色的花儿，我也会萌生霍然得救的感觉。因苦恋的烦恼，我已几近昏厥。世界变得一片死寂，我的生命也行将消失，就如同沙砾无声地崩溃。我已走投无路，甚至不知何处安身。我学会了荒唐地玩乐人生。而且，为金钱所困。此刻，我在蚊帐里追赶着蚊子，孤独感就如故乡的暴风雪一般气势汹汹。我坠入了数十丈深的古井里，无论怎样左呼右叫，也无人搭理，这是怎样的一种焦虑？周围布满了滑溜溜的青苔，传入耳朵的唯有我自己的回音。我只能发出空虚的笑声。为找到求生的线索，我不惜划破指甲，浑身鲜血。在这悲惨的孤独地狱里，我是那么需要钱。即便你命令我装狗叫，我也会老实从命的。无论如何，我都会写得妙趣横生的，请按一张稿纸五日元给我稿酬吧。五日元，当然，也就仅此一次。下次，就算只给五十钱，甚至五钱，我也会悉听尊便的。所以此番就拜托你了。再说，就算付给我五日元的稿费，您也不会吃亏的。我有这样的自信。拙稿肯定不会辜负您支付的价值。四日深夜。太宰治。

敬复。四日深夜之贵函已拜读。尽管稿酬一事恐难如您所愿，但还是拜托您即刻执笔为盼。我们所支付的稿酬一般为五日元。姑且先行回复。匆匆。《秘中之秘》编辑部。

明信片已经拜读。您故意在回函中引用我的"四日深夜"一词，未免有点恶作剧的意味。透过全文可以想见您愠怒的模样。我并非出于一己的自负而强求五日元的稿酬，也并非为了我自身的贪欲。我需要钱，纯粹是为了给那些不知名的孤独者，或者用来取悦那些善良之人。可如今既然如此，也就只能作罢。请允许我突然放低嗓门，说一句——那么就让我写吧。太宰治。

七唱　我的青春我的梦
——东京帝国大学内部、秘中之秘

（内容共三十页。全文省略。）

八唱　愤怒乃爱欲的至高形式，云云

　　因外出旅行了一阵子，这期间兄台寄来的文稿和多封来信到现在才拜读，实在是失礼了。不过，兄台寄来的文稿的确是惨不忍睹。照这个样子，再怎么睁只眼闭只眼，也是不能刊用的。窃以为，即便请兄台重写一遍，恐怕也无济于事。在兄台看来，那或许是一篇力作吧，可对敝社而言，则不啻麻烦一桩。再者，就那样还要求支付稿酬，更是让敝社深感为难。日后等有时机，定会向兄台赔礼道歉的，但此番就姑且先把文稿奉还与你。匆匆。《秘中之秘》编辑部。

　　在没有月光的暗黑夜晚，湖心的波浪轻轻地舔舐着船腹。这水深应该不会超过五百寻①呢——被孩子这无心的回答所打击，我，还有女人，顿时陷入一阵凝固的恐惧中，仿佛听到了来自地狱底层的微弱呼喊，甚至忘记了寻死这件事②。那天夜里的寒冷北风从这张明信片的一隅呼啦啦地裹挟而来。怪不得我不想回家。大千世界，已找不到我的栖身之处——这心情让我一筹莫展，于是漫无目的地外出溜达。我跨过电车铁轨，穿越野地和田圃，不久便来到了一个不曾见过的美丽城市。

　　在感到走投无路的夜晚，我靠阿司匹林将三十八度的体温降到三十七度二三，起身走向车站，买了张三四十钱的车票，茫然地去

----

① 　寻：古代长度单位，一寻等于八尺。
② 　此处暗指作者曾与女人殉情一事。

到某个不知名字的城市，然后慢悠悠地踯躅在微暗的繁华街头。看见路旁突兀地耸立着一棵松树，我停住脚步，抬头仰望着上面的松枝。随后，我卖掉揣在怀里的书，走进了电影院。电影院门口的风铃声是那么让人难忘。我一边撒尿，一边眺望着窗外的节日景象，只见电石灯周围聚集着身穿浴衣的人群。啊，人们都活着。想到这里，我不禁潸然泪下。可是，"受人影响而哭"，不是无聊透顶吗？市民为了表达生活中最高的感激，往往会坦言自己是如何泪流满面，以至于旁边的听者和说话人自己也都禁不住使劲地点头。"啊，那样肯定是很悲伤的吧。"——他们就这样达成了相互的理解与同情，从而回归于平静。可是，我又如何呢？我背着人们，终日因懊恼而哭泣。这样的我，又该如何是好？那天也一样，我漫无目的地在市川站下了车，然后去看了一部名叫《兄妹》的电影。看着看着，我开始不能自持，就算咬紧牙关，也还是忍不住抽噎起来，最后竟差一点失声恸哭。我跌跌撞撞地走出小屋，索性尽情地号啕大哭，然后陷入了思考。电影中的阿文，她软弱无比，任人蹂躏，如今也没理由去抱怨别人，只能一忍再忍，俨然就是被践踏的尘芥。但恰恰是阿文这腐烂掉的女人临死前对神拼命发出的抗议，还有她的愤怒，让我不由得失声痛哭。切不可忘记，摩西曾轻声低语过，身为人子，一生总该真正地愤怒三次。

无论何者，只要活着，都理应得到尊敬。有生命者，皆是世上不可或缺的重要齿轮。如果一味谴责别人，不能理解他人的尊贵和孤独，压根儿就不配做一个作家。这个世界上绝没有无用之物。正因为有兰童，才有了某个女演员的痴心恋情，才会有菊池宽的宽容受到众人的赞颂，而在兰童常去的××闺房里，也才会绽放出令夫人深感慰藉的朴素白花①。

——明信片已经拜读，不过，我的文稿，真的——就不能刊用吗？

——嗯。是不能刊用呢。瞧，这是其他人给我们写的稿子。这才是我们想要的。不但写实，还要有统计的数据。总之，请您再读一遍自己的稿子，并好好考虑一下吧。

——我原本就是个蹩脚的作家。除了在懊恼中哭泣着写作，别无他法。

——因失恋而自杀的事，结果怎么样了？

——请借给我车费，让我回家吧。

——……

——我是指望着你才过来的，所以现在是身无分文。不过只要回家后就好了。我会马上还给你的。就算是一日元、二日元也可以。

——市内没有朋友什么的吗？

——赤羽倒是有个叔叔。

——如果是那样，那你就走着回去吧。什么呀，不是很近吗？只要绕着江户城的外护城河，从参谋本部那里先走到日比谷，不一会儿就到新桥站了。赤羽不就在背后不远的地方吗？

——是吗？

——那就——谢了。

——呀，真是失敬失敬。请下次再来玩哟。到时再想法补偿您吧。

毕竟不能向对方发怒，只能在都市炎热的尘埃中兀自向前。有

---

① 1935年在赴伊豆大岛拍摄电影外景的船上，福田兰童与女演员川崎弘子发生了关系。世人普遍认为是福田兰童强奸了川崎弘子而大肆讨伐，只有文坛巨擘菊池宽愿意出面调停，最后以福田兰童与妻子离婚改与川崎弘子结婚而息事宁人。

三四次，我都感到一阵晕眩，想着被汽车碾死算了，索性从一条条道路上横穿而过。都走了三里路，心里还在琢磨着：人都是善良的。因下了一夜的大雨，我在郊外泥泞的道路上慢如爬行。终于抵达荻洼邮局后，想抓紧时间发个电报，却被告知已经打烊，比规定的时间迟了七分钟。这时候发电报，说是要成倍收取费用。我顿时愣住了。我全身上下就像个落汤鸡，因这突如其来的耻辱而周身发烫，只能发出蚊子般的声音："现在我身上就只有三十钱，这都怪我粗心大意。能不能请您想办法帮帮我呀。"对方是一个三十岁左右的黄脸婆，骨瘦如柴，还有一嘴向外突出的黄牙。不管我怎么哀求，她都不好好搭理我，只是嘟哝着"规定就是规定呢"，然后又啪啪啪地鼓捣起算盘来。对她这不近情理的行为，我不禁哑然失语，只能颓丧地离开。倾盆大雨中，我还在悻悻然地想着，世界上竟有如此荒唐之事。不由分说，这绝对是个恶人。在我出生后的这二十八年，除了这个女职员，其他的人全都和我一样，是没有杂念的善良人。即便刚才那个编辑的鲁莽无礼，也是因为对我毫无防备才表现出的外貌而已。他认定，所谓作家，就该什么都明白，对所有的痛苦都全盘咽下，而绝不会发怒。他就仗着这想法而慢待我。所谓爱之深则恨之切，就是指的这个吧——一文不名的所谓贱民，一脸和善的面相，独自嗫嚅着，独自微笑着。是的，我爱这世上的愚昧之民。

九唱　娜塔丽娅，我们接吻吧

那以后的第三天，与前一天的贱民不同，这次是在帝国饭店的餐厅里，他穿着印有碎点十字图案的纯麻和服，下面是纱罗的和服裙裤，脚上则是白色的短布袜。对，绝不会有错，他就是太宰治我本人。而浅田夫人——其幼时的姓就是萱野——则戴着粗框的劳埃德眼镜[①]，身穿今年流行的奥林匹克蓝礼服。两个人一边就餐，一边不失凉爽地谈笑着。昨天，我使出最后的一招，从萱野那里借来了两百日元，不，准确地说，是二十张十元的纸币。我们相约在资生堂二楼的包房里见面，不等我说完"要借两百日元"，她就接连点了三四次头，一下子把话题岔到了别处。两小时以后，在同一地点，她拿出二十张沾满霉菌、被揉得皱巴巴的肮脏纸币，尽可能装得很轻松随意地交到我手上。"我预支了咱家的薪水呢。"萱野轻轻地笑了一下，说道。这是多么可憎的谎言！为浇灭我眼睛里燃烧的火焰，她竟如此警戒地埋下周密的伏笔，这让我感到不胜悲凉。那天夜里，我在繁华的花都里，不停地穿过霓虹灯的丛林，倍感虚无地来回奔跑。不能用。这钱，我无论如何都不能用。奴婢的爱。眼前浮现出女佣房间里已被磨去镶边的泛红榻榻米，还仿佛闻到了廉价鬓发油的气味。就好像她是从竹编的行李箱底摸出让人害臊的多功能盒子，把里面皱巴巴的纸币一张张摊平后，摆放在我眼前似的。黎明到来后，我给她打了个了电话。

"没想到突然进了一大笔钱，这下可以如数奉还给你了……"我用事务性的口吻说道，还加上了一句："地点就定在帝国饭店。"我想，至少得选在一个华丽壮观的地方来演出分手的大戏。

那天，晴空万里。在一阵谈笑之后，我掏出钱，故意在言语中暗示对方，这些纸币不是她昨晚给我的，而是另外二十张更新的纸币。可就在这时，我突然惊讶地发现，昨晚从这个女人那里接过的钱

---

① 劳埃德眼镜：一种黑色的粗框眼镜，因美国喜剧演员劳埃德而得名。

中，有三张的角上都沾有红墨水的污渍。可已经为时晚矣。为了不让萱野察觉，我悄悄地做着虔诚的祈祷，做着比米勒的"晚钟"①更虔诚的、人生大幕背后的祈祷。

"萱野，你来点点数吧。还是一五一十地点清楚为好啦。为了生存下去，所谓的尴尬也好，一时的难为情也好，都是必需的。"

这是一个善解人意的女人，她准确地抓住了我的心思，只是微微抿紧嘴唇，点了点头，有些笨手笨脚地数着钱。十七张。她突然扭着头愣了一下，随后便马上心领神会了。是的，蔷薇已经重生。慢慢地，她抬起含羞的绯红面颊，看见我狡黠而平静的笑脸，她发出了少女般天真的叹息。尽管如此，她仍旧没有忘记聪明地小声加上一句："是够复杂的。谢谢。"然后，我们就这么分手了。花费一万五千日元的学费，我们所学会的，不过是这样一种无聊的礼仪、残酷的规则——即两个人都抱着同样热烈的单相思情感，可照样还是得就此分手。啊，愤怒乃爱欲的至高形式，云云。

十唱　我也是苦不堪言

喂，当你打开隔扇时，可要当心哟！没准儿什么时候，我就突然站在门槛边呢。——某一天，我就这样笑着，嘱咐内人道。不料内人一言不发，只是目不转睛地盯着我看，恍若就要神经错乱了一般，显然深受打击，满脸欲说不敢的恐惧，嘴唇一片苍白，就那样坐着后退了一尺、两尺，直至最终逃落到隔壁的六铺席房间，这

---

①　指法国画家米勒的名画《晚钟》。

才恢复了神志似的，开始不出声地哭了起来。从那天起到今天，内人的神经就一直紧绷着，不知什么时候，居然把竹衣架一个不剩地全都撤走了。这时我才恍然发现，果不其然，那竹衣架挂上和服之后，就跟我的身影一模一样。此外，我还看见了另一幕情景：为了拔掉因挂蚊帐而嵌进房间四角的三寸铆钉，这个原本只有四尺八寸的小个子女人，竟然不惜踮起脚，与高处的铆钉展开了一番苦斗恶战。

此刻，我闲躺在藤椅上，凝视着内人在庭院里薅草的身影。她穿着纯白色的家用便服，让我不由得有些可怜地想，她是越来越像一个护士了。我们家有一个糟糕的定律，夫妻俩中间必定是丈夫一方先呜呼哀哉。比如有一阵子，家里就聚集了曾祖母、祖母、母亲、叔母等四个寡妇。尤其是叔母还先后失去过两任丈夫。

终唱　而且，就在此时

艺术原本是一场热闹而华美的祭礼。普希金自不待言，芭蕉、托尔斯泰、纪德，无一不是出色的新闻工作者。钓鱼船上，那个年近八旬的青年独自身披蓑衣，从不忘记让自己在形式上有别于船夫和其他人的要领。或许可以从中发现 ×× 翁不可救药的陋习吧？但这又有何妨？艺术，原本就是对不伦行为的申辩。——题外话就暂时不表了，或许你们会问，重要的是，和萱野之间，那以后就没有后续故事了吗？啊，无论什么样的罗曼史都伴随着这样的宿命，即需要出现一个不惧神灵的粗俗结局。那些狡黠的读者只要读一读刚开始的五六行，再偷偷瞄一眼结尾的一行字，马上就会大打哈欠地说，这也写得太拙劣了。好吧，那我就捏造一个事实上从不曾有过的、恍若云消雾散一般的结局，来让你们的内心翻江倒海。

而那以后——我们并没有绝望和放弃。在帝国饭店里，沐浴着正午黄灿灿的光线，我们隔着桌子欠起身来，用清澄的眼神彼此凝视。要坚强，一定要坚强！狂风啊，你就把我的衣服和骨头都吹个粉碎吧！这不，狂风正裹挟着我们四周，眼前只能看见相互的蓝色口罩。而别的一切，早已被万丈黄尘所吞没，直至一物不剩。为抗击这暴风，我们打着踉跄，推开桌子，相互握紧双手，抓住胳膊，最后抱住对方的身体。是的，我们相互搂抱在了一起。是的，二十世纪旗手，应该以行动为先。而健全的思想，则会随后接踵而至。比起成为尼姑的阿光，我更爱阿染、阿七、阿舟①。首先，你得尝试。说话的声音越大，就越容易化为真理。当有人骂你是傻瓜时，你就用比他洪亮两三倍的声音，也用傻瓜来还击他。事实胜于雄辩，已经没有任何东西可以阻碍我们结婚。

"这就是我和你的罗曼史。尽管有点添油加醋，但如果你觉得有什么不满，我可以特意为你修改那些地方。"

身穿白色衣服的妻子回答道："这分明不是写的我。"她一笑也不笑，坚定地摇了摇头，"这样的人，到世上哪里去找哇？你不过是想用压根儿就不存在的影子武士来搪塞罢了。虽说对你不敢明写那一位的苦衷，我也不是不能理解，但说到苦不堪言的女人，其实还另有所在呢。"

所以我从一开始就申明过，不能说出对方的名字，也不能流露

---

① 阿光、阿染、阿七、阿舟都是歌舞伎中的女性角色。阿光为了促成恋人的爱情而甘愿削发为尼，而阿染、阿七、阿舟则是敢爱敢恨，为爱情不惜生命的烈女子。

出陷入恋爱的痕迹。真是苦不堪言。就算烂掉舌头也不能透露风声。这分明是不义之举。

啊，就请来欺骗我，来欺骗我吧。一旦欺骗了我，就算你死掉了，也绝不能坦白和忏悔。就让胸中的秘密化作绝对的秘密吧。无论你再怎么狡黠，也不能向任何人坦白。你就这样静静地停止呼吸吧。不，就算你奔赴冥途，命归黄泉，在那里你也只能一直微笑，对谁也不要坦白。啊，就请来欺骗我，来欺骗我吧，巧妙地欺骗我吧，要欺骗得比神都还完美。

就让他们来巧妙地欺骗我吧。人如果不经历比七次多七十倍的欺骗，就不可能探索到真爱的微光。于我而言，谎言充满了快慰，并足够美丽、欢愉，是静静递给我的完美武器，是堆积如山的果实。你要默默地接受它，并享受它。这个世界，还是要热闹一点才好。你是知道的，对吧？说到乡间的野台戏，就是把镜框立在油菜花田里，直接用苇帘围起一个后台来。一旦给后台的旦角递上十日元的赏钱，外面的花道①上就会马上贴出用黑墨水写成的字条："兹收到××书生的赏金一千日元。"据说就是靠这样来活跃气氛、制造繁荣的。真没想到，我国自古以来的文学精神便存在于此。

各种各样的话，密密麻麻地记满了近三十个杂记簿，这全都是用来取悦于你的礼物。但不幸的是，因为关税高得离谱，导致无数宝物被扔进官府那儿刷了蓝油漆、铺着白铁皮屋顶的仓库里，直至被咔嚓一声锁了起来。那以后过了十个月，从樱花飞雪到薮蚊猖獗，又从白尾灰蜻的季节到红叶散落，再到人们披着黑斗篷游荡在小巷的十二月，我这才终于筹款成功。在近三十个包裹中，有一个最廉

---

① 花道：歌舞伎剧场中贯穿观众席到舞台的通道。

价、最不起眼的小箱子，打开上面闪亮的黄铜大锁，一下子出现在人们眼前的——哇，这可是绝没想到——竟然是成百上千只思念的小蟹。据说主人一阵惊慌，不停地追逐着一只只小蟹，写完一行字就撕掉，再写下一个词又撕掉，导致心绪越发悲凉。最后，在黄昏的房间一隅，他紧攥着笔，悄悄抽噎起来。

奔跑吧，梅勒斯

梅勒斯勃然大怒。此刻他决心已下，发誓要除掉那阴险暴虐的国王。

梅勒斯对政治一窍不通，他只是个村里的牧羊人。每天他都吹着笛子，与羊群嬉戏度日。但对于邪恶，他却比常人要倍加敏感。

今晨天色未明，梅勒斯便打村里起程，越过旷野，翻过山岭，来到了这十里①之外的希拉克斯城。梅勒斯没爹没娘，也没有老婆，只是跟十六岁的腼腆的妹妹相依为命。不久，这妹妹就要嫁给村里一个老实本分的牧羊人了，而且婚礼也已迫在眼前。正因为如此，梅勒斯才不顾路途迢遥，到这城里来置办新娘的衣装和婚宴的用品。

等购置停当后，梅勒斯便在大街上优哉游哉地晃荡起来。梅勒斯有个堪称总角之交②的朋友，名字叫塞利奴提乌斯，如今就在这希拉克斯城里做石匠。梅勒斯寻思着，接下来就去探望探望这位好朋

---

① 本文中的"里"为日本的长度单位，日本的1里约为3.9公里。
② 总角之交：与"青梅竹马"相对，指儿时结交相识并一直陪伴长大的同性朋友。

友。因为阔别已久，所以梅勒斯对这次重逢充满了期待。

走着走着，梅勒斯忽然觉得城里的情形有些蹊跷，街头一片死寂。太阳已经落山了，街头变得幽暗也自在情理之中，但还是让人觉得，这一切并不只是因为夜幕的降临。整个城市寂静得令人发瘆，就连一贯大大咧咧的梅勒斯也渐渐被不安攫住了。他拽住身边路过的年轻人，问道："这里发生了什么吗？两年前我来这儿时，就算在夜里，人们也是歌舞升平，整个街上也是热热闹闹的呀。"

年轻人摇摇头，没有回答。又走了一会儿，他遇见了一个老大爷。这次，他加重了语气问对方。老大爷同样没有回答。梅勒斯用双手摇晃着老大爷的身体，追问着同样的问题。老大爷压低嗓音，像是怕被周围听见似的，只说了一句："国王陛下要杀人。"

"为什么要杀人？"

"他说有人图谋不轨，可事实上没有人图谋不轨。"

"杀了很多人吗？"

"嗯。最先被杀的是国王陛下的妹婿，其后是陛下本人的子嗣，接着依次是陛下的妹妹、妹妹的孩子。再然后就是王后，以及贤臣亚历克斯大人。"

"太可怕了。莫非国王疯了？"

"不，才没有疯呢。据说，他只是无法相信别人罢了。这阵子，甚至对朝中大臣们的忠心也萌生怀疑了。但凡稍稍生活得奢侈之人，陛下都会令其交出一名人质。有胆敢抗令者，就会被钉在十字架上斩首。这不，今天就有六个人被杀了。"

听着听着，梅勒斯不由得义愤填膺。

"这国王真是荒唐。不能让他再活着害人了。"

梅勒斯是个心地单纯的男人。于是，他肩上背着采购的东西，慢悠悠地朝王宫走去。很快，巡逻的卫兵们就把他抓捕了起来。搜身时在他怀里发现了一把短剑，顿时引得一片哗然。梅勒斯被带到了国王面前。

"你打算用这把短剑来干什么？快如实招来！"暴君狄欧尼斯平静而威严地问道。国王脸色苍白，双眉间镌刻着深深的皱纹。

"我要从暴君手中拯救这个城市。"梅勒斯毫不胆怯地回答。

"就凭你吗？"国王惘然一笑道，"真是个没救的家伙。你等之辈，压根儿就对我内心的孤独一无所知。"

"住口！"梅勒斯怒不可遏地反驳道，"怀疑他人的心，实乃最可耻的恶行。您身为国王，竟怀疑子民的忠心！"

"怀疑乃正当的防备心理——教给我这一点的，正是你们这些家伙。人心叵测呀。人原本就是私欲的集合体，万万不可相信。"暴君静静地低语着，发出了一声轻叹，"其实，我又何尝不向往着和平呢？"

"什么和平？不就是为了保住自己的王位？"这次轮到梅勒斯来嘲笑国王了，"滥杀无辜之人，和平从何谈起？"

"给我闭嘴，你这个贱民！"国王蓦地抬起头来，呵斥道，"嘴上倒是说得好听，可我已彻底看透了人心深处的想法。等着，我这就把你押上绞刑架，到时不管你怎么哭着求饶，都没用了。"

"啊，好一个聪明绝顶的国王！你就只管自以为是吧。我已做好一死的准备，绝不会求你饶命的。只是——"说着，梅勒斯把视线投落在脚边，犹豫片刻后继续说道，"只是——若是您肯大发慈悲，开恩于我，就请在处刑前再给我三天的宽限吧。我想让我唯一的妹妹顺利地嫁出去。三天之内，我要回村子里给她举行婚礼。不过我一定会回来的。"

"笑话！"暴君沙哑着嗓门，低声冷笑道，"你可真会欺骗人哪。难不成放走的鸟儿还会再回来？"

"是的，还会再回来的。"梅勒斯坚定地说道，"我会信守诺言的。就请给我三天的宽限吧。妹妹还在等着我回去呢。如果你真的不相信我，那也没关系，这城里有个名叫塞利奴提乌斯的石匠。他是我最好的朋友。就把他作为人质留在这里吧。如果我逃跑了，到第三天的黄昏还没回来，那就请绞死我的那个朋友好啦。求您了。求您答应我吧。"

听罢，国王顿生歹心，一阵窃笑，心想道："说得好听，但不是明摆着，不会回来了吗？那就索性将计就计，装着听信了这骗子的谎言，把他放走好啦。这不也蛮有趣吗？等到第三天，再处死那个替死鬼，也算是活该吧。我正好借此说，瞧，人可千万不能相信呢。然后，一脸悲伤地把那个替身送上绞刑架，以此来教训世上那些自诩诚实的家伙。"

"好的，我答应你了。这就去把你的替身叫来吧。第三天日落之前，你务必赶回来。若是你迟到了，我就杀掉你的替身。你就迟点再来好啦，那样的话，我就永远饶恕你的罪行了。"

"您说的什么呀？"

"哈哈。若是你觉得保命重要，那就迟点再来吧。你的那点心思，我可是一清二楚。"

梅勒斯无比懊恼，气得连连跺脚，连话也不想说了。

于是，一同长大的好友塞利奴提乌斯，被连夜召入了王宫。当着暴君狄欧尼斯的面，两个暌违两年的朋友再次相聚。梅勒斯向好友讲述了事情的前后经过。塞利奴提乌斯只是默默地点着头，把梅勒斯紧紧抱住。好朋友之间，仅此已经足够了。于是，塞利奴提乌斯被用绳子捆绑起来，而梅勒斯则匆匆出发了。此时，初夏的夜空缀满了繁星。

那天夜里，梅勒斯一宿未睡，马不停蹄地赶了十里路程。到达村里时，已是第二天上午。太阳升得老高老高，村里的人早已下到田野里，开始忙活着。梅勒斯十六岁的妹妹，今天代替哥哥守护着羊群。看见哥哥步履蹒跚地走来，一副疲劳困顿的模样，妹妹不禁吃了一惊，不停地缠着哥哥，追问到底发生了什么。

"什么事都没有，"梅勒斯努力地微笑着说，"我撂下城里的事先回来了，稍后还得再赶回去。明天就给你举行婚礼吧。好事宜早不宜迟。"

一道红霞飞上了妹妹的脸颊，她的脸红了。

"很高兴，对吧？漂亮的衣裳都给你买好了。喂，这就去通知村里的乡亲们吧。告诉他们，婚礼就定在明天举行。"

梅勒斯这才又跟跟跄跄地走回家里，开始装饰祭坛，准备婚宴。不一会儿，他就一头倒在地板上酣睡起来。他睡得很沉很沉，仿佛连呼吸都停止了似的。

等梅勒斯睁眼醒来，已是晚上了。他起床后，马上去拜访了新郎家。梅勒斯对新郎说："事出有因，就请把婚礼定在明天吧！"身为牧羊人的新郎吃了一惊，连声说道："不行不行，我还什么都没有准备，等到明年葡萄成熟的季节再说吧！"梅勒斯再三坚持道："不能再等了，婚礼无论如何都要在明天举行。"不料新郎也很顽固，就是不肯答应。两人一直争论到天明，最后梅勒斯连哄带骗，才总算说服了新郎。

婚礼是在晌午时举行的。当新郎新娘刚向神宣誓完毕，就看见黑云压顶，遮蔽了天空。先是小雨点点，随即变成了瓢泼大雨。尽管出席婚礼的乡亲们涌起了某种不祥的预感，可还是打起精神，挤在狭窄的房间里，忍受着潮闷和炎热，兴高采烈地又是唱歌，又是拍手。梅勒斯也一脸喜悦的表情，甚至暂时忘记了与国王的约定。随着夜深人静，喜宴变得越发热闹，以至于人们把外面的暴雨也抛在了脑后。梅勒斯恨不得就这样一辈子。他希望和这些善良的人厮守终生，但如今，这愿望却不啻异想天开。他已身不由己。

梅勒斯不断催促着自己，决定尽快出发。可到明天日落，还有足够的时间。他思忖道，不妨先小睡一会儿，醒来后就立马起程。到时候，没准儿雨势也该减弱了一些吧。哪怕在这家里再多待一会儿也好。即便是梅勒斯这样的男人，也难免有不舍之情。他走近今夜一直沉浸在喜悦中的新娘，说道："恭喜你。我累了，所以先去小憩一下。醒来后，我得马上赶到城里去，因为有重要的事情。现在，就算我不在你身边，也有善良体贴的丈夫陪着你了，所以你绝不会感到孤单的。你哥哥我最讨厌的，就是怀疑别人，其次就是撒谎。这一点，你也是知道的。你与丈夫之间，千万不能有任何欺瞒。我想对你说的，就只有这个。你哥哥我也算是个顶天立地的男子汉了，你就为我感到骄傲吧。"

新娘有些恍惚地点了点头。然后，梅勒斯又拍了拍新郎的肩膀道："说来，我们家也同样很穷，准备不了什么嫁妆。家用称得上宝贝的，也就只有这个妹妹和羊群了。除此之外，一无所有。现在就把这些全都给你吧。还有，你要为成为我梅勒斯的妹夫而感到自豪！"

新郎搓着双手，一脸害羞的表情。梅勒斯笑着，跟乡亲们打了声招呼，就离席而去了。他钻进羊圈，睡得就像死人一样。

睁眼醒来，已是第二天拂晓时分。梅勒斯一下跳将起来。糟了，是不是睡过头了？不，还不要紧的。现在就马上出发的话，离约定的时间还绰绰有余。今天，我无论如何要让国王知道，人是有诚信存在的，然后再面带笑容地登上绞刑架。梅勒斯不紧不慢地开始了准备工作。雨点也似乎小了几分。他已准备停当。于是，梅勒斯使劲挥动着双臂，如同离弦的利箭般在雨中飞跑起来。

今夜，我就要被杀死了。为了死亡，我正一路飞奔；为了解救顶替我的好友，我正一路飞奔；为了粉碎国王的险恶阴谋，我正一路飞奔。是的，我必须一路飞奔。而且，我将被杀死。是的，为了不玷污自己的名誉，我将付出我年轻的生命。啊，永别了，故乡。

此刻，年轻的梅勒斯心里肝肠寸断，痛苦万分，好几次都差点儿停下脚步。他大声呼喊着，一边责备自己，一边继续飞奔。走出村子，越过原野，穿过森林，抵达邻村时，雨也停了，只见太阳高高升起，天气也炎热起来。梅勒斯用拳头揩着额头上的汗水，心中琢磨着，既然都到了这里，就不用担心了，就不会再对故乡恋恋不舍了。妹妹和妹夫，一定会成为一对恩爱的夫妻吧。我已经没有任何牵挂。只需一路赶到王宫去，就万事大吉了。

何必那么着急呢？慢慢走吧。他又恢复了悠然的天性，哼起了喜欢的小曲。他慢悠悠地走了两里、三里，当终于赶了一半的路程时，从天而降的灾难却迫使梅勒斯驻足不前。瞧，那前方的河流。因昨天的暴雨，山上的水源已经泛滥成灾，只见滔滔浊流汇集到下游，气势汹汹地冲毁了小桥。汩汩作响的激流，将树叶和尘埃全都冲刷到桥桁上，激起了一阵阵浪花。梅勒斯茫然地站住了。他四处打量，左右环顾，继而又声嘶力竭地呼喊，但先前停泊在河边的系舟却全都被浪涛卷走了，而船夫们也不见了踪影。

水流不断高涨，俨然成了一片汪洋。梅勒斯蹲伏在河岸边，一阵号啕大哭。他举起双手，向天神祈愿："啊，就让这疯狂的河水赶快停息吧！时间正分分秒秒地流逝，太阳也已高悬在天空的最中央。如果不在它落山之前赶到王宫，我的好朋友就会因为我而丧命的。"

浊流就恍如在嘲笑梅勒斯的呐喊似的，反倒越发湍急和险恶。后浪吞噬着前浪，裹挟着翻腾而去。而时间正在一分一秒地流逝。此刻，梅勒斯决定孤注一掷：是的，除了游到对岸，别无他法。啊，天神，请看着我！此时此刻，我将发挥不逊于浊流的爱与诚实的伟大力量。

只见梅勒斯扑通一声，纵身跳入了激流中，与胜似百条蟒蛇的汹涌波涛展开了殊死搏斗。他把全身的力量聚集到手臂上，毫不畏惧地拨开漩涡丛生的激流。或许是看见他奋不顾身的模样，连天神也动了恻隐之心，从而垂怜于他吧。尽管遭到激流的冲击和阻挠，梅勒斯最终还是成功地抱住了对岸的树干。这真是万幸。梅勒斯像悍马一样打了个大激灵，马上又拔腿赶路了。是的，一秒钟也不能耽搁。这不，太阳已经开始西沉。他喘着粗气，朝山上攀爬而去。就在他爬上山顶想舒口气时，眼前突然闪出了一伙山贼。

"且慢！"

"干什么呀？我必须在太阳落山前赶到王宫去。快放开我！"

"想走？可没那么容易。把你身上的所有东西全都交出来！"

"我什么都没有，只有性命一条。就连这条性命，也是要交给国王的。"

"哼，我们就是来取你性命的。"

"那么说来，你们是奉国王之命，在此伏击我了？"

山贼们二话不说，就一齐举起了手中的棍棒。梅勒斯倏地躬下腰身，如飞鸟般扑向身边的一个山贼，夺过对方的棍棒，大喝一声：

"对不起了，我是为了正义而战。"

说着，他猛地一出手，就瞬间打倒了三个家伙。趁剩下的人还在犹豫和胆怯时，他飞身冲下了山崖。一口气直奔下山后，梅勒斯也不禁有些累了，再说正午灼热的太阳正从脑门上直射下来，让梅勒斯好几次都一阵晕眩。这可使不得。梅勒斯又重打精神，蹒跚着走了两三步，但最终还是弯下膝盖，再也站不起来了。梅勒斯仰天朝上，心有不甘地哭了起来："啊，梅勒斯，你这个横渡浊流，击败三个山贼，终于突围到此的勇者！没想到此刻在这里，你竟累得精疲力竭，再也无法动弹。这也太窝囊了。你敬爱的朋友，正因为对你深信不疑，不久将会呜呼送命。你呀，就是一个稀世罕有的大骗子。这样一来，不是正中国王的下怀了吗？"梅勒斯就这样斥责着自己，但周身瘫软着，已经寸步难行。

他倒在了路旁的草地上，不仅身体疲惫，内心也备受创伤。"得了得了，怎么着都无所谓了"，一种有违勇者身份的自暴自弃的劣根性，开始侵蚀着他内心的一隅，"我已努力到了这个份上。我压根儿就没有打算爽约。请上天为我做证！我已经拼了老命。我已经跑得再也跑不动了。我绝不是背信弃义之人。啊，如果可能的话，我想剐开我的胸膛，让你们看看里面血红的心脏。是的，让你们看看我这颗仅靠爱和诚实的血液而跳动着的心脏！

"可是在这重要的关口，我却彻底趴下了。我是个不幸之人。我肯定会遭到人们的嗤笑。我的家人也会遭到人们的嗤笑。我欺骗了朋友。是的，一旦中途倒下，就等于此前的所有努力都付诸东流。啊，得了得了，怎么着都无所谓了。也许，这就是我的宿命。塞利奴提乌斯啊，请你饶恕我吧。你总是对我坚信不疑。而我，也从不曾欺骗过你。我们真的是心心相印的铁哥们。彼此心中从不曾笼罩过疑惑的乌云，一次都不曾有过。即便现在，你还是在心无旁骛地等着我吧。啊，肯定在等着我，是吧？谢谢你，塞利奴提乌斯。谢谢你信任我。想到这里，我就难受得不得了。要知道，朋友间的信赖，乃是这个世上最值得引以为傲的瑰宝。塞利奴提乌斯，我一直是飞奔过来的。我丝毫没有欺骗你的意思。请相信我吧。我是一路飞奔着赶过来的。我突破了浑浊的激流，挣脱了山贼的重围，一口气从山顶上冲了下来。正因为是我，才能做到这样的。啊，你就不要再奢望我什么了。甭管我吧。怎么着都无所谓了！

"我输了，我没有出息，你笑话我吧。国王曾凑近我悄悄耳语道：'你就迟点再来好啦。'他允诺道：'若是你迟到了，我就杀掉你的替身，留你一命。'我曾那么憎恨国王的卑劣。可现在，我不是被他说中了吗？或许，我确实是赶不上了吧。没准儿国王会自以为是地嘲笑我一番，然后再若无其事地赦免我吧。但真要是那样，我会比死还要揪心地难受吧。我将成为永远的叛徒，做人世间最可耻的人。塞利奴提乌斯啊，我也会追随你一起去死的。就让我跟你一起去死吧。只有你肯定会相信我。不，或许这只是我的一厢情愿？啊，那就索性当一次恶人，来苟延残喘吧。村里有我的家，还有羊群。妹妹和妹夫该不会把我撵出家门吧？什么正义呀、诚实呀、爱呀之类的，想来其实根本就一文不值。用杀死别人来换取苟且偷生——这难道不是世间通行的定律吗？啊，一切的一切，都是那么荒唐愚蠢。我是个丑陋的叛徒。那就任性一次吧。还能如何呢？"梅勒斯摊开四肢，开始迷迷糊糊地打起盹儿来。

蓦然间，耳畔传来了潺潺的水流声。梅勒斯悄悄抬起头来，屏住呼吸倾听着。貌似有水流正淌过他的脚边。他颤颤巍巍地站起身来，仔细一看，只见一股清泉像是喃喃低语着，从岩石的缝隙中汩汩涌出。恍如是被那股清泉吸引住了似的，梅勒斯蹲下身子，用双手掬起一捧水来，喝了一口。他发出了一声长叹，仿佛刚从睡梦中醒来。是的，自己还能走。那就走吧。

在肉体恢复力量的同时，心中也萌生了一抹希望。是履行义务的希望，是杀身成仁、维护名誉的希望。斜阳把红色的光芒投射在树叶上，让树叶和树枝也近于燃烧般地熠熠闪光。距离日落还有一段时间。

有人正等着我呢。有人正毫不怀疑地静静等着我。有人对我深信不疑。是的，我的这条性命，已不在话下。所谓以死谢罪，只不过是冠冕堂皇的事后说辞。我，绝不能辜负那种信任。现在我只有一件事要做，那就是——

奔跑吧，梅勒斯！

有人对我深信不疑。有人对我深信不疑。刚才那魔鬼发出的耳语，不过是一场梦。一场噩梦。快忘记它吧。在五脏俱疲之时，人不免会突然陷入那样的噩梦。梅勒斯，这不是你的耻辱。你仍旧是真正的勇者。你这不是又重新站起来，开始奔跑了吗？真是万幸啊。我将能够作为正义之士而英勇献身。啊，太阳正在西沉，急速地西沉。等等我呀，天神。打一出生，我就是个诚实之人。就让我继续作为诚实之人而死去吧。

梅勒斯推开路上的行人，如同旋风般向前飞奔。他从原野上的酒席中央一冲而过，把人们惊吓得不知所措。他踢开野狗，穿越小河，用比太阳落山还要快十倍的速度飞奔着。就在他与一帮旅行者擦肩而过的瞬间，一句不祥的话语传进了他的耳朵："此刻，那个人正被押上了绞刑架呢。"

啊，为了那个人，对，就是为了他，我正拼命地一路奔跑呢。千万不能让他死了。赶紧哪，梅勒斯。千万不要迟到了。我这就要让人们见识爱与诚实的力量。什么体面不体面的，已经顾不上了。此刻的梅勒斯几乎是全身赤裸着。他甚至无法呼吸，还两口、三口地从嘴里喷着鲜血。啊，就在前方了。远处可以依稀看见希拉克斯城的塔楼了。瞧，塔楼沐浴着夕阳，在那里闪闪发光呢。

"啊，梅勒斯大人。"随着风，传来了一阵呻吟般的声音。

"谁呀？"梅勒斯边跑边问道。

"我是菲洛斯托拉托斯，你朋友塞利奴提乌斯的徒弟。"年轻的石匠跟在梅勒斯身后，一边跑一边叫喊道，"不行，已经没用了。您就别跑了。您已经救不了师父了。"

"不，太阳还没有落山呢。"

"此刻，国王正对师父执行死刑呢。啊，您来迟了一步。我恨您。要是您能早来哪怕一步，事情也……"

"不，太阳还没有落山。"梅勒斯感到撕心裂肺的痛苦，只是凝神仰望着又红又大的夕阳。除了奔跑，他什么也不想。

"快停下，请您别跑了。现在，您要更珍惜自己的性命。他一直相信着你。就算被押解到刑场上，他也镇静如故。即便国王一个劲儿地奚落他、嘲笑他，他也只回答说'梅勒斯肯定会来的'，在内心抱着坚定的信念。"

"正因为这样，我才会一直奔跑。正因为他信任我，我才会跑下去。这已不是赶得上或赶不上的问题了，也不是他的命还有救没救的问题。总觉得，我是为了某个更加可怕、更加巨大的东西在奔跑着。请跟我来吧，菲洛斯托拉托斯。"

"啊，莫非您疯了不成？好吧，您就拼命跑好啦。没准儿赶得上也说不定。您，就快跑吧。"

废话少说。太阳还没落山，梅勒斯拼尽最后的力气，一路奔跑着。梅勒斯的大脑一片空白，什么也没有想。只是被一种莫名的巨大力量拽引着，向前奔跑。就在太阳缓缓地沉入地平线，连最后的一片残光也即将消失的时候，梅勒斯像一道疾风般冲进了刑场。是的，他赶上了。

"且慢！别杀了他。我梅勒斯回来了。我遵守约定，现在回来了。"梅勒斯想朝着刑场上的围观者们大声呐喊，但喉咙却早已干涸沙哑，只能发出微弱的声音。人们根本没注意到他的来临。绞刑架的支柱已经高高竖起，被五花大绑的塞利奴提乌斯正被缓缓地吊上高空。见此情景，梅勒斯使出最后之力，就像先前横渡浊流那样，拨开了围观的人群。

"我来了，刑吏。该被杀的人是我，梅勒斯。让他充当人质的，是我。我现在就在这里！"他用沙哑的嗓音拼命呐喊着，一边冲上了断头台，使劲拽住朋友被吊起的双脚。围观的人群一阵骚动，大叫着"太好了""饶恕他吧"。

绑在塞利奴提乌斯身上的绳索终于被解开了。

"塞利奴提乌斯，"梅勒斯的眼里噙满了泪水，说道，"来揍我吧。来使劲揍我的脸吧。在途中，我做了一个噩梦。若是你不肯揍我一顿，我甚至没有资格来拥抱你。来吧，来揍我吧。"

塞利奴提乌斯就仿若早已洞察了一切似的，点点头，朝梅勒斯的右脸颊狠狠地揍了一拳。那声音响彻在整个刑场上。揍完后，他温柔地笑道："梅勒斯，你也来揍我吧。使劲地揍我，要让揍我的声音跟我揍你的那一拳同样响亮。在这三天里，我也只有过一次，对你稍微起了疑心。这是我生平第一次怀疑你。如果你不揍我的话，我也没有资格来拥抱你。"

梅勒斯抡起手臂，朝塞利奴提乌斯的脸颊上揍去。

"谢谢，朋友。"两个人同时说。他们紧紧地拥抱在一起，然后喜极而泣，放声痛哭。

从人群中爆发出了一阵唏嘘之声。暴君狄欧尼斯一直从人群背后凝神注视着两个人。此刻他静静地走近他们俩，红着脸说道："你们的心愿达成了。你们战胜了我的心。所谓的诚信，绝不是虚无的空想。让我也成为你们的伙伴吧。请你们答应我的请求，让我也成为你们的一员。"

人群中顿时响起了一阵欢呼声："万岁，国王陛下万岁！"

一个少女向梅勒斯献上了绯红的斗篷。梅勒斯顿时有点不知所措。倒是好朋友灵机一动，过来提醒他道："梅勒斯，你不是还光着身子吗？快披上这斗篷吧。这个可爱的少女，是不愿让众人看见梅勒斯你的裸体啊。"

陡然间，勇士的脸羞赧得通红。

维庸之妻

一

一阵慌里慌张打开大门的声音。那响声吵醒了我。想必又是丈夫在夜深人静时喝得个烂醉回家来了，所以我兀自一声不吭地继续躺着。

丈夫点亮了隔壁房间的电灯，一边呼哧呼哧地喘着粗气，一边打开桌子和书箱的抽屉，像是在东翻西找着什么。不久，又传来了扑通的一声响，大约是他一屁股坐在了榻榻米上面。随后便只能听见他呼哧呼哧的剧烈喘息了，也不知道他究竟在鼓捣什么。我就那样躺着说："你回来啦！你吃过饭了吗？食橱里有饭团哪。"

"哦，谢谢。"他回答的语气是从未有过的温柔。随即他又问道："孩子怎么样了？还在发烧吗？"

他这样问也是颇为罕见的。明年孩子就满四岁了，或许是因为营养不足，或许是因为丈夫酒精中毒，也或许是病毒的缘故，他看起来比别人家两岁的孩子还小，走路也是一歪一倒的，说起话来至多也不外乎"好吃好吃""不要不要"之类的只言片语，甚至让人担心他是不是脑袋有什么毛病。我曾经带着孩子去公共澡堂洗澡，当我抱起他脱光衣服后的身体时，因为那身体过于丑陋和瘦小，我不由得难过万分，以致当着众人的面失声痛哭。而且这孩子还常常不是拉肚子，就是发高烧，可丈夫却从来不肯安安生生地待在家里，也不知道孩子在他眼里算是什么。即使我告诉他孩子在发烧，他也只是嘟哝一句"哦，是吗？那就带他去看看医生吧"，随即便急匆匆地披上和服外套出门去了。就算我想带孩子去看医生吧，可手头也没有钱哪。所以只能够躺在孩子身边，默默地抚摩着他的头。

但今天夜里不知为什么，他竟出奇地温柔，还颇为少见地询问孩子的烧退了没有。见此情景，我与其说是感到高兴，不如说涌起了一种可怕的预感，仿佛整个脊梁骨都变得冷冰冰的。我不知道该如何回答他，就那样一直缄默着。在那以后的好一阵子里，都只能听到丈夫剧烈的呼吸声。

"有人吗？"

大门口传来了一个女人纤细的嗓音。我就如同被人泼了一身冷水一样打了个寒战。

"有人吗？大谷先生。"

这一次那女人的声调明显变得有些尖厉了。与此同时，又传来了开启大门的响声。

"大谷先生！您该是在家里的吧？"

能听出那女人的话音里分明带着愠怒。

估计这时候丈夫终于走到了大门口。他好像战战兢兢而又傻头傻脑地回答道："什么事啊？"

"还问什么事？！"女人压低声音说，"您明明有一个好端端的

133

家，可还做出偷盗之类的事情，究竟是为哪门子事啊？别再开那种让人为难的玩笑了，赶快把它还给我们吧。否则，我这就去报警。"

"你说什么呀？不要再说那种失礼的话了。这儿可不是你们该来的地方。回去！如果不回去，我才要去控告你们哪。"

这时又冒出另一个男人的声音："先生，你真是好大的胆子呀！居然说什么不是我们该来的地方，简直让我吃惊得都说不出话来了。这可不同于别的事情。拿了别人的钱，你呀，开玩笑也该有个分寸吧。到今天为止，我们夫妇俩因为你不知道吃了多少苦头，但你居然还干出了像今天晚上这种伤天害理的事情。先生，我真是看错人了呀。"

"这是敲诈。"尽管丈夫的声音又响又高，但分明在颤抖，"这是恐吓！滚回去！如果有什么牢骚要发，我明天再洗耳恭听。"

"你这话可就蛮不讲理了。先生，你是一个十足的恶棍。既然这样，除了报警便没有别的办法了。"

这句话的回音中充满了一种使我毛骨悚然的憎恨。

"随你的便好了！"丈夫大叫道。他的声音已经有些失常，让人觉得空虚乏力。

我连忙起身，在睡衣上披了件和服外套，来到大门口向那两个客人招呼道："你们来啦！"

"哎呀，您就是大谷夫人吗？"

一个五十多岁的圆脸男人一笑也不笑地点点头，向我打了声招呼。他穿着一件齐膝盖长的短外套。

而那女人四十岁左右，显得又瘦又小，但却穿戴得不失为整洁得体。

"深更半夜的，承蒙您特意出来，真是对不起。"那女人也同样是一笑也不笑的，取下披肩后向我躬身寒暄了一句。

这时，丈夫突然跶着木屐，企图夺路逃走。

"喂，这可不行。"

那男人抓住了丈夫的一只手。刹那间两个人扭打在了一起。

"放开我！不然我就捅你啦！"

只见丈夫的右手上一把水兵刀闪着寒光。那水兵刀是丈夫的珍藏品，曾经放在丈夫桌子的抽屉里。如此看来，刚才丈夫之所以一回家就翻箱倒柜，肯定是早就预计到了事态的发展，才找出水兵刀揣在怀里的。

那男人抽身闪开了。丈夫趁机像一只大乌鸦似的甩动和服外褂的双袖，朝门外飞奔而去了。

"抓强盗哇！"

那男人大声喊道，想紧跟着飞跑而去。我光着脚下到土间①，紧紧抱住那男人阻拦道："算了吧。无论是谁，要是有个三长两短的话，都万万使不得呀。剩下的事情全都由我来处理好了。"

那女人也在一旁劝解道："是啊，孩子他爹。俗话说'疯子身上揣把刀，鬼神也得让一让'，谁知他会干出什么事来呢？"

"畜生！我要报警！我再也不能容忍了。"那男人怔怔地望着外面漆黑的夜色，像是在自言自语地咕哝着。尽管如此，他的整个身子却一下子散了劲儿。

"对不起，请进屋里去吧。把事情的原委说给我听听。"说着，我走上通往内室的木板台阶，蹲了下来，"没准儿我能解决问题呢。请进来吧。请！尽管屋子里面邋遢得很。"

---

① 土间：和式房子内没有铺地板的土地房间或门廊。

两个客人面面相觑，微微点了点头。然后，那男人改变了态度说道："无论您说什么，我们都主意已定。不过，还是暂且把事情的来龙去脉告诉夫人吧。"

　　"是吗，那就请进屋子里慢慢叙谈吧！"

　　"不，哪有闲工夫来慢慢叙谈呀，不过……"说着，那男人开始脱外套了。

　　"请不要脱外套，就那样进来吧！天气很冷，真的，拜托您就那样进来吧！因为我们家里连火也没有生……"

　　"那我就失礼了。"

　　"请吧，请那位夫人也那样进来吧！"

　　那男人和女人一前一后地走进了丈夫那间六铺席大的房间。映入他们眼帘的是房间里那一片荒凉的景象：已经开始腐烂的榻榻米，破旧不堪的纸糊拉窗，剥落的墙壁，糊纸早已破损而露出了木框骨架的隔扇，堆放在犄角旮旯的桌子和书箱，而且那书箱分明是空空如也。见此情景，两个人都禁不住倒抽了一口冷气。

　　我给他们俩各自递上一个棉花绽露在外的破旧坐垫。

　　"因为榻榻米太脏了，所以就请你们用这个东西垫着坐吧！"说罢，我再一次郑重其事地向他们俩寒暄道，"初次见面，请多关照。迄今为止，我丈夫给你们添了很多麻烦，尽管我不知道他今晚又做了些什么，但刚才他摆出那么一副可怕的样子，我真不知该怎样表示歉意。反正他就是那样一个怪脾气的人……"

　　我刚一开口，便又是一阵语塞，不由得潸然泪下。

　　"夫人，冒昧地问您一句，今年多大年纪？"那男人大大咧咧地盘腿坐在破旧的坐垫上，把手拄在膝盖上，用拳头支撑住下巴，探出上半身问我道。

"您是问我的年纪吗？"

"嗯。您丈夫该有三十岁了吧？"

"是呀。我嘛，比他小四岁。"

"那么说来也就是二十六岁了。这可真是的，才那么年轻啊？不过，说来也该是如此啊。如果丈夫是三十岁，那么您也该有那么大的岁数了。不过，我倒也的确是吃了一惊哪。"

"我呀，刚才也着实……"那女人从男人的背后探出脸来说，"对您佩服得很哪。有这么好的一位夫人，大谷先生干吗还那样呢？"

"纯属是有病，有病啊。从前还不是那个样子，到后来就越变越坏了。"说着，那男人又长长地叹息了一声，改换成一本正经的腔调说，"说实话，夫人，我们夫妇俩在中野车站附近开了一家小酒馆。我和她都是上州①人。我原本是一个老实厚道的生意人，但或许是因为不守本分吧，渐渐地对那种专与乡下农民打交道的小生意感到厌烦了。算来是在二十年前吧，我带着老婆一起来到了东京，刚开始时我们夫妇俩是在浅草的一家餐馆里当帮工，后来和一般人一样，饱尝了时盛时衰的辛酸，才好歹有了点积蓄。

"所以，大约是在昭和十一年②吧，我们才在如今的中野车站附近租下了一间六铺席大的房子，那房子还带一个狭窄的土间。就是在这样一个简陋的房子里我们毫无把握地开办了一家小饭馆，专门接待那些一次消费最多不超过一两块钱的客人。虽然这样，我们夫妇俩也从不乱花钱，只顾埋头苦干，多亏了如此，我们才得以大量买进了烧酒、杜松子酒等，以至于到了后来市面上严重缺酒的时代，

---

① 上州：今群马县。

② 1936 年。

也能够避免像其他饮食店那样歇业转向，而顽强地坚持做饮食生意。这样一来，那些关照我们的老主顾也诚心诚意地帮助我们，有人还为我们疏通渠道，让那些所谓专供军官的酒菜也辗转进入了我们的手中。

"即便是在对美英开战、空袭日趋紧张之后，由于我们既没有小孩的拖累，也不想疏散回乡，所以打定了主意一直留下来继续做饮食生意，直到这个家被战火烧毁为止。其间也没有遇到什么灾难，总算是熬到了战争结束。这下我们总算是松了口气，这一次是大量买进了黑市酒来贩卖。简单说来，我们的经历大抵如此了。话说起来很轻松，没准儿您会认为我们属于那种没有受多少苦、运气还并不差的幸运儿，可是，人的一生就如同一座地狱呀。所谓寸善尺魔，真是一点不假。如果得到了一寸的幸福，必然会有一尺的魔物伴随其后。人的一年有三百六十五个日子，倘若有哪一天或半天属于无忧无虑的日子，那就真算得上是幸运之人了。

"您丈夫，也就是大谷先生第一次到我们店里来，还是在昭和十九年的春天吧。那时候，对英美之战还没有败下阵来。不，正是接近败下阵来的时候了，对于那场战争的实情，或许该说是真相吧，我们是一点也弄不明白的，只是想着再熬个两三年，就好歹能够以对等的资格迎来和平了吧。现在回想起来，大谷先生第一次出现在我们店里时，他身上穿着一件久留米地方出产的藏青碎白点花纹布的便装，外面还披了件和服外套。当然不光是大谷先生，那时节穿着防空服装东游西逛的人在偌大的东京也是大有人在，也就是说，当时还处于人们大都可以穿着普通的服装无所顾忌地悠闲外出的时代，所以对于大谷先生当时的那身装束，我们并不觉得有什么特别邋遢的地方。那时大谷先生并不是只身一人来的，尽管在夫人面前不便说，但我还是一五一十毫不隐瞒地告诉您吧。您丈夫是被一个上了点年纪的女人带着悄悄从店堂的厨房门进来的。

　　"那时候我们店的大门每天都是一直关闭着的，按当时的流行术语来说，就叫闭门营业。只有极少数老主顾从厨房门悄悄进来，而且没有人在店堂土间的座位上喝酒，只是在里面的六铺席房间里把电灯开得暗暗的，压低嗓音说话，静悄悄地喝个酩酊大醉。那个上了点年纪的女人在此之前不久还一直在新宿的酒吧里当女招待。在她当女招待的时候，常常带一些有头有脸的客人来喝酒，那些客人成了我们店的常客。说来我们和她的交往也就是这样一种惺惺相惜的关系吧。由于她的公寓就在附近，所以当新宿的酒吧关门停业，她不再当女招待以后，她依旧不时零零星星地带一些熟识的男人来。

　　"当时我们店的存酒也渐渐少了，无论是多么有脸面的客人，如果一味增加喝酒的客人，我们也非但不再像从前那样受宠若惊，反倒觉得有些麻烦多事了。但在此之前的四五年间，她介绍来的客人大都出手大方，看在这份情理之上，只要是她引荐来的客人，我们一直是毫无难色地端出酒来供他们享用。在您丈夫由那个上了年纪的女人——她的名字就叫阿秋吧——带着悄悄从后面的厨房门进来之后，我们也并不觉得有什么蹊跷，只是按照惯例，请他们进了六铺席的房间，拿出烧酒来给他们喝。那天晚上，大谷先生只是一个劲儿老老实实地喝酒，酒钱也是由阿秋付的，尔后他们俩又一道从厨房门回去了。可是，那天晚上大谷先生宁静而优雅的举止却出乎意料地留在了我的记忆里。当魔鬼初次出现在人的家里时，难道就是那样一副静悄悄、差答答的模样吗？

　　"从那天夜里起，大谷先生便盯上了我们店。又过了十天左右，那一次大谷先生是一个人从后门进来的，只见他猛然间掏出一张一百块钱的纸币，哎呀，那时候一说起一百块钱，可算得上一大笔钱哪，起码相当于如今的两三千块钱，甚至更多。他硬是要塞进我的手中，说了声'拜托你了'，脸上还露着羞怯的微笑。看来他已经喝过了不少，反正夫人您也是知道的，没有比他更海量的人了。当我正琢磨着他是不是已经醉了的时候，他突然又开始一本正经、头头是道地说起话来，而且无论他怎么贪喝我也从没看见他走路打过趔趄。尽管人到三十，正是所谓血气方刚，喝酒达到天量之时，但像他那样豪饮的人毕竟还是少有的。那天晚上，他好像也是在别的什么地方喝过酒之后才来的，到了我们店里又一口气连喝了十杯烧酒，他几乎是一直缄默着，即使我们俩找话和他搭讪，他也只是腼腆地笑着，嗯嗯敷衍几声，含糊地点点头。突然间，他问起现在几点了，然后站起身来。我说：'我这就给您找头。'他说：'不，不用了。''这可让我为难啦。'我坚决地说。他咪咪地笑着，说了声'那就替我保管到下一次吧，我会再来的'。然后，他就回去了。

"可是，夫人，我们从他那儿收到的钱只有一次而已。从那以后，他总是找出种种理由来蒙混搪塞，三年来分文未给，我们家的酒几乎是被他一个人喝光的。这不是太让人吃惊了吗？"

我情不自禁地笑出了声来，一种莫名其妙的滑稽感顿时涌上了心头。我赶紧捂住嘴巴，偷偷看了看旁边那位夫人的脸。只见她也奇妙地笑了，把头埋得低低的。

然后，那男老板又无可奈何地苦笑着说："虽说这事本身并不好笑，但又确实令人吃惊，忍不住想笑。实际上，如果把那样一种伎俩用在别的正经事上，恐怕不愁当不上大臣和博士，甚至想当什么就能当上什么吧。看来，被他乘虚而入，弄得一贫如洗，在这寒冷的日子里以泪洗面的人，不光是我们俩，恐怕还不在少数哪。就说那个阿秋吧，由于结交了大谷先生，结果原来出钱资助她生活的那个男人把她给甩了，害得她钱财和衣物都空空如也，据说如今正在大杂院中的某间肮脏屋子里过着乞丐般的生活。不过话又说回来，在阿秋与大谷结识的那一阵子里，她可真是兴奋得头脑发昏，甚至还在我们面前大肆吹嘘他哪，首先说他的身份显赫无比，是四国某个诸侯的分支、大谷男爵的次子，如今因行为不够检点，被他老爹断绝了父子关系。不过，只要他老爹男爵一死，他照样还是会和长兄俩一起平分遗产的。他又聪明又伶俐，真可谓天才，二十一岁时就写成了一本书，比石川啄木①这个大天才写的书还要高明不少，那以后又写出了十几本书，年纪轻轻的，却已成了日本的头号诗人。而且还是个大学者，从学习院进了一高，然后又是帝大，法语、德语样样精通。哎呀，行啦行啦，反正是吹得个天花乱坠，按照阿秋的说法，他简直就像是一个神灵般的人物。不过，那些话似乎也并非全是谎言，即使从旁人那儿打听，他也同样是大谷男爵的次子，有名的诗人，所以就连我们家的这个老太婆，尽管年纪一大把了，却也暗地里和阿秋争风吃醋，被那家伙迷得个头脑发昏，说什么'出身不俗的人毕竟总有些与众不同哪'，一心期盼着大谷先生的到来，真让人受不了。

"如今已经没有什么华族②不华族的了，可直到战争结束为止，如果想把女人骗到手，最好的一招似乎就是自诩为被逐出家门的华族子弟。奇怪的是，女人就像是昏了头似的，拿如今的流行语来讲，那归根结底也算是一种奴隶的劣根性吧。我等之辈也算得上经历过

---

① 石川啄木（1886—1912）：日本歌人，岩手县人，代表作有《可悲的玩具》等。

② 华族：有爵位的人及其家属，第二次世界大战后被取消。

种种世面的老油子了，所以在我看来，尽管在夫人面前这样说有失体统，他至多不过属于华族中四国诸侯的一个分支，而且还只是个次子罢了，这与我们的身份根本没有什么差别，我怎么可能像她们那样不知廉耻地被他搞得头脑发热呢?

"尽管如此，不知为什么，那位先生对于我来说也还是不好对付的，虽说我早就打定了主意，无论他下一次怎么央求我，都绝对不给他酒喝了，可一看到他如同一个遭到追撵的人一般在意想不到的时刻里蓦然出现，走进我们店里后终于舒了口气的样子，我下定的决心也不由自主地动摇了，最终又给他端出酒来。他即使喝醉了，也从不会胡闹一气的。要是他能够毫不含糊地付清酒钱，那倒不愧是一个好顾客哪。说来他自己也并没有吹嘘过自己的门第出身，也从没有愚蠢地自诩为天才什么的，一旦阿秋等人在他旁边大肆谈论起他的非凡之处，他就会嘀咕着什么'我想要钱''我要把这里的欠账全部付清'等等，总之，扯上一些风马牛不相及的事情，使在座的人大为扫兴。尽管迄今为止他没有付过酒钱，但阿秋她倒是常常替他垫付的，除了阿秋，还有另一个不便让阿秋知道的保密的女人，她可能是某个地方的有夫之妇，有时与大谷先生一同来店里，常常为大谷先生留给店里一些多余的钱。我不过是一个生意人罢了，因此，如果没有那些女人为他付钱，无论是大谷先生也好，还是宫廷显贵也好，我都不可能让他一直那么白吃白喝的。仅仅靠她们偶尔付付账，也无异于杯水车薪哪，我们早已是损失惨重。

"听说他的家在小金井，而且还有一位正经的夫人，所以一直寻思着前来拜访一次，商量一下大谷先生欠下的酒钱该怎么办。为此不露声色地向大谷先生打听过府上在哪儿，但他马上就发觉了，随即说出好些刺耳的话来：'钱没有就是没有呗，干吗那么瞎着急呢?

吵起架来闹得不欢而散，对谁都没有好处哟！'话虽这么说，可我们琢磨着，至少得摸清先生的家在哪儿，于是盯了两三次梢，可每次都被他巧妙地甩掉了。

"不久，东京连续遭受了空中大轰炸，不知为什么，大谷先生竟然戴着一顶军人的帽子翩然而至，自个儿动手从壁橱中取出白兰地的酒瓶，就那么站着咕噜咕噜地喝了起来，然后又像一阵风似的飘然溜掉了，也不付什么钱。不久战争结束了，这一次我们无所顾忌地买进了黑市上的酒菜，在店门口挂出了崭新的布帘子招牌，为招揽客人还雇了一个女孩子。谁知那个魔鬼先生又出现了，如今他不是带着女人，而总是和两三个报刊记者一起驾到，那些记者说，从今以后军人就要没落了，而曾经一直贫穷寒碜的诗人则将受到世人的追捧等等。大谷先生当着那些记者的面，尽讲一些外国人的名字，什么英语呀、哲学呀，反正是一些不知所云的奇怪东西。然后他冷不防站起身走出店门，一去而不复返。记者们一脸失望的表情，猜测他去了哪儿，议论着他们自己是不是也该回去了，随即开始准备离开店里。我连忙说：'请等等。先生他常常是利用这一招来溜之大吉的，今天的账得由你们支付。'有时候其中一些人老老实实地凑足酒钱付清后才离开，有时候也有一些人勃然大怒着说道：'让大谷付吧，我们过的可是五百块钱的穷日子哪。'即使遭到他们的怒斥我也决不罢休：'不，大谷先生累计有多少欠账，你们知道吗？假如你们能从大谷那儿为我讨回欠账，无论金额是多少，我都将如数奉还一半。'听我这么一说，那些记者满脸惊讶的神情，说道：'什么？！没想到大谷是这样一个蛮横无理的家伙。从今以后再也不和那家伙一起喝酒了。今天晚上，我们手里的钱还不到一百块，明天再给你送钱来吧，现在就把这个留下作为抵押。'说着，豪爽地脱下大衣离去了。

　　"世上的人都说记者人品不好，可比起大谷先生，那些人却诚实和爽快得多。如果大谷先生是男爵的次子，那么那些记者无疑够格当公爵的长子了。战后，大谷先生的酒量更是有增无减，面相也变得更加凶恶，还随口开一些过去从不会说出口的下流玩笑，有时还冷不防对一同前来的记者大打出手，双方你推我搡，没完没了。

　　"而且也不知是什么时候，他好像把我们雇用的那个二十岁左右的姑娘也骗到了手，让我们目瞪口呆，十分难堪。但既然事情已经发生了，那我们也就只能忍气吞声了，还一个劲儿地劝那姑娘死了那条心，悄悄地把她打发回了她父母那儿。

　　"我说：'大谷先生，我什么都不说了，只是拜托你从今以后不要再来了。'可他却威胁我说：'你靠黑市买卖赚了黑钱，却胆敢假装正经教训人，你休想！对你的所有底细，我都一清二楚哪。'而且他第二天晚上又若无其事地到店里来了。战争期间，我们是做过黑市生意，或许是受到报应吧，以致不得不与这个妖魔似的人物打交道，但他干出像今天晚上这样的缺德事情，已经不是什么诗人和先生了，而是十足的强盗。他偷了我们家的五千块钱以后溜走了。如今我们进货花了不少钱，家里最多也就只有五百块或是一千块的现金，说实话，每天营业赚来的钱通常都得马上投入到进货中去的，今天晚上之所以有五千块这一大笔款子，是因为大年三十快到了，我四处到老主顾的家中去讨债收款，好容易才凑足了那笔钱的。如果这笔钱不在今天晚上拿去进货，那明年的正月就无法继续做生意了。因为是这么一笔重要的款子，所以我老婆在里面的六铺席房间中点了数以后才放进了橱柜的抽屉中，没想到他坐在土间的椅子上一边独自喝酒，一边看见了里面的情形。他突然站起身，随随便便就钻进六铺席的房间，一声不响地推开我老婆，打开抽屉，一把抓起那五千块的一扎纸币，塞进和服外套的口袋里，就在我们吓得瞠目结舌之时，飞快地跳下土间，溜到了店门外。于是我大声地喊叫，想让他停下，随即和老婆一起紧追不舍。我想，事到如今，只有大声地呼喊捉贼，才能把过往的行人召集过来一并抓住他。但大谷先生与我们并非一日之交，那样做未免太过绝情。我思忖着，今夜无论发生什么事情，都不能让大谷先生溜掉了，一定要跟踪到底，找到他最终的落脚之地，跟他好好地理论一番，让他把钱还给我。因为我们经营的不过是小本生意罢了，所以夫妇俩齐心协力，今天晚上终于找到了这个家，克制着忍无可忍的情绪，压低嗓门请求他把钱还给我们，可这算哪门子事呢？他居然掏出水兵刀威胁说要刺伤我。"

又是一阵莫名其妙的滑稽感涌上心间，我情不自禁地放开嗓门笑了起来。旁边的那位夫人，也红着脸微笑了。而我竟一笑不可收拾，尽管觉得这样做对不起那位店老板，可不知为何又感到特别好笑，以至于笑个不停，眼泪都流了出来。我突然想起丈夫的诗中有一句叫"文明的结果是大笑"，或许描述的正是这样一种心情吧。

二

但这并不是一件可以一笑了之的事情，因此我也颇费了一番踌躇。那天夜里，我对他们俩承诺道："以后的事情就由我来负责解决好了。关于报警的事，务必请你们再等一天。明天我会去拜访你们的。"说罢，我还详细打听了他们在中野的酒馆所处的具体位置，死乞白赖地请他们答应我的要求，打发他们那天夜里暂且先回去了。

然后我兀自一人呆坐在冰冷的六铺席房间的中央，陷入了沉思，却没能想出什么好主意。于是我站起身，脱下外褂，一头钻进了儿子躺着的被窝里，一边抚摩着儿子的头，一边祈求着，但愿黎明永远不要来临。

我父亲从前在浅草公园的瓢箪池旁边摆了个摊点专卖素什锦。母亲老早就过世了，只有我和父亲相依为命，住在简陋的大杂院里，摆摊的事也是由我和父亲一起操持。那时候，现在的他时不时来我们的摊上，不久，我便瞒着父亲开始与他在别的地方约会了。因为肚子里怀上了孩子，所以在历经了种种波折以后，终于在形式上成了他的妻子，不过并没有正式入籍，因而生下的孩子也就成了私生子。他一出家门，就常常是连着三四个晚上不回家，不，有时甚至连续一个月也不回家，而我也不知道他在哪里和干些什么。他回来时总是醉成了一摊烂泥，脸色苍白，呼哧呼哧地喘着粗气一言不发地凝视着我的脸，眼泪扑簌簌地流了下来。他有时会冷不防钻进我躺着的被窝里，紧紧地搂抱着我的身体，颤抖着说："啊，不行不行，好害怕，我好害怕呀。真恐怖哇！快救救我！"

即使是在睡着了之后，他也是忽而梦话连篇，忽而长吁短叹。而第二天早晨，他就像个灵魂出了窍的人一样傻愣着，可不一会儿便又踪影全无了。这一去又是连着三四个晚上都不回家。倒是丈夫在出版界的两三个老朋友惦记着我和孩子的境况，不时地送些钱来接济我们，才使我们母子俩免于饿死，平安地活到了今天。

我迷迷糊糊地睡了过去。等我睁开眼睛一看，早晨的阳光已透过木板套窗的缝隙照射进来。我起身做好准备，背上孩子出门了。我感到自己再也不能闷声不响地待在家里了。

我漫无目的地朝着车站方向走去，在车站前面的摊铺里买了点糖果给孩子含在嘴里，然后突发奇想地买了张去吉祥寺的车票，坐上了电车。我用手抓住车厢里的吊带，心不在焉地瞅了一眼挂在车厢顶上的广告画，发现上面有丈夫的名字。那是一本杂志的广告画，好像丈夫在上面发表了一篇题为《弗朗索瓦·维庸①》的长篇论文。就在我凝望着《弗朗索瓦·维庸》这个标题与丈夫的名字时，不知为何，眼眶里竟盈满了酸楚的泪水，以至于广告画变得模糊起来，最终什么都看不见了。

我在吉祥寺下了车，到了久违的井头公园。池边的杉树早已被砍伐殆尽了，看来某个工程即将开工，给人一种异乎寻常的荒凉感，和过去已经是判若两样了。

我把孩子从背上卸下来，和他并排坐在池畔有些朽烂的长凳上，拿出家中带来的山芋给孩子吃。

"宝贝，这儿该是一个漂亮的水池吧？从前哪，在这水池里还有很多很多的鲤鱼和金鱼哪。可现在什么都没有了。多无聊哇。"

也不知道孩子想了些什么，只见他一边满嘴嚼着山芋，一边莫名其妙地傻笑着。尽管是自己的亲骨肉，可我还是觉得他傻头傻脑的。

无论在池边的长凳上待多久，事情也是不会凭空了断的。于是我又背上孩子，慢吞吞地踅回吉祥寺车站，在熙熙攘攘的摊贩街东游西逛。然后又在车站买了张去中野的车票，不假思考，也没有计划，就像是被稀里糊涂地牵引到某个可怕的魔鬼深渊中似的，跨上了电车。在中野车站下车后，按照昨天打听的路线，来到了他们那家小酒馆外面。

---

① 弗朗索瓦·维庸（1431—1463）：法国中世纪的抒情诗人。其一生是逃亡、入狱、流浪的一生，诗歌充满了自嘲、悔恨、绝望和祈愿。

正面的大门紧紧关闭着，于是我拐到背后从厨房门走了进去。店老板不在，只有老板娘一个人在做店堂的清洁。一见到老板娘，我便随口撒了个谎，这是我自己也没有想到的。

"喂，大婶，看来我能还清欠账哪，不是在今晚，就是在明天，反正已经有眉目了，因此您大可不必操心。"

"哎呀，那可真是太好了。"

说着，老板娘的脸上泛起了些许高兴的神色。尽管如此，在那张面孔的某个地方依旧残留着半信半疑的不安阴影。

"大婶，这可是真的。确实会有人送钱来的。在此之前，我就作为人质一直待在这儿。如此一来，您总该放心了吧？在筹措到钱之前，就让我一直在店里帮帮忙吧。"

我把孩子从背上卸了下来，让他一个人在里面的六铺席房间玩。我拼命地干起活来表现给老板娘看。孩子本来就一个人玩惯了，所以一点也不碍事。或许是脑袋不好使吧，天生就不大认人，所以还一个劲儿冲着老板娘发笑。当我替老板娘出门去领取配给他们家的食物时[①]，老板娘把美国造的空罐头盒拿出来作为玩具给孩子玩。孩子把那些空罐头拿在手中又是敲又是滚，在六铺席房间的一角乖乖地玩耍着。

正午时，老板拿着采购的鱼和蔬菜回来了。一看见老板的脸，我就马上撒了一通刚才对老板娘撒过的谎。

老板一脸惊讶的表情，用教训人的口吻说道："真的吗？不过，夫人哪，钱这玩意儿，只要不是攥在自己的手心里就是靠不住的。"

"不，这可是真的，请相信我吧。至于报警嘛，就请再等一天

---

① 第二次世界大战刚结束时，由于物质匮乏，日本曾实行过配给制。

吧。在此之前，我就在店里帮帮忙。"

"只要钱能还回来，那些就不必了。"老板像是自言自语似的嗫嚅道，"反正今年这个年头也就只剩下五六天了。"

"是啊，也正因为如此，就让我……哎呀，来客人了。欢迎光临！"我朝着三个走进店来的工匠模样的客人微笑着招呼道，然后又小声地对老板娘说道，"大婶，对不起，请把围裙借给我吧。"

"哎呀，还雇了个美人哪。这家伙长得真是漂亮啊！"一个客人说道。

"千万别引诱她哟！"老板用一副并不是纯粹开玩笑的口吻说道，"她的身上可是押着一大笔钱哪。"

"是一匹价值一百万美元的名马吗？"另一个客人说了句猥亵的俏皮话。

"据说即便是名马，母的也只值半价呀。"我一边给他们烫酒，一边毫不示弱地用同样猥亵的俏皮话回敬了一句。

"别谦虚嘛！从今以后呀，在日本，不管是马还是狗，都是男女平等哪。"其中那个最年轻的客人就像是在大声斥责似的嚷嚷道，"大姐，我可是迷上你了，算得上一见钟情哪。不过，你已经有孩子了吧？"

"还没有哪，"老板娘从里面抱着孩子走出来说，"这孩子是我刚从亲戚家领养的。这样一来，我们也总算是有自己的后嗣了。"

"而且还有了钱。"一个客人开了个玩笑。

听罢这话，老板一本正经地嘀咕道："既有了情人，还欠下了债务。"然后，他又陡然改变语气，问客人道："你们想要点什么？来个汤锅怎么样？"

这时我才豁然明白了一件事。"果然如此！"我暗自点着头，表面上却若无其事地给客人们送上了酒壶。

那一天正值圣诞节前夕，所以来店的客人真是络绎不绝。我从一大早起就什么也没有下过肚，但心事满腹，当老板娘劝我吃点什么时，我也只是回答道："不，我肚子还饱着哪。"我就像是身穿一层羽衣在翩翩起舞一般，只顾着手脚麻利地干活。或许是我自鸣得意吧，那天店堂里洋溢着非同寻常的活跃气氛，走过来打听我的名字，要求跟我握手的顾客何止两三个人哪。

但这样下去，事情又会怎么样呢？我的内心一片茫然。我只是笑着，应付着客人们猥亵的玩笑，自己也回敬一两句，来回忙着给客人们斟酒。其间我只是琢磨着，但愿自个儿的身体就如同冰激凌似的彻底融化掉。

有时候，在这个世上也是会出现奇迹的。

大约是九点刚过的时候吧，只见一个头上戴着圣诞节的纸制三角帽、脸上像罗平①一样罩着一副遮住了上半边脸的黑色假面的男人，与一个年纪三十四五岁、身体偏瘦的漂亮妇人一起出现在店堂里。那男人背对着我，在土间角落的椅子上坐了下来。但就在他刚一走进店堂的瞬间，我便一眼认出了他是谁。是我的强盗丈夫。

但他却似乎并没有注意到我，因此我佯装不知地照样和其他客人搭讪调笑。那个妇人与丈夫相对坐下后，叫我道："大姐，请来一下。"

"来了。"我应声道，并来到了他们俩的桌子旁，"欢迎光临，要酒吗？"

这时，丈夫透过假面瞅了瞅我，看来他很是吃了一惊。我轻轻地抚摩着他的肩头，说道："是该说圣诞节快乐吧？还是该说什么别

① 罗平：法国侦探小说家莫里斯·勒布朗（1864—1941）作品中一个绅士怪盗的名字。

150

的呢？看来您还能喝下一升酒哪。"

那妇人对我的话不加理睬，只是一本正经地说道："大姐，对不起，我们有些保密的事情要对这里的老板说，劳驾你叫老板到这里来一下。"

老板正在里间做油炸食品。我走到他面前说道："大谷已经来了，请您去见见他。不过，可别对和他一起来的女人提起我的事。我不想让大谷觉得没有脸面。"

"到底还是来了。"

看来店老板对我撒的谎尽管一直半信半疑，但毕竟还是在很大程度上相信了，所以他单纯地认定：丈夫回来一事也是出于我的旨意和安排。

"我的事可千万别说哟！"我再一次叮嘱道。

"如果不说为好的话，那我就不说吧。"他爽快地答应了，然后向外面的土间走去。

老板环视了一周土间的客人，然后径自走到丈夫就座的桌子旁，与那个漂亮妇人交谈了两三句话后，他仨一起走出了店门。

"已经没事了，一切都已解决。"不知为何，我竟如此相信着。我兴奋不已，猛然紧紧攥住那个身穿藏青碎白点花纹布衣服、年纪还不到二十岁的年轻客人的手腕，说道："喝吧，来，一起喝吧。因为明天是圣诞节呀！"

三

只过了三十分钟，不，甚至还不到三十分钟，老板很快——快得让人难以置信——就一个人回来了。他来到我旁边说道："夫人，谢谢您，钱已经还回来了。"

"是吗？那太好了。全部如数奉还了吗？"

老板有些怪异地笑着说道："是的，不过仅限于昨天的那部分钱。"

"加上以前的，一共欠您多少钱？粗略算一下吧，不过请尽量往少里算。"

"两万块吧。"

"那么多就够了吗？"

"我尽量往少里算的呀。"

"就由我来还给您吧。大叔，从明天起，就让我在店里干活吧。喂，请答应我吧。我靠干活来还债。"

"真的？夫人，没想到你也成了阿轻①哪。"

我们齐声笑了。

那天夜里十点过后，我才离开中野的酒馆，背着孩子回到了小金井的家里。丈夫依旧没有回来，而我已经不在乎了。假如明天又去那个店里，没准儿还会见到丈夫的。以前我怎么没有发现这等好事呢？到昨天为止我饱尝了苦头，说到底全都是因为自己傻，没有想到这个好主意罢了。过去在浅草父亲摆出的摊铺上，我接待顾客也还不算拙劣，从今以后在中野的店堂里我一定能周旋得更好。今天晚上我不就得到了五百块钱的小费吗？

听老板讲，丈夫昨天晚上从家里逃走后去某个熟人家过了夜。今天清晨突然闯进那个漂亮妇人在京桥经营的酒吧，一大早就喝开

---

① 阿轻：日本传统说唱曲艺"木偶净琉璃"中著名剧目《忠臣藏》中的女主人公。她卖身为妓，替丈夫筹款还债。

了威士忌，而且还硬是塞钱给在店里干活的五个姑娘，说是送给她们的圣诞礼物，然后在正午时分叫来了一辆出租车去了某个地方。不大一会儿，他便抱回来了圣诞节的三角帽啦、假面具啦、豪华大蛋糕啦，还有火鸡等等。他四处挂电话，招来各方好友，举办了一场盛大的宴会。酒吧的老板娘好生奇怪，心想：这个人平常不总是身无半文的吗？于是暗地里问了问他，结果丈夫泰然自若地把昨天夜里发生的事情一五一十地说了出来。老板娘和他似乎原本就关系非同一般，就像亲骨肉似的劝告他道，不管怎么说要是闹到警察那儿去，事情可就严重了，那多没意思呀，必须把钱还给别人。说罢，老板娘先垫上那笔钱，让丈夫带着她来到了中野的酒馆里。中野的店老板对我说道："我也琢磨着大概是那么回事吧，不过，夫人，您倒是也留意到了这个方面哪。是您拜托了大谷先生的朋友帮忙的吧？"

听他的那副口吻，就像是认定，我打一开始便估计到丈夫会这样回来，所以才先到这个店里来等着他似的。我笑着只回答了一句话："嗯，那些事是早已……"

从第二天开始，我的生活与从前截然不同，变得令我兴奋和惬意了。我赶紧去电烫理发店做了头发，还备齐了化妆品，重新缝制了衣服，并且从老板娘那儿得到了两双崭新的白袜子。我感到从前那积压在胸中的沉闷心绪已蓦然被一扫而光了。

早晨起床后，和孩子一起吃过早饭，随即做好盒饭，背上孩子去中野上班。大年三十和正月恰恰是店里最忙碌的时节。"椿屋的阿幸"，便成了我在店里的名字。就是这个阿幸，每天都忙得头昏眼花。丈夫每隔一天都要到店里来喝一次酒，酒钱都是由我支付的。喝过酒以后他便又突然不知去向了。夜阑人静时，他有时会朝店堂里探头望一望，悄悄问我："还不回去吗？"

我点点头，开始做回家的准备，然后一起结伴愉快地踏上回家的路。而这已成了常事。

"干吗一开始没有这样做呢？我好幸福哇。"

"女人既没有幸福，也没有不幸。"

"真的吗？被你这么一说，觉得也不无道理，不过男人又怎么样呢？"

"男人只有不幸，总是与恐惧搏斗。"

"这我可不懂了。不过我倒是希望一直过现在的这种生活哪。椿屋的大叔和大婶也都是上好的人。"

"他们都是些傻瓜，是些乡巴佬，因此也贪得无厌。他们让我喝酒，最终无非是想赚钱罢了。"

"人家是做生意的，那也是理所当然的事。不过，并非仅仅如此吧。没准儿你还占过那老板娘的便宜吧？"

"那是好久以前的事了。那老头子怎么样？他也有所察觉吧？"

"好像他心里有数哪。他曾经半带叹息地说道，既有了情人，还欠下了债务。"

"我呀，尽管这样说不免有些矫揉造作，真的是想死得不得了。打我一出生，就尽想着死的事情。也为了大家，我还是死去为好吧。这一点早已是明摆着的了。尽管如此，却又怎么也死不了。有一种如同神灵般的东西阻止我去死。"

"因为你有工作呀。"

"工作算不了什么。既没有什么杰作，也没有什么劣作，别人说它好它就好，别人说它坏它就坏，这就像是呼吸时的呼气与吸气一样。可怕的是，在这个世上的某个地方有神灵存在呢。该是有，对吧？"

154

"哎？！"

"该是有吧？"

"我可不知道哪。"

"是吗？"

就在我在店里干了十天、二十天的时候，我开始发现：来椿屋喝酒的客人无一例外全都是罪犯。我渐渐觉得，丈夫在他们中间算是非常善良的了。而且不光是店里的客人，就连路上的行人也全都隐瞒着某种不可告人的罪孽。一个穿戴华贵、年纪五十多岁的太太，来椿屋的厨房门口卖酒，明明讲好一升三百块钱，因为按现在的行情来说是相当便宜的，所以老板娘马上全都买了下来，谁曾想到全都是兑了水的假酒。就连那样优雅华贵的太太也不得不干出这种缺德事。我认为，在这样的世上，要想自个儿毫无愧疚地生存下去，其实是不可能的。就跟玩扑克牌一样，一旦把负的全都收齐了，也就变成了正的，此类事情在这个世上的道德中难道是不可能发生的事情吗？

假如有神灵存在，就请站出来吧！我在正月的某一天，被店里的一个客人奸污了。

那天夜里天上下着雨，丈夫没有出现。丈夫在出版社的一个老朋友，也就是有时给我送来生活费的矢岛先生，与另一个客人一同来到了店里。那另一位先生好像也是干出版行业的，年纪同矢岛先生差不多，有四十来岁。他们一边呷着酒，一边半开玩笑地高声议论着，大谷的夫人在这种地方干活到底是好还是坏。我一边笑着，一边故意问道："他的那位夫人在哪儿呢？"

矢岛先生说："虽说不知道她在哪儿，但至少比椿屋的阿幸要优雅和漂亮。"

我接着搭讪道："真叫我嫉妒哪。像大谷先生那样的人，我真想陪他睡一觉哪，哪怕只是一夜也行。我喜欢他那种狡诈的人。"

"真是没办法呀。"矢岛先生把脸转向同伴，撇了撇嘴巴。

我便是诗人大谷的妻子这件事，早已被那些与丈夫一同来店的记者们知道了。甚至有些多事的人听说之后，还专门来店里凑热闹，店里变得越来越红火，而老板的心情也自然是好极了。

那天夜里，矢岛先生要去谈一笔纸张的黑市交易。他回去时已是十点过了。天上正下着雨，丈夫又没有出现，所以尽管店里还留着个把客人，我还是开始做回家的准备了。我把睡在里面六铺席房间一角的孩子抱起来背在背上，小声地对老板娘说道："我又要借您的伞用一下了。"

"伞嘛，我拿着哪。让我送您吧。"留在店里的那个客人一本正经地站起身来说道。他二十五六岁，瘦削而矮小，模样像是个工人。他是今晚才初次来店的新顾客。

"谢谢。我习惯于一个人走路。"

"不，您家远着哪，这我知道。我也是小金井附近的人。让我送送您吧。大婶，请您结账。"

他只在店里喝了三瓶酒，好像并没有怎么醉。

一起坐上电车，在小金井下了车，然后合用一把伞在下着雨的漆黑路面上并排走着。那年轻人刚才还一直一言不发，现在却一点点地开始说话了："我全都知道。我嘛，是大谷先生的诗歌迷呢。我也在写诗。我一直寻思着，想请大谷先生看看我的诗。不过我很怕大谷先生，所以……"

我已经到家了。

"谢谢您了。那么店里再见吧。"

"嗯。再见。"年轻人在雨中回去了。

深夜，大门口咯吱咯吱的开门声惊醒了我。我想，又是丈夫喝醉后回家来了，所以一声不响地继续躺着。

"有人吗？大谷先生，有人吗？"

传来了一个男人的声音。

我起身打开电灯走到大门口，只见刚才那个年轻人已经醉得一塌糊涂，连脚跟都站不稳了。

"夫人，对不起，回去的途中我又在摊铺上喝了一杯。事实上，我的家是在立川哪。我去车站一看，电车已经收车了。夫人，求求您，让我住一夜吧。我不要被子，什么都不要。我就睡在大门口的木板台阶上也行。在明天一大早的始发列车开车之前，就让我胡乱地躺一夜吧。如果不是下着雨的话，我可以睡在那边的屋檐下。可这么大的雨，那也不成啊。求求您了。"

"丈夫又不在家，如果那木板台阶您不介意的话，那就请吧。"说着，我把两个破旧的坐垫给他拿到了木板台阶那儿。

"对不起，我喝醉了。"他似乎有些不好受，小声地说道，然后马上倒在木板台阶上睡了。当我返回自己的被窝时，早已传来了很响的打鼾声。

第二天拂晓，我轻而易举地落入了那个男人的手中。

那天我表面上和平常没有什么两样，背着孩子去店里上班。

在中野酒馆的土间里，丈夫把盛着酒的杯子放在桌子上，一个人读着报纸。早晨的阳光照射在酒杯上，我觉得漂亮极了。

"没有人在吗？"

丈夫回头看着我说："嗯。老板采购东西去了还没回来，大婶刚才还一直在厨房里呢。怎么，不在那儿吗？"

“昨晚你没来？”

“来了的。这一阵子见不到椿屋阿幸的脸，我就睡不着了。十点过后来这儿看了看，说是你刚才才去了。”

“然后呢？”

“我就在这儿住下了。因为雨下得好大。”

“那我从明天起也住进这个店里吧。”

“那也行啊。”

“那就这样办吧。老是租下家里的那房子，也没什么意义。”

丈夫又沉默着把视线转向了报纸，说：“哦，又在说我的坏话哪，骂我是享乐主义的假贵族。这可骂得不对。其实他该骂我是畏惧神灵的享乐主义者。阿幸，瞧，这儿还骂我是人面兽心的人哪。不对不对，事到如今我才告诉你，去年底我从这儿拿走五千块钱，其实是想用那笔钱让阿幸和孩子过一个许久都没有过的好新年。因为不是人面兽心的人，所以才干出了那种事啊。”

我并没觉得特别高兴，只是嗫嚅道：“管他是不是人面兽心，我们只要活着就行了。”

斜　阳

一

　　早晨，母亲在饭厅里轻啜了一小匙汤，随即发出了啊的一声轻叫。

　　"有头发？"

　　我猜测，是不是汤里混入了什么讨厌的东西。

　　"不是。"

　　母亲若无其事地又把一小匙汤送进嘴里，镇静地扭过头去，把视线投向了厨房外绽放的山樱。她就那样侧着脸，又将一匙汤轻巧地送入了小小的双唇间。其实，把"轻巧"这个形容词用在母亲身上，是绝不显得夸张的。说来，她的用餐动作与妇女杂志上介绍的那一套其实大相径庭。曾几何时，弟弟直治就边喝着酒，边跟我这个姐姐这样说："人并不因为拥有爵位，就可以称之为贵族。有些人即便没有爵位，却是天赐爵位的真正贵族。当然，也有像我这样的人，尽管有爵位，却压根就不是贵族，不如说更接近于贱民吧。比如岩岛（直治举出了他一个伯爵同学的名字作为例子），像他那种家伙，不是比新宿妓院里的皮条客掌柜还要卑鄙下流吗？前一阵子，在柳井（弟弟又举出了学友中另一个子爵次子的名字）的哥哥举行婚礼时，那畜生穿着一身燕尾服就来了，还声称，这种场合就得穿燕尾服。仅此倒也罢了，不料席间致辞时，那混蛋说起话来还故意半文不白的，让人大倒胃口。其实，矫揉造作跟高雅的品位根本就风马牛不相及，无异于虚张声势而已。在本乡一带，尽管写着'高级旅舍'的店牌随处可见，可事实上，所谓的华族大部分都跟高等乞丐相差无几。真正的贵族才不会像岩岛那样拙劣地装模作样呢。即便在我们这一族里，也只有母亲才算得上真正的贵族吧。那可是货真价实的贵族，让人自叹不如。"

就说喝汤的方式吧，我们大都是把身体微俯在盘子上，横握着匙子把汤舀起来，然后保持那种姿势把匙子送到嘴边。可母亲却不同，她把左手指轻搭在桌缘上，也不躬下身体，而是仰着头，眼睛也不看盘子，就那样横握着匙子一下子把汤舀起来，然后将匙子正对着嘴，让汤从匙尖流入双唇之间。她的动作是那么轻盈灵活，让我忍不住想用"轻巧如燕"来加以形容。她一边漫不经心地环顾着四周，一边像挥动着小小羽翼似的轻轻操控着匙子，从不会洒落一滴汤汁，也不会发出啜吸汤汁或者碰响汤盘的声音。她的用餐方式或许不符合所谓的正式礼仪，但在我眼里，却显得煞是可爱，觉得这才是真正的礼节。而且事实上，喝汤的时候，舒缓地挺直上半身，从匙子尖儿把汤倒进嘴里，与低着头从匙子一侧喝过去相比，味道要好得多，简直让人难以置信。不过，我属于直治所说的那种高等乞丐，所以不可能像母亲那样轻巧而随意地摆弄匙子，无奈只好打消那种念头，在汤盘前俯着身子，按照所谓的正式礼节无趣地喝完汤了事。

不只是喝汤，母亲的用餐方式也与礼法迥然不同。一旦有肉端上餐桌，她就会用刀叉很快地全部切成小块，然后放下刀子，换成右手拿起叉子，把肉一块块戳起来，满脸悦色地细细品尝。而一旦遇到带骨的鸡肉，当我们还在为怎样不碰响盘子就能从骨头上切下鸡肉而绞尽脑汁时，母亲已一脸平静地用指尖拈起骨头，用嘴把肉和骨头咬开，若无其事地吃了起来。就连这种粗鲁的吃法，只要是发生在母亲身上，那就岂止是可爱，甚至透着一种奇妙的性感。所以，真正的贵族果然是不同凡响。不光是吃带骨鸡肉的时候，就连吃中午便餐的火腿和红肠，她也时而会随手抓起来便吃。

"知道为什么饭团会这么美味吗？它可是人用手指捏着做的啊。"母亲还说过这样的话。

我有时也忍不住想，也许用手抓着吃，真的很美味吧。可又不禁觉得，像我这样的高等乞丐，如果硬要去东施效颦，没准就真的变成了名副其实的乞丐，所以就忍着没有去仿效。

连弟弟直治也常常嘀咕，在母亲面前只有甘拜下风。而我也着实感到，要模仿母亲是很困难的，有时甚至会从中感到一种绝望。记得那是初秋一个皓月当空的夜晚，在西片町家中靠里的庭院里，我和母亲坐在池边的亭子里赏月，谈笑风生地聊着狐狸和老鼠出嫁时的嫁妆有什么不同。这时，母亲冷不丁站起身来，走进亭子边茂密的胡枝子丛深处，随后从胡枝子的白花中露出比白花还要白皙鲜亮的脸庞，微笑着说："和子，你猜猜看，妈妈这是在干什么？"

"在摘花。"

我一说完，不料母亲轻声笑着，说道："在小便呢。"

她压根就没有蹲下身子，这让我不由得大吃一惊，但却由衷地觉得可爱有加，让我等之辈根本就模仿不来。

虽然从今早喝汤的话题扯远了，但我最近的确在一本书上读到过这样的逸话，说路易王朝时期的贵妇人们都会一脸坦然地在宫殿庭院或者走廊角隅里小便。在我眼里，这种漫不经心的天真劲儿的确是很可爱的，我甚至想，母亲也许就是最后一位真正的贵妇人了吧。

话说回来，今天早晨，她轻啜了一匙汤后，发出了"啊"的一声轻叫。当我问她是不是汤里混入了头发时，她也只回答说"不是"。

今早的汤，是我把最近配给的美国罐头青豆捣碎过筛后做的浓汤。我原本就对自己的烹调技术缺乏自信，所以就算听到母亲说"不是"，还是惴惴不安地追问了一句："那是太咸了？"

"不，做得挺好的。"母亲一脸严肃地说道。

喝完汤，她又用手抓起紫菜饭团，吃了一口。

打小时候起，我就觉得早餐索然无味，不到十点左右，肚子是不会有饥饿感的。今天也一样，汤是好歹喝下去了，可却不想吃饭，只顾着把饭团放在盘子里用筷子戳得七零八落，然后再用筷子夹起其中一块，就像母亲喝汤时摆弄匙子那样，用筷子尖儿正对着嘴巴，如同喂鸟一样，放进嘴里细嚼慢咽。不等我吃完，母亲早已吃好饭，静静地起身离席，背倚在朝阳照射着的墙上，好一阵子都一声不响地看着我吃。

"和子，这怎么行呢？你必须得学会享受早餐的美味。"母亲说道。

"妈妈，您呢？觉得好吃吗？"

"那还有什么可说的。我又不是病人。"

"和子我——也不是病人呢。"

"不行不行！"

母亲有些凄切地笑着，摇了摇头。

五年前，我曾因患上肺病卧床不起。我知道，那不啻一种富贵病。可母亲不久前染上的那病，才更让人担惊受怕呢。但母亲却只惦记着我的病。

"啊！"我叫了一声。

"怎么啦？"母亲问道。

我和母亲四目相对，彼此有种心领神会的感觉。我刚会心一笑，母亲也露出了微笑。

当被某种难以忍受的羞愧记忆所裹挟时，那种"啊"的奇妙轻叫就会迸出喉咙。因为我的脑海里清晰地浮现出六年前离婚时的情景，所以不由自主地发出了"啊"的叫声。可母亲又是为什么呢？母亲绝不可能有像我那种令人羞愧的过去吧？不，抑或因为其他什么原因……

"母亲，您刚才不会是想到什么了吧？会是什么事儿呢？"

"我忘了。"

"是我的事儿吗？"

"不是的。"

"那是直治的事儿？"

"嗯——"话音未落，她就又摇摇头说，"或许吧。"

弟弟直治在大学期间被迫应征入伍，去了南方的岛屿，从此杳无音讯，直到战争结束后依旧下落不明。母亲说，她已做好再也见不到直治的心理准备。可我却从不这样想，反倒觉得，肯定能与直治重逢的。

"原以为早就不抱希望了，谁知一喝到美味的汤，便想起了直治，顿时难受得不得了，后悔当初没有对直治再好点。"

直治从上高中起就整天沉溺于文学，每天过得就跟不良少年没什么两样，不知道让母亲操碎了多少心。尽管如此，母亲还是喝一口汤就会想到直治，情不自禁地发出"啊"的轻叫。想到这里，我把米饭硬塞进嘴里，眼眶一阵发热。

"没事的。直治会没事的。像直治那样的无赖，肯定是死不了的。要死的话，也肯定是那种又温顺，又漂亮，还很善良的人。要知道，直治那号人，就是用棒子打也打不死的。"

母亲笑了，揶揄我道："这样说来，和子就属于早死的那类人了？"

"哎，为什么？我呀，可是个长着大锛头的无赖呢。所以，保管活到八十岁。"

"是吗？如果是那样，妈妈我就能活到九十岁吧。"

"嗯。"

我刚一开口，马上就觉得怪矛盾的。无赖汉能长寿，漂亮的人却短命。母亲分明是个大美人，但我却祈望她能长命百岁。想到这里，我有点不知所措了。

"您真会使坏！"

刚一说完，我的下唇就不由得直打哆嗦，眼泪也夺眶而出。

还是来说说蛇的事儿吧。四五天前的下午，附近的孩子们从庭院篱笆的竹林丛中掏出了十来个蛇蛋。

孩子们都坚称，这是蝮蛇蛋。

我琢磨着，要是竹林丛中孵出了十条蝮蛇，那就不能贸然下到庭院里去了，于是说："那就烧掉吧。"

听我这么一说，孩子们也高兴得跳了起来，屁颠颠地跟在我身后。

我在竹林丛附近垒起树叶和木柴，点上火，把蛇蛋一个个扔进火中。可蛇蛋再怎么也着不了火。孩子们又往火堆里添了一些树叶和小树枝，让火苗燃得更旺。即便如此，蛇蛋还是燃不起来。

坡下的一个农家姑娘从篱笆外面笑着，问道："你们在干吗？"

"在烧蛇蛋呢。要是孵出了蝮蛇，可就吓人了。"

"蛋有多大呢？"

"跟鹌鹑蛋差不多大，雪白雪白的。"

"如果是那样，也就是普通的蛇蛋，而不会是蝮蛇蛋吧。说来，生蛋是很不容易燃起来的。"

姑娘似乎觉得很滑稽，笑着走开了。

烧了三十分钟左右，蛇蛋怎么也燃不起来，于是我让孩子们把蛇蛋从火堆中拣出来，埋在了梅树下。我找来一些小石头堆了个墓标。

"来吧，大伙儿来拜一拜吧。"

我蹲下来合掌祭拜，孩子们也顺从地蹲在我身后合起掌来。和孩子们分手后，我独自一人沿着石梯爬了上去。母亲站在石梯上的藤架下，说道："你呀，还真是个下得了狠手的人呢。"

"我以为是蝮蛇，结果却是普通的蛇。不过，我已经把它们好好安葬了，所以没事了。"

我虽然嘴上这么说，但心里却直犯嘀咕：这下闯祸了，竟然给母亲看见了。

尽管母亲绝对不是个迷信的人，但自从十年前，父亲在西片町的家中去世之后，她就害怕蛇了。父亲临终前，母亲看见父亲枕边有一条黑色的细带子，于是不经意地伸手捡起来一看，却发现是一条蛇。那条蛇落荒而逃，溜到了走廊上，最后竟不知了去向。亲眼见到这情景的，就只有母亲与和田舅舅两个人。据说他们俩面面相觑，但为了不在父亲临终的床前引发骚动，就强忍着没有吭声。尽管我们当时也在场，却对蛇的事儿一无所知。

不过，就在父亲去世的那天傍晚，庭院池边的所有树上都爬满了蛇。这是我也亲眼目睹和知晓的事实。如今我已是二十九岁的老太婆了，十年前父亲去世时，我也有十九岁，早已不再是孩子了，所以，即使时隔十年之后，当时的记忆仍旧栩栩如生，绝不会有差错。当时，我想剪一些供奉的花儿，便朝院子的水池走去，在池边的杜鹃花旁停下脚步一看，发现杜鹃花的枝梢上盘着一条小蛇。我有些吃惊，便转身去折另一棵棠棣花的花枝，不料那花枝上也缠着一条小蛇。接着发现，旁边的银桂树、小枫树、金雀花、紫藤和樱树，所有的树上全都盘着蛇。虽说如此，我却并不觉得有多可怕，只是有一种感觉，仿佛蛇也与我一样，在为父亲的溘然长逝而黯然伤悲，所以才从洞穴里爬出来祭拜父亲的亡灵吧。随即我把庭院里见到蛇的事儿悄悄告诉了母亲，她听到后显得很从容镇定，只是稍微歪着头，一副若有所思的表情，但却什么也没说。

然而，事实上，这两件与蛇有关的事儿，却从此引发了母亲对蛇的厌恶。与其说是厌恶蛇，不如说是敬畏蛇。换言之，就是对蛇抱着一种畏惧之情。

烧蛇蛋被母亲看见了，想必母亲一定从中感受到了某种不祥的东西吧。想到这里，我也突然觉得，烧蛇蛋是一件非常可怕的事情，以至于打心底里担心，这事会不会给母亲带来什么厄运。直到第二天、第三天，我都一直耿耿于怀。今天早晨，我又在饭厅里一不留神说漏了嘴，胡诌什么美人命短等毫无根据的胡话，然后又没法做到自圆其说，急得都哭了起来。早餐后我收拾餐桌时，总觉得胸膛里潜入了一条会缩短母亲寿命的小蛇，令人毛骨悚然，讨厌得不得了。

而且，就是那天，我在庭院里看见了蛇。那天风和日丽，我拾掇好厨房的东西后，打算把藤椅搬到庭院的草坪上，坐在那里织毛线。当我拿着藤椅下到庭院里时，竟然在庭院石头旁的细竹中看到了蛇。哇，真讨厌！我只是闪过了这个念头，也没有深究，便拿着藤椅又回到了套廊上，坐在那儿织起了毛线。到了下午，我打算去庭院一角的佛堂，从里面的藏书中翻出洛朗桑①的画册来看看。谁知一下到庭院里，又看见一条蛇在草坪上慢条斯理地爬行着。和早晨的是同一条蛇。一条细长而优雅的蛇。我估摸着，这是条"女蛇"。"她"静静地穿过草坪，爬到野蔷薇的阴凉处，停下来仰起头，晃动着"她"那细如火焰般的信子。"她"似乎在打量着四周，不一会儿又耷拉下脑袋，无精打采地蜷缩起身子。当时，我只是强烈地感觉到那条蛇很美。当我到佛堂里找出画册回来时，悄悄瞅了瞅刚才有蛇待过的地方，发现蛇已经不见了踪影。

邻近傍晚时，我和母亲在中式房间里一边饮茶，一边看了看庭院。这时，今天早晨的那条蛇又悠然地出现在了石梯的第三级上。

母亲也看到了那条蛇，问道："那条蛇是……"

话音刚落，母亲便站了起来，跑到我身边，抓住我的手呆立着，一动也不动。听母亲这么一说，我也霍地反应过来，脱口而出道："蛇蛋的母亲？"

"是的，是的呢。"

母亲的嗓音有些沙哑。

我们手牵着手，屏住呼吸，默默地盯着那条蛇。蛇懒洋洋地蜷缩在石头上，又开始晃晃悠悠地动弹起来，像是有气无力地横穿过石梯，朝着燕子花那边匍匐而去。

"从早晨起，就一直在院子里爬来爬去的。"我小声嘟哝道。

母亲叹了口气，瘫软地坐到椅子上，用低沉的嗓音说："该是

---

① 玛丽·洛朗桑（1885—1956），20世纪法国"立体派"画家，因以优雅和谐的颜色刻画年轻妇女和儿童而著称。

吧？是在找蛇蛋呢。真可怜呀。"

我无奈地"嘿嘿"笑了。

夕阳照在母亲的脸上。她的眼睛看起来就像是散发着蓝幽幽的光，微带愠色的脸庞美得让人恨不得扑将上去。我忽然发现，母亲的面容与刚才那条可悲的蛇在某些地方很有些相似。而且不知道为什么，我总觉得，那条驻扎在我胸中像蝮蛇般晃来荡去的丑八怪蛇，迟早会将这条忧伤而美丽的母蛇一口吞噬。

我把手搭在母亲柔软而纤细的肩膀上，不明缘由地扭动了一下身体。

我们舍弃位于东京西片町的家，搬到伊豆这个有些中式风格的山庄来，是在日本无条件投降那一年的十二月初。自从父亲过世后，我们家的收支一直是由和田舅舅来全权打理的。他是母亲的弟弟，也是母亲如今唯一的亲人。不料战争结束后世道大变，和田舅舅好像已跟母亲摆明了说，眼下已经不行了，只有把房子卖掉了。他还建议说，索性把女佣也辞退了，就母女俩去乡下买个漂亮的小房子，自由随性地过日子为好。在金钱方面，母亲可是一窍不通，连小孩子都不如，听和田舅舅那么一说，便拜托舅舅来费心操办了。

十一月末，舅舅寄了一封快信过来。信上说，河田子爵在骏豆铁路沿线有一栋别墅要出售。房子建在高坡上，视线很好，还附带有一百坪左右的田地。而且那一带还是梅花的胜地，冬暖夏凉，一旦住下来，想必你们肯定会中意的。所以我认为，有必要直接与对方见面洽谈，总之，就麻烦你明天到我银座的事务所来一趟吧。

"妈妈，您去吗？"我问。

"那还用说，明明是我拜托你舅舅的呀。"母亲不胜落寞地笑着说道。

第二天，母亲在原来的司机松山的陪同下，过了中午就出发了。直到晚上八点左右，她才在松山的护送下回家来。

"已经定了。"

母亲走进我房间，把手拄在我桌子上，就那样瘫坐下来，说了那么一句。

"您说已经定了，是指的什么呀？"

"所有的一切。"

"可是，"我不禁大吃一惊，"都还没来得及去看，那房子到底什么样儿……"

母亲将一只胳膊拄在桌子上，用手轻揩着额头，小声叹了口气说："既然和田舅舅都说了，那地方不错，所以我觉得，就算是这样闭着眼睛搬到那里去也行啊。"说着，她仰起脸来微微一笑。那张脸有些憔悴，但却很美。

"是啊。"我被母亲对和田舅舅那种美好的信赖感所折服，不由得随声附和道，"那么，和子我也把眼睛闭起来好了。"

两个人高声笑了。但笑完之后，却被一种非同寻常的凄凉感攫住了。

从那天开始，每天都有搬运工来家里捆装打包，准备搬家。和田舅舅也来了，安排我们把该卖的东西全都卖了。我和女佣阿君两人里里外外忙个不停，又是整理衣服，又是在院子里焚烧破烂。母亲既不帮着收拾衣物，也不做任何吩咐，每天都独自待在房间里磨磨蹭蹭的。

"怎么啦？是改变主意，不想去伊豆了吗？"我狠下心来，语气生硬地问。

"不是的。"母亲心不在焉地回答道。

过了十天左右，一切都收拾停当了。傍晚，我和阿君在院子里焚烧纸屑和麦秆时，母亲也走出房间，伫立在套廊上，默默地看着我们烧火。一阵阴冷的西风刮来，烟紧贴着地面轻轻掠起。我无意中抬头看了看母亲，只见她的脸色从未有过的苍白，让我大为惊讶。

"妈妈！瞧您的脸色有多难看！"

听我这么一叫，母亲淡然地笑了。

"没什么呢。"说完，母亲又悄悄地折回房间去了。

那天夜里，因为被褥都已经打包好了，所以，阿君睡到了二楼西式房间的沙发上，而我和母亲则睡在母亲的房间里，用的是从邻居家借来的被褥。

"因为有和子，因为有和子陪着我，我才肯去伊豆的。多亏有和子跟我在一起。"

母亲说的这番话让我备感意外。她的声音显得苍老而虚弱，令人难以置信。

我感到一阵愕然，不由得问道："要是和子我不在了呢？"

母亲突然哭了起来，断断续续地说道："那还不如死了的好。妈妈我也想死在这里，死在你爸爸去世的这个家里呢。"

说着，她哭得更厉害了。

此前，母亲从未在我面前说过这样的泄气话，我也从不曾看见她哭得如此厉害。不论是父亲去世时，还是我出嫁时，也不论是我带着身孕回到娘家来时，还是我在医院生下夭折的婴儿时，也不论是我卧病不起时，还是直治干了坏事时，母亲都从没有表现得如此软弱。父亲去世后的这十年，母亲与父亲在世的时候毫无变化，一直都是那个乐观而慈祥的母亲。于是，我们也就忘乎所以，是在娇生惯养中长大的。不过，母亲现在已经没钱了。都是为了我们，为了我和直治，毫不吝惜地把钱全部用光了，以至于不得不离开这长年居住的家，和我搬到伊豆的小山庄去相依为命，开始凄寂的生活。倘若母亲心眼不那么好，更加吝啬和小气，动辄斥责我们，想着法子偷偷给自己攒钱的话，那么，不管世道如何改变，也绝不会萌生想死的念头吧。有生以来，我第一次发现，没有钱是多么可怕、悲惨而又无可救药的地狱呀。想到这里，我百感交集，因过于痛苦而欲哭不能。所谓人生的严酷，不就是指此时的感受吗？我感到身体难以动弹，只能像石头一般静静地仰躺着。

第二天，母亲的脸色同样很苍白，依旧在那里磨磨叽叽地干着什么，恍如想尽量在这个家里多待一会儿似的。但和田舅舅来了，吩咐说，行李已大致发送完毕，今天就出发去伊豆吧。母亲很不情愿地穿上外套，一声不吭地跟前来道别的阿君点过头，就与和田舅舅还有我三个人走出了西片町的家。

火车上乘客不算多，三个人都找到了座位。在车厢里，舅舅心情大好，甚至哼起了歌谣。但母亲却脸色苍白，一直低头不语，似乎很怕冷的样子。在三岛换乘骏豆铁路，坐到伊豆长冈下车，然后又坐了十五分钟左右的巴士。下车后，我们顺着一道缓坡朝山上爬去，只见一个小小的村落映入了眼帘。而在那村落的尽头有一栋风格别致的中式山庄。

"妈妈，这地方比想象的要好呢。"我气喘吁吁地说。

"是啊。"站在山庄的门口，有一瞬间，母亲的眼睛里也露出了高兴的神色。

"首先是空气好。是啊，多清新的空气啊。"舅舅得意地说道。

"真的，"母亲微笑着说道，"好鲜美。这里的空气好鲜美。"

于是，三个人都笑了。

走进玄关一看，东京寄来的行李已经送到了，从玄关到屋子到处都堆得满满的。

"再说，从客厅望出去的景色也很美。"

舅舅兴奋地把我们拽到客厅里，让我们坐下。

正值下午三点左右，冬日的阳光温柔地照射在庭院的草坪上。从草坪沿着石梯一直走到尽头，有一个小小的水池，周围种着很多梅树。庭院下边延展着一大片蜜橘地，那儿有一条村道，对面是水田，再对面有一片松林，松林的远处可以看见大海。这样坐在客厅里望出去，大海的水平线恰好在和我胸部同水平线处延伸。

"这风景真是祥和啊。"母亲懒洋洋地说道。

"都是托空气的福吧。阳光和东京也大不一样呢。光线就像被用丝绸过滤了似的。"我兴奋地说道。

山庄的房间有十铺席和六铺席各一间，还有一个中式客厅，厅门和浴室旁各带一个三铺席的小房间。然后有饭厅和厨房，二楼还有一间放着大床的西式客房。尽管房间数量不多，但如果是我和母亲两个人，不，就算直治回来了，三个人居住，也绝不会显得局促的。

舅舅到村里唯一的一家旅店去订了餐，没多久，旅店就送来了盒饭。他在客厅里打开盒饭，喝起他自带的威士忌酒，谈起他和这个山庄的前主人河田子爵一起到中国游玩时的失败经历，显得兴趣盎然。而母亲则只是稍微动了动筷子。不久，周围的天色暗了下来。母亲小声说了一句："让我就这样躺一会儿吧。"

我从行李中拿出被褥铺好，让母亲躺了下来。不知为什么，我总感到心里怪不踏实的，就从包裹中找出体温计给她测了测体温，结果显示有 39 度。

舅舅似乎也吃了一惊，于是到下面的村子里去找医生了。

"妈妈！"

哪怕我拼命呼唤，母亲也一直处于迷迷糊糊的状态。

我攥紧了母亲的那双小手，抽抽搭搭地哭了起来。总觉得母亲好可怜好可怜，不，是我们俩好可怜好可怜，于是哭个没完没了。我边哭边想，还不如真的就这样和母亲一起死掉算了。我们已不需要任何东西。我想，在离开西片町的家时，我们的人生便已经戛然结束了。

大约过了两个小时，舅舅带着村子里的大夫回来了。村里的大夫貌似已上了年纪，穿着仙台产的丝织裙裤，脚上套着白色的短布袜。

诊断完毕后，大夫说道："有可能发展成肺炎的。不过，就算得了肺炎，也用不着担心。"

他抛下这不靠谱的话，给母亲打了一针后就回去了。

到了第二天，母亲依旧高烧未退。和田舅舅递给我两千日元，说万一到时候需要住院的话，就给东京打电报。说完，当天他就起身先回东京了。

我从行李中拿出最低限度所需的炊具，熬了点粥劝母亲吃。母亲躺着吃了三匙后，便摇头不吃了。

接近中午的时候，下面村子里的大夫又来了。他这次没有穿裙裤，但还是套着白色的短布袜。

"或许还是住院比较……"我提议道。

"不，才没那个必要呢。今天我给她打一支强效针，估计就会退烧的吧。"

依旧是那种不太靠谱的回答。注射了所谓的强效针之后，他就回去了。

大概是那支强效针发挥了奇效吧，当天下午，母亲脸色变得通红，还出了很多汗。在换睡衣时，母亲笑着说道："或许是位名医哪。"

　　高烧退到了 37 度。我兴奋地跑到村里唯一的旅店，央求老板娘卖给了我十个鸡蛋，立马煮成半熟端到母亲面前。母亲吃了三个蛋，还喝了半碗粥。

　　第二天，村里的那位名医又穿着白色的短布袜来了。当我对他昨天的强效针表示感谢时，他使劲点了点头，一副当然会有效的表情。认真地诊察一番后，他转身对我说道："令堂大人已经痊愈了。所以，从现在开始，无论吃什么，无论做什么，都没有大碍了。"

　　他的说话方式依旧有些古怪，我很想笑，但费了九牛二虎之力才终于忍住了。

　　把大夫送到门口，再折回客厅一看，母亲已坐了起来。

　　"真的是名医呢。我已经没病了。"

　　母亲一副很高兴的表情，像是在发呆似的自语道。

　　"妈妈，我把拉窗打开吧。外面在下雪呢。"

　　花瓣般的鹅毛大雪正轻轻飏飏地飘洒下来。我打开拉窗，和母亲并排坐着，透过玻璃眺望着伊豆的雪景。

　　"我已经没病了。"母亲又开始自言自语似的说道，"这样坐着，觉得过去的事恍若一场梦。其实，在真的临近搬家时，我是那么厌恶，怎么也不愿到伊豆来。哪怕一天半日也好，就想在西片町的家里多待上一会儿。坐上火车时，我觉得自己好像已经半死了。到了这里后也一样，最初还有一丁点兴奋，但天色一暗，就开始想念东京了，想念得忧心如焚，几乎失去了知觉。这可不是普通的疾病。这是神在一度杀死我之后，又把我变成不同于昨天的另一个我来重获了新生。"

那之后直到今天，我和母亲俩相依为命的山庄生活还算是平安无事。村里的人对我们也很和善。搬到这里来，是在去年的十二月，在经过了一月、二月、三月，再到四月的今天，我们除了做饭，大都是在套廊上织毛线，或者在中式房间里读书品茶，几乎过着与世隔绝的日子。二月里梅花盛开了，整个村子都淹没在梅花中。就算到了三月，因为这里大都是风和日丽的日子，所以，盛开的梅花也毫无衰败之势，一直绽放到了三月末。不管是早晨和白天，还是黄昏和夜晚，梅花都尽显美丽，让人叹为观止。而只要打开走廊的玻璃窗，无论什么时候，都有馥郁的花香一股脑儿流泻进房间。三月底时，一到黄昏就风儿乍起。我在傍晚的饭厅里摆放碗筷时，常常有梅花瓣从窗户随风飘进，落在碗里被打湿。到了四月，我和母亲在套廊上编织毛线，话题大都说的是种田计划。母亲说她也想帮着种地。啊，照这么写下来，或许我们真的就像母亲说的那样，在死过一次后，又脱胎换骨成另一个不同的人获得了新生。不过，人要想像耶稣那样复活，终究是不可能的吧。尽管母亲是说过那样的话，但一喝汤却还是照样会想起直治，并发出"啊"的轻叫。而我过去的伤痕，也其实一点都没有抚平。

啊，我真想毫不掩饰地将一切公之于世。有时我甚至暗自想，这山庄的安宁和惬意无一不是一种假象和伪装。即便说这是神赐予我们母女俩的短暂休憩，但我总觉得，在这平和安宁中已经有某种不祥的暗影正步步逼近。虽然母亲每天都佯装幸福的样子，但显然在一天天地衰弱。而有一条蝮蛇已寄宿在我心中，不惜牺牲母亲来养肥自己，即使我拼命地遏制它，它还是在不断地增肥长膘。啊，但愿这只是季节作祟的结果。最近，我时常感到这种生活已难以忍受。干出烧蛇蛋这种低劣的行径，也一定是我那种焦虑情绪的体现。

最终只是平添了母亲的悲伤，加剧了母亲的衰弱。

"恋"——刚一写到这个字，我就再也写不下去了。

二

蛇蛋事件后大约过了十天，又发生了一起不祥的事件。这越发加深了母亲的悲恸，侵蚀了她的生命。

我险些就引发了一场火灾。

引发火灾——从小到现在，我做梦都不曾想到过，自己一生中会遭遇如此可怕的事情。

不小心处理火，就会发生火灾——难道我真的就是个所谓的"大小姐"，竟然对如此显而易见的道理也毫无察觉？

半夜我起来上厕所，走到玄关的屏风旁时，发现浴室那边很亮。无意中看过去，只见浴室的玻璃被映照得一片通红，传来了一阵"噼噼啪啪"的响声。我小跑着赶过去推开浴室的小门，打着赤脚来到了外面。原来是堆在洗澡炉灶旁的柴垛正火势凶猛地燃烧着。

我迅速跑到与庭院相连的下面一户农家那里，使劲儿地敲门，叫喊道："中井先生，请快点起来，着火啦！"

中井先生好像已经睡下了，但还是应声道："好的，我这就来。"

"拜托了，拜托您再快点！"当我还在这样央求他时，他已穿着睡觉的浴衣从屋子里飞奔出来。

我们俩跑到着火的地方，用铁桶把池里的水打起来救火。这时，我听见从客厅走廊上传来了母亲"哎哟"的叫声。我扔掉铁桶跑到走廊上，连忙抱紧差点倒下的母亲，说道："妈妈，别担心，不要紧的。您只管去休息吧。"

扶着她躺回床上后，我立马又奔回失火的地方。这次我是从浴盆中打水递给中井先生，由他接过去泼到柴垛上。但因为火势太大，这样子根本就灭不了。

"失火啦！失火啦！山庄失火啦！"

下面传来了这样的叫声。倏然间，有四五个村民推倒篱笆跳了进来。他们像接力赛那样用铁桶把篱笆下方的蓄水传递上来，只用两三分钟就把火扑灭了。好险，大火差一点就要蔓延到浴室的屋顶上了。

太好了。就在我暗自庆幸的瞬间，突然意识到了这场火灾的起因，不禁大惊失色。说真的，到这时我才意识到，傍晚我将浴室炉灶中烧剩的柴火抽出来时，以为火已经灭了，就把它放到了柴垛边，所以引起了这场火灾。意识到这一点，我真想号啕大哭，就那样呆立着。这时，我听见前面西山先生家的媳妇在篱笆外面大声说："浴室都烧光了，还不是因为不小心炉火造成的。"

村长藤田先生、巡查二官和警防团长大内先生等人，也都一下子来了。藤田先生跟往常一样面带笑容，和蔼地问道："吓坏了吧？怎么回事啊？"

"都怪我不好。我把以为灭了的柴火……"

刚一开口，就觉得自己太惨烈了，顿时眼泪簌簌而下。我低下头，陷入了缄默中。当时我以为，说不定会被警察带去兴师问罪的。瞧，自己只穿着睡衣，光着脚丫——我为自己这副惊慌失措的狼狈模样感到羞愧难当，发现自己原来是那么的落魄。

"明白了。你母亲呢？"藤田先生平静地说道，一副像是在安慰我的口吻。

"我让她在客厅里休息呢。这次她受的惊吓可不小……"

"不过呢，"年轻的二宫巡查也像在安慰我似的说道，"火没有烧到房子，还算是幸运的。"

这时，下面农家的中井先生换了身衣服又来了。

"没什么，只是烧着了一点柴火而已，连小火灾都算不上。"中井先生气喘吁吁地说道，为我愚蠢的过失辩护。

"是吗？我明白了。"村长藤田先生连连点头，然后和二宫巡查小声地商量了一会儿，说道，"那么，我们这就回去了，请代我问候你母亲。"

说完，藤田先生和警防团长大内先生，还有其他人一起回去了。只有二宫巡查留了下来，走到我面前，用小得像是在呼吸的声音说道："那么，今晚发生的事情，我就不向上面呈报了。"

二宫巡查一走，下面农家的中井先生就用紧张的声音问道："二宫先生怎么说的？"

他的语气里充满了担心。

"说是就不向上面呈报了。"我回答道。邻居们还在篱笆附近没有离去，好像是听见了我的回答，都纷纷说着"是吗？这太好了，太好了"，随即一个个散去了。

中井先生跟我道了声"晚安"后也回去了，只剩下我一个人怔怔地站在烧过的柴垛旁，泪眼迷离地仰望着天空。看起来，天就要亮了。

我走进浴室洗了洗脸和手脚，但不知为何有些不敢面对母亲，于是就在浴室旁的三铺席房间里梳理头发，磨蹭了半晌，然后又到厨房里无谓地拾掇着那些餐具，一直折腾到天色大亮。

天亮之后，我蹑手蹑脚地去房间一看，母亲早已换好衣服，精疲力竭地坐在中式房间的椅子上。见我进来，她微笑了一下，但脸色却苍白得令人吃惊。

我没有笑，一声不响地站到了母亲的椅子背后。

过了一会儿，母亲说道："没什么要紧的，是吧？那些柴火原本就是用来烧的嘛。"

我一下子就乐了，嘻嘻地笑了。我想起了《圣经》里的这句箴言："一句话说得合宜，就如金苹果在银网子里。"①自己能有幸拥有如此善解人意的母亲，让我打心眼里感激上帝。昨晚的事已经过去，我决定不再耿耿于怀。透过中式房间的玻璃窗，我眺望着早晨的伊豆海，一直伫立在母亲身后。最终，我的呼吸与母亲安静的呼吸完美地重合在一起。

简单吃过早饭后，我开始收拾被烧过的柴垛。这时，村里唯一一家旅店的老板娘阿咲从庭院的栅栏门外一路小跑着过来，眼里闪着泪花，说道："怎么啦？怎么啦？我这才听说呢。哎呀，昨晚到底是怎么啦？"

"真对不起！"我小声道歉道。

"有什么对不起的。小姐，更要紧的是，警察那边怎么说呀？"

"说是不要紧。"

"啊，这就好啦。"她脸上露出了由衷高兴的神情。

我向阿咲咨询，该怎样跟村里人表示感谢和歉意。阿咲说，还是送点钱好，还指点我，该拿着钱上哪些家去道歉。

"不过，要是小姐不愿意一个人去，我也可以陪你去的。"

"还是一个人去比较好吧？"

---

① 见《圣经·旧约全书·箴言》第 25 章。

"你一个人没问题？那就还是一个人去的好。"

"那我就一个人去吧。"

然后，阿咲帮我收拾了火灾后的现场。

拾掇停当后，我跟母亲要了些钱，用美浓纸①将百元纸币一张张包裹起来，然后在每个纸包上分别写上"致歉"二字。

我首先去了村公所，结果村长藤田先生不在。我就把纸包交给了接待室的姑娘，道歉道："昨晚的事很抱歉。今后我会多加小心，请多多原谅。代我问候村长吧。"

接着我去了警防团长大内先生家。他亲自来到门口，看见我之后一言不发，只是有些难过地微笑着。不知为什么，我突然好想痛哭一场。

"昨天晚上真是对不起。"

我好不容易说出了这句话，然后就匆匆告辞了。一路上我泪水直流，哭花了脸，只好先折回家，到盥洗间洗了脸，重新化好妆，打算再次出门。正当我在玄关穿鞋的时候，母亲走出来问道："还要去哪里吗？"

"嗯，这才开始呢。"我头也不抬地回答道。

"辛苦你啦。"母亲平静地说道。

母亲的爱给了我力量。这次我没有哭，挨家挨户地跑了个遍。

到了区长家，区长不在，出来的是他儿媳妇。一看见我，倒是她的双眼率先噙满了泪花。在巡查那里，二宫巡查不停地对我说，还算幸运，还算幸运。大家都很善良和蔼。然后我又挨门逐户地走访近邻，大家同样都同情我和安慰我。唯有一个人狠狠教训了我一

---

① 美浓纸：岐阜县南部美浓地区出产的一种历史悠久的日本纸。

番，那就是前院西山先生的媳妇。虽称呼她"媳妇"，其实，也是四十开外的大妈了。

"以后可要留心啊。虽然不知道你们是皇亲还是国族什么的，但看见你们过着那种玩家家游戏般的生活，真是心都提到了嗓子眼儿。就像两个小孩在过日子一样，之前没发生火灾反倒让人觉得奇怪呢。真的，从现在开始，你们可得小心点。就说昨天晚上吧，要是风刮得再大一点，恐怕整个村子都给烧掉了。"

西山先生的媳妇就是前一天夜里站在篱笆外大声嚷嚷的那个人。当时，下面农家的中井先生特地跑到村长和二宫巡查跟前替我打圆场，说连小火灾都算不上，可她却大声指责说，浴室都烧光了，还不是因为不小心炉火造成的。不过，我也从西山媳妇的抱怨中感受到了真实的成分，觉得她的话不无道理。真的，我一点也不憎恨她。母亲为了安慰我而开玩笑说，柴火就是用来烧的，但如果当时风很大的话，那么就会像西山媳妇说的那样，整个村子都被烧光了吧。那么一来，我就算以死谢罪也无济于事了。如果我死了，那么，母亲一个人也活不下去了，而且还会玷污亡父的声名。尽管如今已没有什么皇亲或华族，但如果迟早会灭亡的话，那就索性华丽地灭亡吧。酿成火灾后以死谢罪，如此悲惨的死法，才叫人死不瞑目呢。总之，我要更加坚强，更加踏实。

从第二天开始，我拼命地干农活。下面中井家的女儿时常过来帮我的忙。自从差点酿成火灾而出丑之后，不知为什么，总觉得身体里的血液都变成了暗红色的。以前我心中就寄宿着一条坏心眼的蝮蛇，现在连血色也发生了变化，所以感觉自己越发变成了狂野的乡下姑娘。即便和母亲坐在套廊上编织毛线，也会莫名地感到憋闷和窒息，反倒觉得到田里去翻翻土还更轻松和惬意。

这就是所谓的体力劳动？这种力气活儿，对于我来说，并不是头一遭。我曾在战争期间被征用，甚至被逼着当过打夯女工。现在去田里干活穿的胶皮底袜子，也是当时军方配给的。胶皮底袜子这东西，当时我还是平生第一次穿，觉得真是舒服，舒服得都叫人难以置信。我穿着它在庭院里走了走，对鸟兽光脚走在地上的轻便和舒适有种豁然领悟的感觉，兴奋得胸口一阵阵悸痛。实际上，战争期间的愉快回忆也就仅此而已。回想起来，战争实在是无聊透顶。

> 去年，什么事儿都不曾发生
>
> 前年，什么事儿都不曾发生
>
> 大前年，也什么事儿都没有发生

这首有趣的诗乃是刊登在战争刚结束后的某家报纸上。说真的，如今回想起来，觉得确实发生过很多事，但又觉得什么事都不曾发生。关于战争的回忆，我既讨厌讲，也讨厌听。虽然人是死了不少，但这既陈腐又无聊。莫非是我太过自我了？在我看来，只有被征用后穿上胶皮底袜子，去充当打夯女工时的记忆，才不那么陈腐。虽然也有过讨厌的记忆，但多亏了那时的打夯经历，我的身体才变得很结实，以至于到现在我还不时会想，如果哪天真的为生活所迫，就靠打夯来维持生计吧。

战局日渐绝望的时候，一个身穿军服的男人到西片町家中来，递给了我一张征用令和一个劳动日程表。一看日程表我才知道，从第二天起就得隔日到立川的深山里去干活，不由得泪如雨下。

"不能找人替代吗？"

眼泪止不住地流下来，最后变成了抽噎。

"军方要征用你，必须得本人去。"那个男人强硬地回答道。

我打定了去的主意。

第二天是一个下雨天，我们列队站在立川山脚下，先接受一个军官的训话。

"战争必胜！"他一开口便说道，"尽管战争必胜，但如果大家不按照军令行事，就会有碍于作战，造成冲绳那样的后果。请你们务必遵照吩咐行事。另外，这山里没准有间谍潜入，所以，必须相互提醒。从今以后，大家要跟士兵一样进入阵地工作，所以一定要提高警惕，绝不能对外泄漏阵地的情况。"

山上雨雾缭绕，近五百名男女队员周身湿透了，站着恭听军官的这番训话。队员中还夹杂着国民学校的男女学生，全都冷得一副要哭的模样。雨水透过我的雨衣渗透进上衣，很快连贴身内衣也湿透了。

整天都在挑网篮搬运土石。在回去的电车上，我泪如泉涌，止都止不住。而第二次的差事是拉打夯的绳子，对于我来说，这活儿是最好玩的。

去了两三次山里，国民学校的男学生们开始奇怪地盯着我看。有一天，在我挑网篮的时候，两三个男学生与我摩肩而过，我听见其中一个在说："那家伙，是个间谍吧？"

我不禁吓了一跳。

"为什么会那么说呢？"我问跟我并肩挑网篮的年轻姑娘。

"因为你像个外国人啊。"年轻姑娘一本正经地回答道。

"你也觉得我是间谍？"

"不。"这次她稍微笑了笑，回答道。

"我是日本人呢。"说完，就连自己都觉得这话太愚蠢太无聊了，不由得"嗤嗤"地笑了。

某个天气晴朗的日子，一大早我就和男人们一起搬运着圆木。这时，一个负责监工的年轻军官皱着眉头，用手指着我说："喂，你！到这里来！"

说完，他拔腿就往松树林走去。我的心因不安和恐惧而扑通扑通地跳着，跟在他身后走去。只见树林深处堆积着刚从锯木厂运来的木板，军官走到木板堆前停下脚步，随即转过身来对着我说："每天干活，不好受吧？今天，你就在这里看守这些木材吧。"

说着，他露出雪白的牙齿笑了。

"就站在这里？"

"这儿又凉爽又安静，你就在这木板上睡个午觉吧。如果觉得无聊，就读读这个吧，或许你已经读过了。"

说着，他从上衣口袋里掏出小小的文库本，有些害羞地扔在木板上。

文库本上写着"三套马车"。

我拿起书，说道："谢谢。我家里也有喜欢书的人，不过，他现在去了南方。"

"啊，是吗？是你家先生吧。南方可艰苦了。"他貌似对我话中的"他"理解有误，点着头平静地说，"今天你就在这里负责看守吧。你的盒饭，我过一会儿就帮你带过来，你就好好休息吧。"

他丢下这句话，就急匆匆地回去了。我坐在木板上读起文库本来。读到一半时，那个军官穿着皮鞋，发出"咯噔咯噔"的响声走了过来。

"盒饭给你送来了。一个人，怪无聊的吧？"

说着，他把盒饭放在草地上，又迈开大步回去了。

吃完盒饭，我爬到木材上躺着读书。全部读完后，我开始迷迷糊糊地睡起了午觉。

睁眼醒来，已经是下午三点过了。我觉得，仿佛以前在什么地方见过这个年轻的军官。可想了想，就是想不起来。从木材上下来，正捋着头发时，又传来了"咯噔咯噔"的脚步声。

"哎，今天你辛苦了。你这就可以回去了。"

我跑到军官旁边，把文库本交给他，很想说声感谢，但却一阵语塞，只是默默地抬头看着军官的脸。当四目交汇时，我的眼泪夺眶而出。而那军官的眼睛里也闪烁着泪光。

两个人就那样一声不响地分手了。此后，那年轻军官再也没有出现在我干活的地方。我只有那一天过得很轻松，此后继续隔日在立川深山里干着苦活。尽管母亲一直很担心我的身体，但我却反而越发结实了，如今对打夯也暗自有了信心，对农活也不再感到那么痛苦了。

尽管我说过，关于战争的回忆，我既讨厌说，也讨厌听，但却情不自禁地讲述了自己的"宝贵经历"。在我的战争记忆中，如果说我还有什么想说的，那也就只有这件事了。其余的就像那首诗所写的那样：

去年，什么事儿都不曾发生
前年，什么事儿都不曾发生
大前年，也什么事儿都没有发生

是的，一切都那么虚幻无常。而荒唐的是，如今我身边留下的，就只有这双胶皮底袜子了。

从胶皮底袜子开始，一下子扯出了这么多废话，肯定是跑题了。但我确实是穿着这双堪称战争唯一纪念品的胶皮底袜子，每天下到农田里干活，以此来排解内心深处的不安和焦虑。而母亲近来却明显地日渐消瘦了。

　　蛇蛋。

　　火灾。

　　从那时起，母亲显然越来越像个病人了，与此相反，我却愈发变成了粗俗卑贱的女人。我甚至有种莫名其妙的感觉，仿佛我是从母亲身上使劲吸取了阳气，才变得越来越胖的。

　　发生火灾时，母亲曾开玩笑地说"柴火就是用来烧的嘛"，但从那以后，她一直对火灾的事儿闭口不提，反倒尽可能来安慰我。可事实上，母亲内心受到的打击肯定比我还大上十倍。自从那场火灾后，母亲时常会在半夜里发出呻吟，而在狂风大作的晚上，她还会假装着上洗手间，就连半夜也要下床去把家里巡视一番。她的脸色一直都很糟糕，有时候连走路都很艰难。以前她就说过，要去帮我做农活，所以，有一次竟不听我的劝阻，提着大水桶从井里打水到农田去浇地，来回折腾了五六次，结果第二天就说肩膀疼得喘不过气来，在床上躺了一整天。从那以后，她对农田活儿似乎彻底断了念想，即使偶尔到田里来，也只是在一旁看着我干活。

　　"据说，喜欢夏花的人会在夏天死去。不知这是否当真？"

　　今天母亲来看我干农活时，突然这样说道。我没有说话，只顾着给茄子浇水。啊，这么说来，真的已经是初夏了。

　　"我喜欢合欢树的花。可这儿的庭院里却一株都没有呢。"母亲静静地说道。

　　"不是有很多夹竹桃吗？"我故意用蛮横的口吻说道。

"夹竹桃，我可不喜欢。虽说夏天的花我大都喜欢，但夹竹桃花却过于轻佻了。"

"我呢，倒觉得蔷薇不错。但它却是四季都开花的，所以，难道喜欢蔷薇的人春天要死，夏天要死，秋天要死，冬天要死，也就是得反复死四次不成？"

两个人都笑了。

"不休息一下？"母亲依旧笑着说道，"今天，有事跟和子商量呢。"

"什么？如果是要说死的事儿，那就免谈哟。"

我跟在母亲身后，在紫藤架下的凳子上并排坐了下来。紫藤花已经谢了，午后柔和的光线透过树叶撒落在我们的膝盖上，将我们的膝盖染成了绿色。

"早就琢磨着想跟你说说的，但想等我们俩都心情好的时候再说，就一直在等机会。反正不是什么好事。不过，我总觉得今天能够顺畅地把话说完，所以呢，你就忍耐着听我说完吧。其实啊，直治还活着呢。"

我的身体都不由得凝固了。

"五六天之前，和田舅舅来信说，一个以前在舅舅公司上班的人，最近从南方回来了去看他，天南地北地闲聊时才知道，那个人碰巧和直治在同一个部队。直治倒是平安无事，没多久就要回来了。不过，出了件闹心的事儿。据那个人说，直治好像吸鸦片上了瘾……"

"又吸上了！"

我就像是吃了什么苦东西似的，把嘴都咧歪了。直治在上高中时曾仿效某个小说家，结果吸毒上瘾，欠了药店一大笔债。为了还清药店的债务，害得母亲整整花了两年的工夫。

"是的，又吸上了。不过，那个人也说了，这个不戒掉，是不会允许他回来的，所以肯定是戒掉了才会回来的吧。据舅舅的信上说，即便戒了鸦片才回来，但像他那种德行的人，是不可能让他马上出去工作的。如今东京这么混乱，就连正常人也难免有点神经错乱，更何况刚戒毒瘾的半正常人，肯定会马上疯掉的，谁知道他会干出什么事儿来。所以，如果直治回来了，最好是立马把他带到这伊豆山庄来，哪里都不准他去，让他在这里静养一阵子。这是其一。另外，舅舅还吩咐了另一件事呢。据舅舅说，我们的钱已经用光了。再说，如今政府又是冻结存款，又是征收财产税，舅舅也很难像以前那样给我们寄钱了。因此，等直治回来后，我和直治还有你，三个人都无所事事的话，要靠舅舅来给我们筹措生活费也不可能了。所以呀，舅舅叮嘱说，要么趁现在赶快给和子找个婆家，要么找个人家去当帮工，总得选择其中一样。"

"帮工？是指做女佣吗？"

"不是的，舅舅是说，对了，就是在驹场的……"母亲随即举出了一个皇族的姓名，说道，"舅舅说，那位皇族跟我们也有血缘关系，所以，和子上他们家去当帮工，还给他们家的公主兼当家庭教师，大概也不会感到太拘束和寂寞吧。"

"就没有其他差使吗？"

"舅舅说，其他职业估计你也干不来。"

"为什么干不来？您说呀，为什么啊？"

母亲只是凄凉地笑着，什么也没有回答。

"不行，我不干！"

我也觉得自己说了不该说的话，但就是按捺不住。

"瞧，我之所以穿着这样的胶皮底袜子，对，穿着这样的胶皮底袜子……"说到这里，我泪如泉涌，不禁失声痛哭。我抬起头来，用手背抹去泪水，明知不对，但有些话却像人的无意识一样，不受肉体控制地迸出嘴巴。

"您不是说过，因为有我，因为有我陪着你，你才来伊豆的，不是这样说的吗？您说，如果我没了，您就会死的，不是吗？所以，我才哪里都不去，陪在您身边，穿着这样的胶皮底袜子，一心想着要给您种好吃的蔬菜。可您一听说直治要回来，就突然觉得我是累赘了，要让我去给皇族当女佣。这太过分了，太过分了。"

我也明知自己话说得过头了，但语言就像一个有生命的生物，不听使唤地停不下来。

"要是穷了，没钱了，卖掉我们的和服不行吗？把这房子卖了不也行吗？我什么都能干。我可以去村公所当个女办事员或者别的。如果村公所不肯用我，我还可以去当打夯女工。贫穷，算不了什么。我一直想，只要妈妈疼爱我，我愿意一辈子都待在妈妈身边。可比起我，妈妈更疼爱直治。我要出走。我要出走。反正我和直治性格不合，所以三个人在一起生活，只会落得相互都不幸。我已经和妈妈一起生活很久了，也没什么可遗憾的了。今后您就和直治俩单独一起过，让直治来孝敬您好啦。我已经受够了，受够了迄今为止的生活。我走，这就走，马上就走。我有地方可去。"

我站了起来。

"和子！"

母亲厉声大喊道，一副我从未见过的威严表情。她霍地站起来，与我正面相对，看起来比我还要高大一些。

我很想马上说"对不起"，但脱口而出的，却是另一番话语："您骗了我。妈，您骗了我呢。在直治回来之前，您一直都是在利用我。我，就是妈妈的女佣。现在用不着我了，就逼我去皇族家当帮工。"

我就那样站在那儿，"哇"的一声痛快地哭了起来。

"你呀，真是个傻瓜。"母亲低沉的嗓音因生气而颤抖着。

我抬起头，不由自主地又说了一些不该说的蠢话。

"是的，我就是个傻瓜。因为是傻瓜，所以才会被欺骗的。因为是傻瓜，所以才会被人当作累赘的。我不在总该好了吧？贫穷算什么？金钱，又算什么？我不懂。我一直都相信爱，相信母亲的爱，只靠相信它而活到现在的。"

母亲突然背过脸去。她哭了。我好想说"对不起"，好想冲过去抱住母亲，但因干农活儿弄脏了手，所以犹豫了片刻，最后只好装疯卖傻地说："只要我不在就行了，是吧？那我走好啦。我有地方可去。"

撂下这句话，我就小跑着来到浴室，一边抽泣着一边洗了脸和手脚，然后去房间换衣服。换着换着，我又"哇"的大声哭开了。是的，真想哭个痛快，于是跑上二楼的西式房间，一下子扑倒在床上，用毛毯蒙住头，哭得不成人样。哭着哭着，就迷糊了起来，渐渐地开始特别想念某个人，想看见他的脸，想听见他的声音。那种眷恋让我陷入了一种很奇妙的感觉，仿佛在两只脚底施了热针灸，必须得一动不动地忍受着。

临近傍晚时，母亲静静地走进二楼的西式房间，"啪"地打开了电灯，然后走到床边，很温柔地叫我道："和子。"

"嗯。"

我起身坐在床上，用双手拢了拢头发，看着母亲咪咪地笑了。

母亲也微笑了一下，然后重重地坐在窗下的沙发上，说道："这是我生平第一次违抗和田舅舅的吩咐……妈妈刚才给舅舅写了回信，告诉他，我儿女的事儿就由我自己来安排吧。和子，我们去把和服卖了吧，把我们的和服都卖掉，来尽情地挥霍一把，过一过奢侈的生活吧。我不想再让你去干什么农活儿了。就算买昂贵一点的蔬菜，又有什么呢？每天干那样的农活儿，你肯定受不了的。"

其实，我也开始感到每天下地干活有点受不了了。刚才那么疯狂地又哭又闹，也是因为干农活的劳累和悲伤交织在一起，觉得一切都很讨厌，很可恨罢了。

我在床上低着头，一直缄默着。

"和子。"

"嗯。"

"你说你有地方可去，是说的哪儿？"

我意识到自己连脖子都红了。

"是细田先生那里吗？"

我依旧一声不吭。

母亲深深地叹息了一声，说："重提一下旧事，不要紧吧？"

"不要紧的。"我小声说道。

"你从山木先生家出走，回到西片町的家里时，妈妈我没有说过任何责备你的话，只说了一句，你背叛了妈妈。你还记得吗？结果你一下子就哭了……不过，我也觉得，自己不该用'背叛'这个有些过分的词……"

但当时听母亲那么一说，我反倒觉得很感激，毋宁说是喜极而泣的。

"妈妈那时候说，你背叛了我，并不是指你离开山木先生家这件事。而是山木先生告诉我，你和细田是恋爱关系。听到这话时，我觉得自己脸色都变了。要知道，细田先生早就有妻室儿女了，你再怎么仰慕他，也不会有结果的……"

"说是恋爱关系，未免太过分了。山木先生也只是胡乱推测而已。"

"是吗？你不会还在想着那位细田先生吧？所谓有地方可去，又是指的哪儿？"

"反正不是细田那里。"

"是吗？那么是哪儿？"

"妈妈，我最近一直在琢磨一件事。人和其他动物的不同之处，究竟是什么？语言也好，智慧也好，思考也好，社会秩序也好，尽管存在着程度上的差异，但其他动物不也同样都有吗？或许还有信仰也说不定。人自以为是万物之灵而自鸣得意，其实和其他动物并没有本质上的区别。但妈妈，也许您不知道，人还有一个其他动物绝对没有，而唯有人类才拥有的东西，那就是'秘密'。您不觉得吗？"

母亲脸上微微泛起了红晕，笑容可掬地说："啊！要是和子的秘密能结出美丽的果实就好了。我每天早晨都向你父亲祈祷，让他保佑和子幸福。"

我蓦然想起和父亲驾车去那须野兜风时的情景，脑海中浮现出在途中下车观赏到的原野秋色。原野上盛开着胡枝子、红瞿麦、龙胆、黄花龙芽等秋季的花草。而野葡萄的果实还是青绿的。

后来又和父亲去琵琶湖坐汽艇玩，我跳入水中，只见栖息在水藻中的小鱼儿在我脚边游来游去，而我双脚的影子则清晰地映照在湖底，并轻轻地来回晃动着。这些情景缺乏前后关联地翩然浮现在我心中，随即又消失不见了。

我从床上滑下来，抱住母亲的膝盖，终于开口说道："妈妈，刚才是我错了。"

回想起来，那天是我们母女俩的幸福火花绽放出最后光芒的日子。不久，直治从南方回来了，开启了我们真正的地狱生活。

<h2 style="text-align:center">三</h2>

总是有种活不下去的担忧。而这就是所谓的"不安"这种情感吗？痛苦的波浪拍打着我的胸口，就像白云接二连三地匆忙掠过骤雨后的天空，那种痛苦时而紧勒住我的心脏，时而又放松开来，让我的脉搏起伏不定，呼吸急促，眼前发黑，一片模糊，仿佛浑身力气都已从手指尖陡然溜走，连毛线都织不下去了。

近来阴雨绵绵，干什么都无精打采。今天，我把藤椅搬到客厅的套廊上，想把今年春天没有织完的毛衣织下去。毛线是浅牡丹色的，有些暗淡，我打算再配些天蓝色的线来织一件毛衣。想来，这些浅牡丹色的毛线，还是从我二十年前上小学时母亲给我织的围脖上拆下来的。那条围脖的一头曾被我当作头巾来用，我戴在头上往镜子里一照，感觉自己就像个小妖怪。而且颜色也和其他同学的围脖大不相同，我打心眼里嫌弃它。说来，我有个同学，家里是关西的纳税大户。她曾假装老成地称赞道："你这围脖戴着挺不错的嘛。"听了这话，我反倒越发害臊了，从此再也没有戴过它。但今年春天，出于所谓的废旧利新吧，我将它拆开来想给自己织一件毛衣。可就是对它黯淡的色彩不满意，结果织了一半就中途扔下了。今天实在是闲得无聊，我偶然地把它翻出来，开始不紧不慢地织了起来。织着织着，我无意中发现，浅牡丹色的毛线与阴霾的灰色天空融为了一体，营造出一种难以言喻的既柔和又温润的色调。这是我以前不曾注意到的。我居然忽略了一个重要的道理，那就是必须考虑到服装颜色与天空颜色之间的和谐。而所谓的和谐，乃是多么美妙的事情！这让我感到有点惊讶，甚至目瞪口呆。雨天的灰色天空和浅牡丹色的毛线，两者组合在一起，双方都顿时粲然生辉，真是不可思议。这下，手上的毛线蓦地散发出暖意，而冰冷的天空也有了天鹅绒一般柔和的触感。这不禁让我想到莫奈笔下的那幅雾中寺院图。通过这毛线的颜色，我第一次懂得了"搭配"的重要性。母亲果然有不俗的眼光，她深谙，这种浅牡丹色与冬日下雪的天空有着多么美妙的和谐感，所以才特地为我挑选了这样的配色。可我却傻傻地嫌弃它。不过，母亲却并不试图强迫还是孩子的我去接受它，而是任我自由地喜好。二十年来，她从未对这种颜色做过任何解释，装作什么也不知道，只是默默地等待着，直到我自己真正懂得这种颜色的美丽。我由衷地感到她是一个好母亲，与此同时，难以忍受的恐惧和忧虑又像乌云般笼罩在我的胸口。面对这么好的母亲，难道我和直治不是一直在欺负她，为难她，让她日趋衰弱，甚至有可能不久于人世吗？左思右想，越想越觉得未来险象环生，充满不祥的预兆。啊，我变得忧心忡忡，仿佛已走投无路。指尖也霍然变得软弱无力，只能将棒针放在膝盖上，长吁了一口，抬起头闭上眼，不由自主地叫了声："妈妈。"

母亲正倚靠在房间一隅的书桌上读书。

"怎么啦？"她诧异地回我道。

我有些惊慌失措，故意大声说道："蔷薇花终于开了。妈妈，您都看见了吗？我是刚刚才发现的。终于开了呢。"

蔷薇花就种在前面紧挨着套廊的地方。那是和田舅舅很久以前从大老远的地方带回来的，究竟是从法国还是英国，我都有点记不得了。两三个月前，舅舅又把它们移植到了这山庄的庭院里来。今天早晨，这些蔷薇终于开出了第一朵花。虽然我早就注意到了，但为了掩饰此刻的窘迫，故意假装着才刚刚发现，大惊小怪地嚷嚷了一下。这朵深紫色的花分明透着凛然的傲气与坚毅。

"我早就知道了。"母亲平静地说，"你好像把这种事儿看得很了不得似的。"

"也许吧。您觉得这很可怜吗？"

"不，我只是说你有这样的习惯罢了。比如，在厨房的火柴盒上贴列那狐①的画，给偶人做什么小手帕之类的。看来你就是喜欢做这些。还有，听你说起庭院里的蔷薇，就跟在说某个活生生的人一样。"

"都是因为我没有小孩吧。"

冷不丁，一句连自己都意想不到的话冲出了我的嘴巴。等说出口之后，我才大吃了一惊，有些尴尬地鼓捣起膝盖上的毛衣。

"要知道，你都已经二十九岁了呢。"

仿佛有一个男人的声音清晰地传了过来，那嗓音是如此低沉和含混，就恍如是从电话里听到的一样。因为害羞，我的整个脸颊热得发烫。

母亲什么也没说，继续读她的书了。母亲近来一直戴着纱布口罩，兴许是因为这一缘故吧，她最近变得沉默寡言了。说来，那口罩还是听直治的劝告才戴上去的。大约十天前，晒得黝黑的直治从南方的岛屿回来了。

也没有任何前兆，一个夏天的傍晚，他从栅栏的后门径直走进了庭院里。

———————————

① 列那狐：法国民间故事中的角色。

"哎呀，太差劲儿了。这房子真是太没品位了。不如赶快挂个招牌，写上'来来轩''内有烧麦销售'什么的。"

这就是直治第一次与我打照面时的寒暄语。

两三天前，母亲因舌头有毛病而躺在了床上。尽管从外面看并没有什么异样，但母亲说，只要稍微动一下就痛得难受，所以，吃饭也只能喝点稀粥。我说要不就去找大夫来看看，母亲却摇摇头，苦笑着说："会遭人笑话的。"

我给她涂了些复方碘溶液，但却毫不奏效，这让我莫名地焦虑。

正好这时，直治回来了。

直治进屋后来到母亲的枕边坐下，边点头示意，边说道："我回来啦。"

说完，他就站起身来，打量着这小屋子的四周。我跟在他身后，问道："怎么样？你觉得，妈妈变了吗？"

"变了，变了。人也憔悴得厉害。索性赶紧死了好。如今这样的世道，妈妈这样的人根本就活不下去。太惨了。简直不忍心看她。"

"我呢？"

"变得越来越粗鄙了。瞧你那副表情，好像身边有两三个男人似的。对了，有酒吗？今天晚上可得多喝几杯。"

我跑到村里唯一的那家旅店，对老板娘阿咲说，我弟弟回来了，求她分点酒给我。但阿咲说，不凑巧，酒刚刚卖光了。我回家告诉直治后，他顿时摆出一副我从未见过的、完全是陌生人的表情，说道："哼，都是因为你不会打交道，才这样的。"

他找我要了旅店的地址，穿着院子里的木屐就飞奔出门了，之后便一直没有回家来。我做了他爱吃的烤苹果和鸡蛋料理，还把饭厅的灯泡换成了更亮的，一直等着他。可等了很久也不见他的踪影，倒是阿咲从厨房门口探进头来。

她睁着那对鲤鱼般的大圆眼睛，活像出了什么大事似的，压低嗓门说："喂，不要紧吧？他正在我店里喝烧酒呢。"

"你说的烧酒，是那种甲醇酒吗？"

"不是，不是甲醇酒。"

"喝了不会得病吧？"

"不会的，不过……"

"那就让他喝吧。"

阿咲咽下一口唾沫，点了点头回去了。

我走到母亲身边，说道："听说他去阿咲那儿喝酒了。"

母亲一听，嘴角一撇，笑着说："是吗？那么说来，鸦片应该是戒掉了吧？你先吃饭吧。今晚，我们母子仨就睡这个房间吧。对了，把直治的被褥铺在中间。"

我好想哭。

夜深了，直治才拖着又重又响的脚步声回来。我们仨钻进一个蚊帐里睡了。

"直治，要不你给妈妈讲点南方的事吧？"我躺着说道。

"没啥好讲的。没啥好讲的。我全都忘了。到了日本后搭上火车，从车窗望出去，那些水田真是太漂亮了。没了，就这些了。把灯关了吧。开着我可睡不着。"

我关了电灯。夏夜的月光就如洪水般弥漫在蚊帐里。

第二天早晨，直治趴在睡铺上，边吸烟边眺望着远远的大海。

"听说您舌头痛，是吗？"

直治问道，那语气就像是这才注意到母亲身体欠安似的。

母亲只是微笑了一下。

"那病肯定是心理作用造成的。晚上，你准是张着嘴睡觉，对吧？这也太不注意了。干脆戴个口罩吧。用利凡诺浸尔液泡一下纱布，再把纱布塞进口罩里就行了。"

我听了不禁笑出声来。

"那是什么疗法呀？"

"这叫美学疗法。"

"不过，妈妈肯定不喜欢戴口罩啦。"

不光口罩，像眼带、眼镜一类戴在脸上的东西，母亲都一向不喜欢。

"妈妈，您会戴口罩？"我问。

"戴呀。"

听母亲这么认真地低声回答，我吃了一惊。看来，只要是直治说的话，她什么都肯相信和照办。

吃过早饭，我按直治刚才说的那样，把纱布放在利凡诺尔液里浸泡之后，做成口罩给母亲送去。母亲一声不响地接过口罩，就那样躺着，顺从地把口罩带子系在了双耳上。她那副模样就像一个小姑娘，让我涌起一阵莫名的悲哀。

午饭后，直治说要去见东京的朋友和文学上的老师，换上了正装，找母亲要了两千日元，就出发去了东京。这一走都快十天了，直治还没有现身。而母亲则每天戴着口罩，等待直治回来。

"利凡诺尔液，真是个好药。戴上这口罩，舌头的疼痛就消失了。"母亲笑着说。

我总觉得母亲是在撒谎。尽管她说她没事儿了，现在也可以起床了，但好像还是不大有食欲，话也明显少了，让我放心不下。还有，直治到底在东京干什么呢？想必正和那个名叫上原的小说家东游西荡，被卷入了东京那种疯狂的旋涡中吧。我越想越觉得痛苦和难受，以至于突然跟母亲提到蔷薇开花的事儿，还冒出了"都是因为我没有孩子吧"等自己也备感意外的奇怪话语。看来情况只会越来越糟。

"啊！"我叫着站起身来，但却没地方可去，甚至连身体都无处搁置，于是沿着楼梯摇摇晃晃地爬上去，走进了二楼的西式房间。

这里原本是安排给直治住的房间，四五天前，我跟母亲合计之后，就拜托下面农家的中井先生来帮忙，把直治的衣柜、书桌、书柜，还有塞满藏书和笔记本的五六个箱子，总之，也就是以前直治在西片町旧屋中的所有物品，一股脑儿都搬到了这里。我琢磨着，等直治从东京回来后，再按照他的意思重新摆放，而在那之前，就让这些东西胡乱地随意放着吧。这不，屋子里满地都散落着东西，几乎找不到落脚之处。我无意中从脚边的木箱中捡起直治的一本笔记本，只见封面上写着：

葫芦花日记

笔记本里到处都零乱地记录着下面的片段，貌似是直治因嗑药成瘾而备感苦恼时的手记：

有种被活活烧死的感觉。再怎么痛苦，也不能有一言半句的叫苦。这种旷古未有、史无前例的无底地狱，容不得欺瞒与掩饰。

思想？骗人的。主义？骗人的。理想？骗人的。秩序？骗人的。诚实？真理？纯粹？全都是骗人的。牛岛的紫藤，号称有千年树龄；熊野的紫藤，相传亦有数百年之树龄。据闻，其花穗前者最长为九尺，后者则五尺有余。而本人只对其花穗感到心动。

那亦是人之子。并活着。

逻辑，归根结底只是对逻辑的爱。而并不是对活着之人的爱。

金钱与女人，逻辑就会立刻羞涩地溜走。

历史、哲学、教育、宗教、法律、政治、社会，与这些学问相比，倒是一个处女的微笑更加弥足尊贵。这便是浮士德博士[①]大胆证实的结论。

所谓学问，不啻虚荣的别名。是试图让人变得不再是人的努力。

我甚至敢向歌德发誓。无论要我写出多么巧妙的文字，都不在话下。比如，通篇结构严谨，有着恰到好处的诙谐和催人泪下的悲哀，抑或尽显严肃，读起来令人肃然起敬。如此完美的小说，朗读起来就像是银幕上的解说词。这种东西真让我害臊，怎么可能写得出来？说穿了，那种杰作意识原本就是寒碜而龌龊的。想让人读一篇小说就肃然起敬，这不外乎是疯子的作为。如果是那样，作家就得穿上和服外褂来写作才行。事实上，越是优秀的作品，看起来反倒越是不装腔作势。只因想看到朋友发自内心的微笑，我才故意把一篇小说写得很糟糕，还佯装着摔

---

① 浮士德博士：指德国作家歌德著名长诗《浮士德》中的主人公。

了个屁股着地，边挠头边开溜。啊，那一刻朋友的表情有多么高兴啊！

文章够蹩脚，做人也够失败，居然吹着玩具喇叭给别人听，日本的头号傻瓜就在这里。你还算幸运的。祝你健康长寿！——我做着这样的祈愿。而让我做出这种祈愿的爱情，究竟是什么呢？

朋友摆出得意的面孔大发感慨：这正是那家伙的恶劣脾性，太可惜了。甚至不知道，自己是被爱着的。

是否存在着没有不端品行的人呢？

这样的人好乏味。

好想要钱。

否则

就让我在睡梦中死去吧！

在药店里欠下了近一千日元的债。今天，悄悄把当铺的掌柜带回家里，让他看看我房间里还有没有值钱的东西，如果有，那就拿去当掉好啦。我十万火急地需要钱。可掌柜压根就没有好好看房间，就说："还是算了吧，这些又不是你的家具。"

"好，那就只把我以前用零花钱买来的东西拿走好啦。"我虚张声势地说。

可事实上，在我收集来的一大堆破烂中，却没有一件是够格拿去典当的。

首先是一个单手石膏像。这是维纳斯的右手。一只大丽花般的手，洁白如雪的手。它就那么被摆放在一个底座上，如果仔细看会发现，这是维纳斯被男人窥见了全裸的身体，大惊失色，羞涩难掩，周身透着桃红色，扭动着滚烫身体时的手势。维纳斯赤裸着，那几近窒息的羞涩，透过指尖无指纹、手掌无纹路的一只雪白娇嫩的右手被无限哀切地表现出来，让我的心也痛苦不堪。可说到底，也不过是毫无使用价值的破烂而已。掌柜给它估价为五毛钱。

此外，还有巴黎近郊的大地图，直径约一尺的赛璐珞大陀螺，写出字来比丝还细的特制笔尖。想当初买的时候，每件都让我有如获至宝的感觉。可现在掌柜却笑着，说他这就起身告辞了。"等等！"我连忙拦住了他。结果，掌柜扛走了一大堆书，留给我的却是五日元"大洋"。我书架上的书，几乎全是便宜的文库本，而且都是从旧书店买来的，所以，价钱也就自然低得可怜。

我原本是想解决一千日元的债务，结果却只当了五日元。我在社会上的实力也就大致如此吧。这可不是能一笑了之的事儿。

颓废？可不这样，我就无法活下去。与那些说我颓废来谴责我的人相比，倒是直接诅咒我去死的人更值得我感激。这样才痛快。但人们却很少骂我去死。都是一些吝啬小气而又谨小慎微的伪善者。

正义？所谓阶级斗争的本质，并非在于正义。人道？开什么玩笑。我可是心如明镜。为了自己的幸福，就要打倒对方。杀死对方。这不是宣告对方"去死"，那又是什么呢？就别骗人了吧。但我们的阶级中，也没有什么像样的家伙。都是白痴、幽灵、守钱奴、疯狗、牛皮王，他们满嘴之乎者也，惯于从云上撒尿。

就连骂他们一句"去死"，也都不值。

战争。日本的战争，无异于自暴自弃。

因卷入自暴自弃而丢掉性命，我才不干呢。那还不如一个人孑然死去。

当人撒谎的时候，必定会摆出一本正经的面孔。瞧瞧近来我们那些领导人一本正经的面孔吧。呸！

我希望与不想受人尊敬的人们交往。

不过，那样的好人们却不屑与我来往。

我在人们面前伪装早熟，于是，人们就风传我早熟。我做出懒汉的模样，人们就风传我是懒汉。我装着写不出小说的样子，人们就风传我写不出小说。我佯装成说谎者，人们就风传我是说谎者。我伪装成有钱人，人们就风传我是有钱人。我装着很冷漠，人们就风传我是冷漠的家伙。可实际上，当我真的痛苦得发出呻吟时，人们却风传我是伪装痛苦。

总是南辕北辙，格格不入。

到最后，除了自杀，还有别的出路吗？

即便如此痛苦，也只能以自杀告终——想到这里，我不禁放声痛哭。

某个春日的早晨，朝阳照射着绽放有两三朵梅花的树枝。据说，一个海德堡的年轻学生就在那树枝上自缢而死了。

"妈妈，你骂我吧！"
"怎么骂？"
"骂我胆小鬼。"
"是吗？胆小鬼……这该行了吧？"
母亲慈爱无比。一想到母亲，我就想哭。就算是为了向母亲道歉，我也得死。

请饶恕我。就这一次，请饶恕我。

年年岁岁徒增长
雏鹤依旧两眼盲
待等羽翼丰满时
更觉悲哀满心房

（元旦试作）

吗啡 阿托罗摩尔 纳尔科蓬 鸦片全碱 巴比纳尔 班奥宾 阿托品①
何为自尊？所谓自尊……

---

① 以上罗列的均为镇静、镇痛、麻醉剂等药物的名称。

一个人，不，一个男人，如果不抱着"我很出色""我有很多优点"之类的想法，难道就活不下去吗？

讨厌别人，也被别人讨厌。

这是一场智慧的博弈。

严肃 = 愚蠢

总而言之，只要活着，就必定在干着骗人的勾当。

一封求人借钱的信。

"请回信。

请务必回信。

希望一定是个好消息。

我预想自己受到各种屈辱，正暗自呻吟。

并不是在演戏。绝对不是的。

求您了。

因为耻辱，我都快要死了。

绝不是夸大其词。

天天都在等待你的回信。不管夜晚还是白天，我都瑟瑟战栗。

请别把我推倒在地。

从墙壁上传来了窃笑声。深夜，我在床上辗转反侧。

请不要再让我蒙受羞辱。

姐姐！"

读到这里，我合上《葫芦花日记》，把它放回木箱里，然后走向窗边，将窗户完全打开，一边俯瞰着雨雾迷蒙的庭院，一边回想着那时候的往事。

时光荏苒，那以后已过去了六年。说来，直治染上毒瘾乃是造成我离婚的导火索。不，不能这么说。就算直治不染上毒瘾，我也肯定会因为某个其他契机而离婚的。我总觉得，这似乎是我生下来就已命中注定的结局。当时，直治因还不起药店的欠债而走投无路，常常缠着我要钱。而我刚嫁给山木先生，在经济上也不那么宽裕，再说，也觉得把婆家的钱悄悄拿去接济娘家的弟弟算不上体面，所以，就跟从娘家随我过来的阿关奶妈合计着，把我的手镯、项链，还有裙子都拿去变卖了。弟弟寄来一封"请给我钱"的信，还说，他眼下既难过又羞愧，简直没脸来见姐姐，也不敢打来电话，所以请我这个当姐姐的把钱交给阿关，让她送到京桥×街×号茅野公寓的小说家上原二郎先生那里。他说，我至少应该听说过上原的大名，虽然上原在社会上名声不佳，被人们说成是道德沦丧之人，可实际上绝非如此，叫我大可放心地交给上原先生。收到钱后，上原会马上打电话通知他的，希望我一定照办。他说，他这次染上毒瘾，实在不想让母亲知道，所以，打算趁母亲尚未发现之前设法把毒瘾戒掉。还说，这次拿到姐姐的钱之后，就用它去悉数还清药店的欠债，然后去盐原的别墅，等身体康复后才回来。他还说，真的，要是把药房的债还清了，他就金盆洗手，再也不碰麻药了。他说，他可以朝天发誓，要我一定相信他，并向妈妈保密，求我派阿关去找茅野公寓的上原先生。信上的内容大体如此，于是我按照他的吩咐，让阿关把钱悄悄送到了上原先生的公寓。谁知弟弟在信上的誓言全是一派谎言，最终，他根本就没有去盐原的别墅，反倒是毒瘾越来越大。在缠着我要钱的信中，他每次都用近于悲鸣的痛苦笔调，发誓说他这次一定要戒掉毒瘾，其语气哀切得让人不忍卒读。我明知道也许是又一个谎言，但却忍不住还是让阿关去卖掉胸针之类的东西，将换来的钱送到上原先生的公寓去。

"上原先生，是个什么样的人呢？"

"是个矮个子，脸色很糟糕，还一副傲慢冷漠的样子。"阿关回答道，"不过，他很少待在公寓里。大都只有他夫人和一个六七岁的女孩子两个人在。那位夫人虽说长得不怎么漂亮，但看起来却很和蔼，也很有教养的样子。把钱交给那位夫人，倒是挺放心的。"

那时候的我与现在相比，不，压根就没法相比，完全就是判若两人，是个稀里糊涂的乐天派。可即便如此，随着弟弟一次次地缠着我要钱，而且金额越来越大，也还是禁不住担心起来。一天，在看完能剧回家的途中，我在银座就把车子打发回去，一个人步行着去拜访了茅野公寓。

上原先生一个人在房间里读着报纸。他身穿条纹夹衣，外披一件藏青色的碎白花外褂。看不出是年轻还是年迈，俨然就是一只从未见过的怪兽。这便是他留给我的有些奇怪的第一印象。

"内人和孩子……刚才去……领配给品了……"

他带着鼻音，断断续续地说道。他可能把我当成了他夫人的朋友。我解释说，我是直治的姐姐。这时，上原先生"哼"的一声笑了起来。我一下子被他笑懵了，情不自禁地打了个冷战。

"出去走走吧。"

说着，他披上和服外套，从木屐箱里拿出一双新木屐来穿上，沿着公寓走廊，很快就先我一步走了出去。

外面是初冬的夕暮。寒风料峭，貌似是从隅田川刮来的河风。

上原先生就像是逆风而行似的，微耸着右肩，一声不响地朝筑地方向走去。我一路小跑着，跟在他身后。

他进了东京剧场背后大厦的地下室。在大约二十铺席的细长房间里，有四五组客人正各自围着桌子，悄无声息地喝着酒。

上原先生用酒杯喝起酒来，还给我也要来一个酒杯劝我喝酒。我用那酒杯喝了两杯，但却没什么感觉。

上原先生在那儿喝着酒，抽着烟，一直沉默不语。我也一声不吭。到这种地方来，我还是生平第一次。但我却沉静自若，感觉很惬意。

"光喝点酒什么的，倒还没关系……"

"哎？"

"不，我是说你弟弟。如果能换成酒精就好啦。我过去也曾染上过毒瘾，人们对此可是谈虎色变。其实，酒精也一样，但人们对酒精却意外地网开一面。既然如此，那就让你弟弟变成酒鬼吧。这样行不？"

"我呀，曾看见过一个酒鬼。那是在新年我准备出门的时候，我家司机的一个熟人坐在副驾驶席上，满脸通红，一副鬼样，还呼呼地打着鼻鼾。我吓得大叫起来。司机告诉我说，这是个酒鬼，拿他没辙。说着，就把他从车上弄下来搭在肩上，不知给扛到哪里去了。那酒鬼的身体瘫软着，就像没有骨头似的，可嘴里还在咿咿唔唔地咕哝着。这是我第一次看到酒鬼，觉得还挺有趣的。"

"其实，我也是个酒鬼呢。"

"不，不会的。根本就不一样，对吧。"

"要知道，你也是个酒鬼呢。"

"怎么可能呢？因为我亲眼见识过酒鬼。完全不一样。"

上原先生这才乐得笑了起来。

"这么说来，你弟弟或许也当不了酒鬼吧，不过，还是先当个喝酒的人好。我们回去吧。晚了，你不方便，对吧？"

"不，没关系的。"

"不，实际上是我觉得很拘束，都快受不了了。大姐，算账！"

"是不是很贵呀？钱不多的话，我倒是带了点。"

"是吗？那就你来付吧。"

"不过，说不定不够呢。"

我看了看钱包，告诉上原先生，自己身上带了多少钱。

"有这么多钱，再喝两三家都够了。你在耍我吗？"上原先生皱着眉头说，然后笑了。

"还要上哪儿去再喝吗？"

听我这样一问，他一本正经地摇着头，说："不，已经喝得够多了。我给你叫一辆出租车，你回去吧。"

我们沿着地下室的昏暗楼梯向上爬去。快我一步的上原先生走到楼梯的一半时，突然转身对着我，飞快地吻了我一下。我双唇紧闭着，接受了这个吻。

尽管说不上特别喜欢上原先生，但从那时起，我竟有了这么一个"秘密"。上原先生咯噔咯噔地顺着楼梯跑了上去，而我却怀着一种很奇妙的透明心情，慢慢地爬将上去。一出到外面，河风便拂面而来，顿时感到神清气爽。

上原先生给我叫了辆出租车，我们默默地告别了。

我的身体随着汽车摇晃着，感到世间蓦然变得像大海般开阔。

"我有情人呢。"

有一天，当丈夫对我恶语相向时，我忽然觉得好凄凉。冷不防，就从嘴里冒出了这句话。

"我知道，是细田，对吧？怎么也不肯死心吗？"

我没有说话。

每次我们夫妻间有什么不愉快的事情发生时，这个问题就会被搬出来理论一番。我寻思着，这么下去已经是不可挽回了。就好比做裙子时裁错了布料，又不能将裁错的布料再缝合起来，只好全部扔掉，不得不再找一块新布料来重新剪裁。

"莫非你肚子里的孩子，也是……"

有一天，丈夫说出了这句话，听得我胆战心惊，周身战栗。如今回想起来，我和丈夫那时都还太年轻。我既不知何谓"恋"，也不懂何谓"爱"。我迷上了细田先生的画，逢人就说："要是能成为细田先生的妻子，不知会过上多么美妙的日常生活。若是不能和他那样趣味高尚的人结婚，那结婚就毫无意义可言。"正因为如此，自然就引起了大家的误解。尽管如此，我还是对什么是"恋"和什么是"爱"懵然不知，却满不在乎地到处宣称自己喜欢细田先生，也不打算撤回这些言论，结果把事情弄得格外复杂，就连我腹中的胎儿都成了丈夫怀疑的对象。虽然双方谁都没有提到过"离婚"二字，可不知不觉中，我却遭到了周围人不明不白的冷眼，于是，我索性带着一起过来的阿关回了娘家。那以后，我生下了死婴，因生病而卧床不起，与山木之间也就此断绝了联系。

或许是从我的离婚中感到了某种近于责任的东西吧，直治说了句"让我去死吧"，就哇哇哇地大哭起来，直到哭得不成人样。我问弟弟，现在他究竟欠了药店多少债，他说出来之后吓了我一跳。而且事后我才得知，弟弟并没有说出真正的金额，而是谎报了一个数字。后来实际查明的欠债总额，乃是弟弟所报金额的三倍之多。

"我，去见了上原先生呢。人不错哦。今后，你就和上原先生一起去喝酒和玩乐得了。酒不是很便宜吗？如果只是酒钱的话，我随时都可以给你的。关于偿还药店的欠债，你也不要担心，总会有办法吧。"

我说自己去见了上原先生，还说上原先生人不错，这似乎让弟弟很高兴。那天晚上，弟弟从我这里拿了钱，立马就去找上原先生了。

毒瘾，或许就是一种精神上的疾病。我赞扬上原先生，并让弟弟借给我上原先生的著作来阅读，当我称赞上原先生是个了不起的人时，弟弟却说："姐姐怎么可能理解他呢？"虽说如此，他还是一脸高兴地给我推荐上原先生的其他作品，说道："那你读读这个。"不久，我也开始一本正经地阅读起上原先生的小说，和弟弟俩天南地北地聊起上原先生的闲话了。弟弟几乎每天晚上都要理直气壮地去上原先生那里，貌似渐渐按照上原先生的计划转向了酒精。关于药店的欠债，我悄悄找母亲商量时，母亲用一只手掩住脸颊，一动不动地想了一会儿，然后仰起脸来，有些落寞地笑了，说："想也没用，不知要花多少年，但也只能每月一点一点地偿还吧。"

那以后，已是六年过去了。

葫芦花。啊，弟弟也肯定很痛苦吧。前方已无路可走，或许他至今也想不明白，该如何是好。只有每天抱着死的信念使劲喝酒吧。

不如横下心来，当一个货真价实的恶棍？这样一来，弟弟反而会变得轻松一些吧。

是否真有不是恶棍的人呢？——那本笔记本上就这样写着。一且被这样追问，不禁觉得，我也是恶棍，舅舅也是恶棍，母亲也是恶棍似的。所谓恶棍，难道不就是指善良的人吗？

四

是该写封信呢？还是做点其他的什么？我踌躇了很久。但今天早晨，我突然想起了耶稣的教诲："要灵巧像蛇，驯良像鸽子。"①于是，我竟奇怪地来了精神，决定写信给您。我是直治的姐姐。也许您已经忘了。如果忘了，就请回想起来吧。

这阵子直治又去打搅您，似乎给您添了很多麻烦，真是抱歉。（不过，说真的，直治的事儿该由直治自己来处理，由我越俎代庖地写信道歉，总觉得有些滑稽可笑。）今天，不是因直治，而是我自己的事儿有托于您。听直治说，自京桥的公寓遭灾后，您就迁居到了如今的住所，本想去拜访远在东京郊外的府上，但因母亲近来身体小恙，很难撇下母亲前往东京，所以就决定写信相求了。

我有件事想咨询您。

我想咨询的这件事，从旧时《女大学》②的立场来看，或许属于非常奸诈、龌龊，且性质恶劣的犯罪，但我，不，是我们，照这样下去，根本就活不了了。您是弟弟直治在这个世界上最尊敬的人，所以，我才想到向您毫无保

---

① 见《圣经·新约全书·马太福音》第10章第16节。

② 盛行于江户时代的女子训诫书，但作者不详，一说为儒学家贝原益轩所著。

留地敞开心扉，并请求您给予指点。

我已经无法忍受现在的生活。这已不是喜欢或讨厌的问题，而是照此下去，我们母子仨已经活不下去了。

昨天也是痛苦难挨，身体发烧，呼吸困难，不知如何是好。正午刚过，下面农家的姑娘就冒着雨，给我们背来了一袋米。我也按照约定给了她一些衣物。姑娘在饭厅里和我相对而坐，一边喝茶，一边用很现实的口吻说："你这么变卖家产，究竟还能维持多久啊？"

"半年吧，顶多也就是一年。"我用右手遮住半爿脸，回答道，"真困啊。困得都熬不住了。"

"说明你太累了。大概是神经衰弱吧，就是一累就犯困的那种。"

"或许吧。"

我的眼泪差一点就夺眶而出。突然间，我的脑海中浮现出两个词语：现实主义和浪漫主义。对于我而言，现实主义是不存在的。我这样还能活下去吗？一想到这里，周身感到一阵寒意。母亲是半个病人，有时卧床，有时起来，而如您所知，弟弟又是个精神上的重病人。在这里时，他每天都要到附近一家兼做旅店的餐馆去喝烧酒，并拿着变卖我们衣物的钱，三天一次地往东京跑。不过，痛苦的事情还不是这些。我清晰无比地预感到，犹如芭蕉叶还来不及落地便已枯烂一样，自己的生命在这种日常生活中还来不及动弹便已自动地腐败下去。我觉得很害怕，害怕得不堪忍受。所以，就算是有违于《女大学》的训诫，我也一定要从眼下的生活中逃遁出去。

因此，我想咨询您一下。

现在，我想跟母亲和弟弟挑明，我早就爱慕着一个人，想在将来做他的情人，跟他一起生活。我要把这个事实明确告诉母亲和弟弟。而那个人，您也应该是认识的。他名字的首个字母缩写为 M.C。老早前，只要遇到什么痛苦的事情，我就想飞到 M.C 的身边去。这想法强烈得几乎要了我的命。

M.C 和您一样，也有妻室儿女。而且，似乎还有比我更漂亮和年轻的女性朋友。但除了去投奔 M.C，我已找不到其他的生路。尽管我还不曾见到过 M.C 的夫人，但貌似是一个温柔善良的人。一想到那位夫人，我就觉得自己是一个可怕的女人。但与此相比，我觉得自己眼下的生活更加可怕，根本无法克制住想投奔 M.C 的想法。是的，我也想"要灵巧像蛇，驯良像鸽子"地去成就自己的恋情，不过，我母亲和弟弟，还有世上的人们，谁都不会赞同我吧。您呢？说到底，我还是只能独自思考，独自行动。想到这里，我不禁潸然泪下。因为这是我生平第一次这么做。这件困难的事情，难道就不能在周围人的祝福中去实现吗？就像在思考一道复杂的因式分解题的答案一样，我殚思竭虑，总觉得存在着一个借助它便能迎刃而解的线头，以至于蓦然变得快活起来。

不过，最重要的是 M.C，他是如何看待我的呢？想到这里，我就一下子打蔫了。说来，我不就成了自己送上门的——怎么说呢？就是所谓送上门的情人吧。归根结底，就是这么回事吧。因此，如果 M.C 说一声不愿意，那便也就此完蛋了。所以，我求您了。请您代我问问那个人。六年前的某一天，我的胸口上悬挂起了一道淡淡的彩虹。那既不是恋，也不是爱。但随着岁月的流逝，那道彩虹的色彩变得越来越鲜艳，到今天为止，我从不曾迷失过它。骤雨后悬挂在晴空中的彩虹，不久就会虚幻地消失而去，但悬挂在心中的彩虹却不会消失。请替我问问那位先生。他究竟是如何看待我的？是当作雨后天空中的彩虹吗？而且是早已消失了的东西？

如果是那样，我就必须得抹去我心中的彩虹。但是，如果不事先抹去我的生命，那我心中的彩虹是不会消失的。

期盼您的回信。此致

上原二郎先生（我的契诃夫。My Chekhov。M.C.。）

我近来正一点点地发胖。与其说我变成了一个动物性的女人，不如说变得越来越像人了。这个夏天，我只读了一本劳伦斯的小说。

您没有回信，所以我就又写了一封信给您。之前的那封信中，充满了狡黠的、毒蛇般的奸计，想必被您一一识破了吧。说真的，我在那封信的每一行字里都极尽了狡黠之能事。最终您一定觉得，那封信只有一个意图，就是想找个靠山来维持生计，从您那里骗点钱而已吧。对此我并不否定，但如果我只是想找个经济上的靠山，对不起，我不必特意选择您。宠爱我、乐于照顾我的有钱的老人似乎大有人在。实际上，前不久就有人给我提了一门滑稽的亲事。对方的名字，说不定您也知道，是个六十多岁的单身老头，还是艺术院的会员什么的，反正就是这么一个大师，居然为了娶我而专程来到了这个山庄。这个大师住在我们以前西片町那个家的附近，算是有"邻组"①的缘分，也曾偶尔见过面。还记得某个秋天的傍晚，我和母亲两个人驾着汽车从那位大师家门口经过，当时他正独自伫立在家门口发怔。母亲透过车窗向大师点了点头，只见大师那总是板着的黝黑面孔霎时变得比枫叶还红。

"会不会是在恋爱？"我闹腾着打趣地说道，"没准他喜欢妈妈吧。"

"不，他可是个了不起的人呢。"母亲镇静地说道，就恍如是在自言自语。说来，尊敬艺术家堪称我们家的家风。

那位大师的夫人几年前过世了，他找到和田舅舅的好友，一个自诩精通谣曲的皇族，拜托他牵线搭桥来向我母亲提亲。母亲让我按照自己的意思直接给大师回复，而我压根就没有细想，因为不喜欢，就直截了当地写道：眼下我还没有结婚的意愿。

"我可以拒绝对方吧？"

"当然可以……其实，我也琢磨着，这事不合适。"

当时，大师是住在轻井泽的别墅里，我就把回绝信寄到了别墅那里，不料第二天，信还没到，大师突然就到我们山庄来了，说是在伊豆温泉有工作要做，途中就顺道来了，自然对我的回复一无所知了。所谓的艺术家，不管年

---

① 邻组：日本二战期间为控制国民而设立的一种地区基层组织，以十户为一组。

纪有多大，似乎都会有这种孩子气的任性之举。

母亲因为身体抱恙，就由我出门来接待他。在中式房间里，我给他端上茶，说道："我那封辞谢的信函，想必现在已到了轻井泽吧。是我深思熟虑后写给您的。"

"是吗？"他语气有些慌乱地说道，还一边擦拭着汗水，"不过，能不能请您好好考虑一下。该怎么说呢？也许我不能从所谓精神上给予您幸福，但作为补偿，在物质上却尽可以让您得到幸福，这一点我可以明确言之。尽管这话说得直白了点……"

"您所说的幸福，我不是太懂。请原谅我出言不逊。契诃夫在给他妻子的信中这样写过：'请给我生一个孩子，生一个我们的孩子。'尼采的随笔中也有这样的说法：'想让女人生个孩子'。是的，我想要孩子。幸福什么的，怎么着都无所谓。有钱固然好，但只要够我抚养孩子，就已经心满意足了。"

大师露出了有些怪异的笑容，说道："你真是个与众不同的人。无论对谁都能直截了当地说出自己的看法。和你这样的人在一起，没准也会给我的创作带来新的灵感吧。"

他居然说了这么一句矫情的话，完全与其年龄不相称。倘若我真有力量让一个伟大的艺术家在创作上返老还童，那无疑是很有价值的事情，但我却怎么也不敢想象大师抱着我的样子。

"即便我对您没有恋爱的感觉，也行吗？"我笑着问道。

"女人这样子就行啊。女人迷糊点也行的。"大师一本正经地回答道。

"可像我这样的女人，没有恋爱的感觉，还是不会考虑结婚的。要知道，我已经是个大人了。明年就满三十岁了。"

一说完，我便不由得想捂住嘴巴。

三十岁。直到二十九岁，女人都还残留着少女的气息。可三十岁的女人身上，少女的气息却已荡然无存。我突然想起，以前读过的法国小说里就有这样的说法，不禁被一种难以忍受的落寞感裹挟住了。朝外面一看，大海沐浴着正午的阳光，宛如玻璃碎片般在熠熠闪光。记得阅读那篇小说时，我认为此话还算有理，但也就一翻而过了。我好怀念那样的时代，能够满不在乎地认定，女人的生活到三十岁就宣告结束了。随着手镯、项链、衣服、腰带等一件件饰物从我身边消失而去，或许我身体上的少女气息也会一点点地淡化消隐吧。寒碜的中年女人。哎呀，真讨厌。就算中年女人的生活，也照样是女人的生活呀。近来，我逐渐明白了这一点。我记得有个英国女教师回英国之际，曾对十九岁的我这样说："你可别谈恋爱哟。你一谈恋爱，就会落入不幸的。如果要谈恋爱，也要等再长大一点再说。三十岁以后再谈吧。"

听了这话，我脑子里一片茫然。因为对于当时的我来说，三十岁以后的事根本就无法想象。

"风闻你们要卖掉这个别墅……"大师冷不丁这样问道，脸上是不怀好意的表情。

我笑了。

"对不起，我想起了《樱桃园》①。您是要买下来吗？"

不愧是大师，似乎已敏锐地听出了我的话外之音，有些恼怒地撇着嘴沉默了。

事实上，的确有个皇族提起过，愿意出五十万新日币买下这房子来居住，但很快就不了了之了。想必大师也风闻了这件事吧。不过，被我们看作是跟《樱桃园》中的商人罗巴辛一样的人，这让他难以接受，以至于彻底坏了兴致，所以又闲聊了几句之后，他就回去了。

现在我求您的，并不是做一个罗巴辛。这一点可以明白告诉你。只是想请您接纳一个送上门的中年女人。

我第一次见到您，已是六年前的事了。那时候，我对您这个人一无所知。只觉得您是弟弟的老师，而且是个有点坏的老师。那天我们一起喝了几杯酒之后，您不是还使了个小坏吗，对吧？但我并没有放在心上，只觉得一身出奇的轻松。对您说不上喜欢，也算不得讨厌，没什么特别的感觉。那之后，为了讨弟弟高兴，我从弟弟那里借来您的著作开始阅读，觉得有的有趣，有的没趣，算不上一个热心的读者，但六年间，不知从什么时候起，您就像云雾般渗透进了我的心胸。那天夜里，在地下室的楼梯上，我们俩做的事儿也栩栩如生地浮现在我脑海里，我觉得那成了决定我命运的重大事件，对您的思慕之情也油然而生。可一想到或许这就是恋爱，我不禁觉得好担心好无助，竟

---

① 契诃夫的剧本，描写一个没落贵族的夫人出于无奈把自己的樱桃园卖给一个名叫罗巴辛的暴发商人。

一个人抽抽搭搭地哭了起来。您和其他男人完全不同。我并不是像《海鸥》①中的妮娜那样，爱上了一个作家。真的，我仰慕的并不是小说家什么的。如果您认为我是一个文学少女，我也会感到困扰的。我只是想要一个您的孩子。

如果很久以前，当您还是单身，而我也尚未嫁到山木家的时候，便邂逅了您，并和您结成夫妻的话，或许我也就不必像今天这样痛苦了吧。但我已断绝了与您结婚的念头，知道那是不可能的。一把推开您的夫人，这无异于寡廉鲜耻的暴力，才不是我愿意干的事。哪怕当个小妾（尽管我不想用"小妾"这个词，毋宁说讨厌得不得了，但就算换成"情人"这个词，通俗地说，不也跟"小妾"没什么两样吗？所以，我要直接用这个词）也没关系。不过，说到世上普通的小妾，似乎生活得很不容易呢。人们常说，小妾就跟东西一样，用完就丢。到了近六十岁时，无论什么样的男人都会回到正房身边去的。所以，我曾听到西片町的老仆和奶妈在一起说，小妾可是千万做不得的。不过，那是世上普通小妾的遭遇，而我总觉得，我和您的情况另当别论。我觉得，对于您来说，最重要的还是您的工作。而且，倘若您喜欢我的话，两个人相亲相爱，也有益于您的工作吧。那样一来，您夫人也会认可我们的关系了吧。尽管有点强词夺理的意味，但我不认为自己的想法有什么错误。

问题只在于您的答复。究竟是喜欢我，还是讨厌我，

---

① 契诃夫的剧本，描写了乡村富家少女妮娜的爱情理想和遭遇。

抑或什么感觉都没有？虽然很怕很怕得知您的答案，但却又不能不打探明白。上一封信中，我写了"送上门的情人"，这封信中我又写了"送上门的中年女人"，但此刻回头细想，如果没有您的回信，就算我自个儿想送上门来，也找不着头绪，只能一个人枉自发怔，越发憔悴。是的，您不开口说点什么，那怎么成呢？

我猛然想到一件事情，您在小说中写了大量恋爱冒险记之类的东西，尽管您在社会上被风言风语地说成是大恶棍，但实际上却只是一个遵守常识的人，对吧？我不懂什么常识，只要能做喜欢的事情，我觉得那就是精彩的生活。我想生一个您的孩子。而说到生其他人的孩子，无论发生什么，我都绝不愿意。所以，我来找您商量。要是理解了我的意思，就请您给我回信。请明确告诉我您的想法。

雨停了，风刮了起来。此刻是下午三点。待会儿我就去领配给的一级酒（六合）。我会把两个朗姆酒瓶放进袋子中，再把这封信塞进胸口的荷包里，等十分钟之后就出发去下面的村子。这酒我不会给弟弟喝的。它是和子喝的酒。每天晚上，我都要用玻璃杯小酌一杯。说真的，酒还是用玻璃酒杯来喝才好。

您不想来这里一趟吗？

此致

M.C 先生

今天又下雨了。下着那种肉眼看不真切的迷蒙细雨。我每天都不外出，只是等着您的回信。可直到今天为止，都没有任何讯息。您到底是如何想的？上封信中我提到了那个大师，或许不应该吧？没准您会认为，我是故意提到相亲的事儿，为的是挑起您的竞争心吧？不过，那门亲事已经彻底了结了。刚才我还在与母亲笑着说起这事儿呢。不久前，母亲说她舌尖发疼，在直治的劝说下，采用了所谓美学疗法。多亏这种疗法，她舌尖的疼痛已经消除，精神也稍微好些了。

刚才我伫立在套廊上，眺望着被风吹得直打旋涡的雾雨，猜度着您的想法。

"牛奶煮好了，快来喝呀。"母亲从饭厅叫我道，"天冷了，所以我特意给煮得烫一点。"

我们在饭厅里一边喝着热气腾腾的牛奶，一边聊着前几天大师的事儿。

"那位先生压根儿就跟我不般配，对吧？"

"对，不般配。"母亲平静地说道。

"我这么一个爱耍性子的人，其实并不讨厌艺术家，再说，好像那位先生收入也很丰厚，所以，要是和他结婚了，我觉得也蛮不错的。可我就是不愿意。"

母亲笑着说："和子真是个坏孩子。明明那么不愿意，可前一阵子还和那位先生高高兴兴地慢聊了半天呢。你的想法，我真是搞不懂。"

"哎呀，聊起来真的蛮有趣的。我还想和他再海阔天空地多聊聊呢。我是不是不够检点呀？"

"不，是你太黏人了。和子真黏人。"

母亲今天精神特别好。

看见我昨天才第一次梳的高髻，母亲说："高髻这种发型，适合头发少的人梳呢。你的高髻梳得太夸张了，真想给你头上戴个小金冠试试。算是败作吧。"

"我呀，好失望呢。可妈妈有次不是说过，和子的脖子又白皙又漂亮，梳头时要尽量把脖子露出来吗？"

"你就只记得这种事。"

"哪怕别人稍微赞扬我一句，我也一辈子都忘不了。因为记住它们，让我更快乐啊。"

"前不久，那位先生也赞扬你什么了吧？"

"是呀，所以才黏着他说了那么多话的。他说跟我在一起就会有灵感……哎呀，真让人受不了。虽然我并不讨厌艺术家，但像他那样摆出人格高尚者的样子装腔作势，我可是再怎么也喜欢不上的。"

"对了，直治的老师是个什么样的人啊？"

我紧张得脊背一阵发凉。

"尽管不是很了解，但好歹是直治的老师。貌似是个被贴了标签的恶棍呢。"

"被贴了标签？"母亲露出愉快的眼神嗫嚅道，"这可是一个有趣的说法。既然被贴了标签，不是反而更安全更无害了吗？就像脖子上挂着铃铛的小猫一样可爱吧。倒是没有被贴标签的恶棍，才更可怕。"

"也许是吧。"

我好兴奋，兴奋得如同整个身子化作了青烟，被一股脑儿吸上了天空。您知道吗，我为什么很兴奋？如果您都还不明白……我可要揍您了哟。

您真的不打算过来一趟？由我吩咐直治带您过来，总觉得不自然，有些怪怪的。不如您假装趁着酒兴，顺道路过这里。由直治陪着来也行，但尽可能是您独自前来，如果是那样，就请您趁直治去东京不在家的时候来吧。直治在的话，他肯定会缠住您，把您拽到阿咲那里去喝烧酒，搞得事情不了了之。我们家，貌似祖祖辈辈都一直喜欢艺术家。那个名叫光琳①的画家，过去也曾在我们京都的家里逗留过很长时间，在隔扇上画过漂亮的画。所以我想，母亲也肯定会因您的到来而高兴的。想必会安排您睡在二楼的西式房间吧。请别忘了关灯。我会用一只手拿着小小的蜡烛，顺着黑暗的楼梯爬上去……这样不行吗？这样说还是太早了吧。

我喜欢恶棍。而且是贴了标签的恶棍。我也想变成一个贴了标签的恶棍。总觉得，除此再也找不到其他的活路。您是日本头号被贴了标签的恶棍吧。最近听弟弟说，又有很多人在憎恨您，攻击您，说您肮脏无耻，而我反倒越发喜欢上您了。您这样的人，肯定有不少女人簇拥着，但不久您就会逐渐只喜欢我一个人吧。不知为什么，我就是忍不住会这样想。而且，您和我一起生活，每天都会愉快地投入到工作中吧。从小时候起，就一直有人对我说："和你在一起，就会忘记辛劳。"我还不曾有被人厌弃的经历。大家都说我是一个好孩子。所以我想，您也不可能

① 尾形光琳（1658—1716），江户时期出生于京都的日本画家，其画风自成一体，有"光琳派"之称。作品有《竹梅图》《杜鹃花图》《燕子花图屏风》等。

讨厌我。

　　我们见个面好啦。如今已不需要回信或者别的。我想见您。我跑到东京去您府上拜访，或许是最容易见到您的吧，但眼下母亲已经是半个病人，我就是她的贴身护士兼女佣，所以这办不到。拜托您了。求您到这里来吧。我就想看您一眼。而只要见了面，一切都在不言之中了。请看看我嘴角两侧出现的小小皱纹吧。看看这凝聚了世纪悲哀的皱纹吧。比起我的任何语言，倒是我的脸更能清楚无误地告诉您我心中的想法。

　　在我写给您的第一封信中，写到了悬挂在我心中的那道彩虹，不过，它并非像萤火虫的荧光或夜空的星光那样优雅而美丽的东西。如果是那种淡泊而悠远的思绪，我就不会如此痛苦，并能渐渐把您忘怀了吧。我心中的彩虹，乃是一道燃烧着火焰的桥。是足以烧焦我胸膛的情感。即便毒品上瘾者在毒品断货而又毒瘾发作时，也没有我这么难受吧。尽管我知道自己并没有错，也没做什么邪恶之事，但有时也会突然冒出这样的思虑：我是不是正在做一件非常愚蠢的事情。这想法让我毛骨悚然。我甚至经常反省，自己是不是陷入了疯狂的状态？可是，我也有自己冷静计划的事情。真的，请您到这里来一趟吧。什么时候来都行。我哪里也不去，一直等着您。请相信我吧。

　　让我们再见一次面吧。到时候，如果您不愿意，就明说好啦。我心中的烈火是被您点燃的，所以，就请您来浇灭它吧。凭我一己之力，是怎么也熄灭不了的。总之，只要见了面，见了面，我就得救了。如果是回到《万叶集》

或《源氏物语》的时代，我所说的这一切都不在话下。我的愿望，就是成为您的爱妾，成为您孩子的母亲。

如果有人嘲笑这封信，那么，他就是在嘲笑女人求生的努力，在嘲笑女人的生命。我再也无法忍受港口那令人窒息的凝重空气。即便港口外面肆虐着狂风暴雨，我也要扬帆启航。歇着的风帆，无一例外都是肮脏的。什么都做不了。

真是个麻烦的女人。但为此而最痛苦的人，是我。旁观者们对这个问题毫无苦恼，他们让船帆丑陋而无力地歇息在沙滩上，却对此问题进行猛烈的抨击，真是荒唐可笑。请不要随意把我说成是什么什么思想。我是无思想的人。我从未按照思想和哲学来采取行动。哪怕一次也没有。

被世间称之为好人而受到尊敬的人，全都是撒谎者，都是赝品。我深知这一点。我从不相信这个世间。唯有贴有标签的恶棍，才是我的伙伴。贴着标签的恶棍。纵然被吊在那个十字架上钉死，我也在所不惜。就算遭到万人的谴责，我也会一个个回击道：你们不是比贴有标签的恶棍更危险的恶棍吗？

您能理解吗？

恋爱是不需要理由的。我似乎太咬文嚼字了。同时又觉得，是在模仿弟弟的口吻说话。我只是等着您的到来。再见一次面吧。仅此而已。

请等等。啊，在人的生活中，尽管有着喜怒哀乐等各种情感，但它们都不过是仅占人类生活百分之一的情感。而剩下的百分之九十九，不就只是在等待中度过吗？我心急如焚，迫不及待，等待着从走廊上传来幸福的足音。可什么都没有。啊，所谓人类的生活，真是太过凄惨。大家都觉得，还是没有生下来的好。而这就是现实。每天从早到晚，都在徒劳地等待着什么。太悲惨了。我希望自己可以说，生下来真好，我要愉悦地享受生命、人，还有这世界。

您就不能冲破道德的阻碍吗？

此致

M.C（这可不是 My Chekhov 的第一个字母。我爱慕的并不是作家。这是 My Child[1]的缩写。）

五

今年夏天，我给一个男人寄去了三封信，但都石沉大海。再怎么想，都觉得找不到其他的生路，我才在三封信中写下了自己内心的想法。我是怀着从海角的悬崖上纵身跳进大海的心情，把那些信投进邮筒的。可无论怎么等待，都杳无回音。我不露声色地向弟弟直治探听那个人的情况，据说他一切如故，没有变化，每天晚上照样到处喝酒，越发净写些违反道德的作品，遭到了社会上正人君子们的厌弃和憎恨。他还动员直治涉足出版业什么的，对此直治也颇有兴趣，打算除那个人之外，再聘请两三个小说家来担当顾问，而且也真有人愿意给直治出资等等。从直治的话语听来，在我爱慕的

---

[1] 英文，意为"我的孩子"。

那个人身边完全嗅不到一丁点我的气息。我与其说觉得羞愧，不如说感觉到，这个世间与我想象的世间俨然是截然不同的另一种奇怪生物，唯有我遭到了它的抛弃。不管我怎样拼命呼救，周围都没有任何反应。我仿佛不得不伫立在秋日黄昏的旷野里，任凭从未咀嚼过的凄凉感向我席卷而来。这就是所谓的失恋吗？当我就这样呆立在旷野中的时候，太阳已经彻底落山了。我除了被冻死在夜露中，找不到其他办法。想到这里，我欲哭无泪，双肩和胸口剧烈地颤抖着，连气都喘不过来。

既然如此，我无论如何都要到东京去与上原先生见上一面。要知道，我的船帆早已高高扬起，驶向了港口外面。我不可能再驻足不动，必须前往要去的地方。就在我偷偷下定决心去东京时，母亲的身体状况却突然恶化了。

一天夜里，母亲咳嗽得厉害，我给她量了量体温，结果竟然有39度。

"都是因为今天天冷吧。到了明天，就会好的。"母亲边咳嗽边小声说道。

不过，我总觉得，这次不像是普通的咳嗽，便暗自打定主意，明天去请下面村子的大夫来看看。

第二天早晨，母亲的体温降到了37度，咳嗽也消停了许多，即便如此，我还是到村里的大夫那里，告诉他母亲这阵子突然变得虚弱，昨晚开始又咳嗽又发烧，怀疑不是一般的感冒，请他出诊来检查一下。

大夫说，那我过一会儿就去。接着，他从客厅一角的橱柜里拿出三个梨子给我，说这是别人送给他的。正午刚过，大夫就穿着白底蓝花纹的夏衫来诊断病情了。像往常一样，他开始仔细地检查，又是听诊又是叩诊，花了很长时间。然后他转身对着我，说道："不用担心。服药以后，就会好的。"

我莫名地觉得很好笑，只好强忍着说道："要不要打针？"

"才没那个必要呢。因为是伤风感冒，只要静养一阵子就好了吧。"

但母亲的高烧过了一周都没有减退。虽然咳嗽是止住了，但早晨的体温还有 37.7 度，而到傍晚后更是升到了 39 度。不巧的是，从第二天起，大夫就因拉肚子而停诊了。我去拿药时告诉护士，母亲的状态还是很糟糕，并请她转告大夫，结果她只回答说，就是普通的感冒，不用担心，给了我一点药水和药粉就完事了。

直治依旧在东京，已有十几天没有回来了。我一个人很担心，就写了张明信片给和田舅舅，告诉他母亲的身体有些异样。

发烧后的第十天，村里的大夫终于养好了肚子，来给母亲看诊了。

大夫一脸认真地给母亲胸部进行叩诊。

"明白了，明白了。"他突然叫了起来，转身面对着我说，"发烧的原因总算明白了。是左肺出现了浸润。不过，不用担心。尽管发烧还会持续一阵子，但只要好好静养，就不必多虑了。"

是吗？我有些将信将疑。但就像溺水者使劲拽住救命稻草一样，村里大夫的诊断还是稍微让我宽下心来。

大夫回去后，我说："太好了，妈妈。就一丁点浸润，大部分人都有的。只要精神上坚强起来，是很容易痊愈的。说来，都怪这个夏季气候反常。我讨厌夏天，也讨厌夏天的花。"

母亲闭着眼睛笑了，说："据说喜欢夏花的人会在夏天死去。我一直想，自己会不会也死在今年夏天呢。是因为直治回来了，所以我才活到了秋天的。"

就连直治那样的人，也成了母亲活命的支柱。想到这里，我不禁好生难受。

"那么，既然夏天都已过去了，也就意味着，妈妈的病情也过了危险期了。妈妈，瞧，庭院里的胡枝子花都开了呢。接下来就该是女郎花、地榆、桔梗、苓草和狗尾草的季节了，到时满园都是秋日景色。到了十月，您的烧也肯定退了吧。"

我为此而祈祷着。这闷热的九月，亦即所谓残暑的季节，早日过去就好啦。不久，等到菊花盛开，每天都是小阳春的晴朗天气，母亲的高烧也就该退了，身体也该恢复健康了吧。到时候，我也能与那个人见面了，而我的计划也能像大朵的菊花般美丽地绽放。啊，赶紧进入十月，让母亲的高烧也早点退了吧。

给和田舅舅寄去明信片后，过了大约一周。在他出面安排下，以前做过御医的三宅老医生带着护士，从东京赶过来给母亲诊断病情。

这位老医生与我过世的父亲也有过交情，所以，母亲见到他后一脸兴奋的表情。再说，老医生向来不拘礼节，说话也很随意，让母亲颇有好感，所以，他们索性把诊察撂在一边，两个人兴致勃勃地沉浸在了推心置腹的闲谈里。我在厨房做好布丁，端到客厅里时，貌似诊察也已经结束。只见老医生把听诊器像项链似的乱挂在脖子上，坐在客厅走廊的藤椅上。

"我们也会跑到路边摊去站着吃乌冬面，才不管它好不好吃呢。"

老医生依旧悠然地闲聊着。母亲也漫不经心地望着天花板，听着医生说话。看来没什么事儿，我舒了口气。

"情况如何？这村里的大夫说，左胸部位有点浸润呢。"我突然来了精神，问三宅医生道。

老医生满不在乎地轻声说道："什么？没事的。"

"啊，太好了，妈妈。"我发自肺腑地微笑着，对母亲说，"医生说没事呢。"

这时，三宅医生突然从藤椅上站起身，朝中式房间走去。貌似有什么急事找我，我悄然紧跟在他后面。

老医生走到中式房间的壁毯下，停住脚步说："胸部听到了呼噜呼噜的杂音呢。"

"莫非不是浸润？"

"不是的。"

"那是支气管炎？"我问道，双眼早已噙满泪水。

"不是的。"

结核？我实在不愿往这个想。倘若是肺炎、浸润、支气管炎什么的，那我一定会竭尽全力治好母亲。可要是结核病，啊，也许就无能为力了。我感到脚下正在崩塌。

"是很糟糕的杂音吗？听见有呼噜呼噜的声音？"

我因为害怕已开始抽噎起来。

"左胸和右胸全都有。"

"可是，母亲精神还好着呢。吃饭时，还连声说好香好香……"

"没办法呀。"

"您在骗人，是吧？喂，不会有那种事儿吧？多吃点黄油、鸡蛋、牛奶，就会好的，对吧？只要身体有了抵抗力，烧也会退的吧？"

"嗯。什么都要多吃点才好。"

"是那样，对吧？她每天都要吃五个西红柿呢。"

"嗯，西红柿不错。"

"那，应该没事吧？会好吧？"

"不过，这次的病也许是致命的。还是做好那样的思想准备吧。"

原来，这个世界上竟有很多事情，是凭人力根本抗拒不了的。

我仿佛觉得，自己生平第一次知晓了那堵绝望之墙的存在。

"还有两年，三年？"我颤抖着小声问。

"不知道。总之，已没法可想了。"

三宅医生说，他预订了伊豆长冈温泉的旅店，所以当天就带着护士一起离开了。我把他们送到大门外，然后不顾一切地跑回屋里，在母亲枕边坐下，就像什么事儿都没有发生似的，对着母亲微笑。

"医生都说了些什么？"母亲问。

"说只要烧退了，就好啦。"

"胸部呢？"

"好像没什么大不了的。对，就像您上次生病时那样。肯定是的。等过些日子天气凉爽了，您就很快会康复起来的。"

我拼命想相信自己的谎话，试图忘掉"致命"等可怕的词语。在我看来，母亲去世就等同于我的肉体也一起消失，很难作为事实来接受。从现在开始，就忘掉一切，给母亲做好多好多好吃的东西来孝敬她吧。鱼。汤。罐头。肝。肉汁。西红柿。鸡蛋。牛奶。清汤。要是再有点豆腐就好啦。豆腐的味噌汤。白米饭。年糕。我要把我的东西全卖掉，换成好吃的东西来给母亲吃。

我站起来，向中式房间走去。我把那里的躺椅搬到客厅的套廊附近坐了下来，以便能从那个位置看见母亲的面庞。母亲安睡的面容一点也不像个病人，眼睛是那么美丽清澈，脸色也是那么富有生气。每天早晨，她都准时起床，先去盥洗间，然后在浴室旁的三铺席房间里把自己的头发梳扎起来，直到打扮停当后才回到自己的房间，坐在地板上吃早饭。接下来，她时而躺着，时而起来，整个上午都一直在读书看报，因为发烧都是在下午。

"啊，妈妈精神好着呢。一定没事的。"

我暗自在心里拼命否定着三宅医生的诊断。

到了十月，特别是菊花盛开的时节……想着想着，我竟迷迷糊糊地打起盹来。啊，我来到了一片森林中的湖畔。尽管是现实中从未见过的风景，但却在梦中屡屡出现，以至于看见它，竟有着再度造访的亲切感。我和一个穿着和服的青年结伴步行着，不曾发出一点脚步声。整个风景都仿佛笼罩在一层绿色的雾霭中。而湖底则沉没着一座细长的白桥。

"啊，桥沉在湖底了。今天哪儿也去不了了。就在这儿的酒店住下吧。按理说是应该有空房的。"

湖畔有一座石头建筑的酒店。只见砌成酒店的石头被淹没在绿色的雾霭里，湿漉漉的。石门上用金色的文字纤细地镌刻着一排文字：HOTEL SWITZERLAND。刚一读到"SWI"几个字母，我就无意间想到了母亲。母亲到底会怎么样呢？母亲也会来这家酒店吗？我不禁心生疑虑。我和青年一起穿过石门，走进了前院。烟雨迷蒙的庭院里，好多类似于紫阳花的大朵红花如火焰般地怒放着。小时候，我曾在被套的图案里见到过火红的紫阳花，当时竟涌起了很奇妙的哀伤感。而此刻我才知道，红色的紫阳花原来是真实存在的。

"不冷吗？"

"嗯，有一点。雾打湿了耳朵，耳朵里怪冷的。"说完，我又笑着问道，"母亲会怎么样呢？"

于是，青年露出了充满悲哀和慈爱的微笑，回答道："那位女士，她在坟墓下面呢。"

"啊？"我小声叫了起来。原来是这样啊。母亲已经不在人世了。对呀，母亲的葬礼不也早就举行过了吗？啊，母亲已经去世了——当我意识到这一点之后，一种难以言喻的凄凉感猛然袭上心头，让我禁不住浑身颤抖。于是，我醒了过来。

我朝阳台望去，已经是黄昏了。下着雨。绿色的落寞感漂漾在四周，让我仿佛还身在梦中。

"妈妈。"我叫道。

"在干吗呢？"传来了静静的回答。

我高兴得跳起来，走到客厅里说道："刚才呀，我睡着了呢。"

"是吗？我正纳闷，你在干什么呢。你这午觉睡得真够长的呀。"母亲笑了，一副饶有兴味的表情。

母亲还如此优雅地呼吸着，活着，这多么值得庆幸啊！我不禁喜极而泣。

"晚饭的菜谱呢？您想吃什么？"我故意用有些闹腾的声调说道。

"不用。什么都不要。今天升到了 39.5 度呢。"

一瞬间，我被一种挫折感深深地攫住了。我感到穷途末路，只是呆呆地环顾着幽暗的房间，突然涌起一种想死的冲动。

"怎么回事呀？39.5 度。"

"没什么。只是发烧前这段时间很难受。先是头有点疼，身体发冷，然后就发烧了。"

外面天色已黑，雨好像停了，但还刮着风。我点上灯，刚想去饭厅，不料母亲说道："好刺眼呀，别开灯。"

"一直躺在黑暗的地方，您不厌倦吗？"我就那样站着，问道。

"因为是闭着眼睛躺着的，所以没什么区别。一点也不寂寞。反倒是亮晃晃的，觉得不舒服。以后这房间就别点灯了吧。"母亲说道。

我觉得，这又是一种不祥的预感，于是，我一声不响地关掉了房间里的灯，走到隔壁房间，打开了那里的台灯。突然，一种难以忍受的凄凉感笼罩住了我。我急忙走到饭厅里，用鲑鱼罐头拌着冷饭吃。不一会儿，眼泪就扑簌簌地流了下来。

到了夜里，风越刮越大，九点左右，开始风雨交加，演变成了一场真正的暴风雨。两三天前檐下走廊里被卷起的竹帘，此刻正发出"啪嗒啪嗒"的声响。我坐在客厅旁边的房间里，怀着莫名的兴奋开始阅读罗莎·卢森堡①的《经济学入门》。这是我不久前从二楼的直治房间里找出来的，当时还把《列宁选集》和考茨基②的《社会革命》等也一起擅自借来，放在隔壁房间的我桌子上。不料母亲早晨洗完脸回去时从我桌子旁路过，无意中把目光停留在那三本书上，还一本本拿在手上打量，然后轻声叹息着，又悄悄放回到桌上，露出落寞的表情瞅了瞅我。尽管那眼神凝聚着深深的悲哀，但却绝非拒绝和厌恶的眼神。母亲读的都是雨果、仲马父子、缪塞、都德等人的书，但我知道，在那些貌似讲述甘美故事的书里，也能嗅出革命的气息。像母亲那样，具有天生的教养，不，也许这说法有点奇怪，总之就是具有那种天性的人，没准倒能格外轻松地把革命作为理所当然的事情来接受。就说我吧，像这样读着罗莎·卢森堡的书，也不免觉得自己有点装腔作势，但也委实从中感受到了浓厚的兴趣。尽管书中所论述的都是经济学方面的内容，但如果仅作为经济学来阅读，的确很是索然无味，因为净是些再明白不过的简单事实。不，也许是我对经济学这玩意儿完全无感吧。总之，我觉得毫无乐趣可言。人都是吝啬的，而且是永远吝啬的——不以此作为前提，经济学这门学问就压根难以成立，所以，对于不吝啬的人来说，所谓分

---

① 罗莎·卢森堡（1871—1919）：德国社会民主党和第二国际左派领袖之一，德国共产党创始人之一。

② 卡尔·考茨基（1854—1938）：社会民主主义活动家，德国和国际工人运动理论家，第二国际领导人之一。

配问题或别的什么问题，都是兴味索然的。即便如此，我阅读这些书时，却从其他方面感受到了奇妙的兴奋。那就是该书作者毫不犹豫地彻底打破旧思想的莽撞勇气。我的脑海中甚至浮现出了一个不惜违背道德，也要毅然扑向恋人怀抱的人妻形象。其中贯穿着破坏的思想。破坏充满了哀愁与悲伤，却又美丽无比。无异于从破坏到重建再到完成的一场梦。而且，明知一旦破坏之后，或许将永无完成之日，但为了恋爱，就不得不进行破坏，不得不发动革命。罗莎就是这样可悲而又专注地热恋着马克思主义。

那是十二年前的冬天。

"你呀，就像是《更级日记》^①中的少女。无论跟你说什么都是白搭。"一个朋友撂下这句话，就离我而去了。当时，我把她借给我的列宁的书，看都没看便还给了她。

"读了吗？"

"对不起，没读呢。"

当时，我们正站在能看见尼古拉教堂^②的桥上。

"为什么？干吗不读？"

那位朋友的个子比我还高出一寸左右。她擅长外语，戴着一顶特别适合她的红色贝雷帽，大伙儿都说她长着一张蒙娜·丽莎的脸，是公认的美人。

"我不喜欢这本书封面的颜色。"

"真是个怪人。不会是那个原因吧？事实上，是怕我了吧？"

"才不怕呢。我只是受不了那封面的颜色。"

---

① 日本平安时期的日记文学代表作品，作者是菅原孝标的女儿。该日记是作者于晚年所写的自传，内容为她13岁至51岁约四十年间的回忆。
② 尼古拉教堂：位于东京都千代田区骏河台的日本东正教耶稣教堂。

"是吗？"她有些落寞地说道。接着，她说我就像是《更级日记》中的少女，还断言道，无论跟我说什么都是白搭。

我们沉默了半晌，一直俯瞰着冬天的河水。

"祝你平安。如果这是永远的别离，那就祝你永远平安。——拜伦。"

说着，她又用原文很快地背诵了拜伦的诗句，轻轻地搂抱了一下我的身体。

"对不起。"

我很难为情地小声道歉道，然后朝御茶水车站走去。当我回头看过去时，那位朋友还伫立在桥上，一动不动地望着我。

从此，我和那位朋友再也没有见过。尽管我们俩在同一个外国教师家上课，但却不是同一所学校。

那以后过去了十二年，我依旧没有从《更级日记》中迈出一步。是呀，在这期间，我究竟都干了些什么呢？我没有憧憬过革命，甚至连恋爱也懵然不知。此前，世间的大人们是把革命和恋爱作为最愚蠢最忌讳的两样东西来教给我的，无论在战争前还是战争期间，我们都对此深信不疑，但战败后，我们不再相信世间的大人们，发现只有从他们所教导的反面才能找到生存之路。我们甚至觉得，革命也好，恋爱也好，实际上是这世间最美好、最绝妙的尤物。正因为它们过于美妙，所以，大人们才故意使坏地骗我们说，那是不能吃的青葡萄。我就想确信一点，人是为了革命和恋爱才来到这个世界的。

隔扇被轻轻拉开了。母亲笑着，把脸探进来，说道："还没睡呀。不困吗？"

我一看桌子上的钟，已经十二点了。

"嗯，一点都不困。读着这本讲社会主义的书，便兴奋起来了。"

"是吗？没有酒吗？这种时候，喝了酒再睡，就能睡得很香了。"
母亲用像是在揶揄人的口吻说道，但不知为何，她的态度中透着与
颓废只隔着一层薄纸的妖冶。

不久就进入了十月，但却没有迎来秋高气爽的晴朗天空，反倒
持续着像梅雨季节那样阴霾而闷热的日子。而且，一到每天的傍晚，
母亲的体温就会在38度和39度之间上下徘徊。

一天早晨，我发现了一个可怕的迹象：母亲的手肿了。母亲以
前经常说早饭是最香的，可这阵子却坐在地板上，只肯喝一小碗粥，
连味道重一点的小菜也吃不下了。这天，我给她做了松茸清汤，貌
似连松茸的香味也让她受不了了，她刚把碗端到嘴边，又悄悄放回
到餐桌上。这时我留意到母亲的手，不禁大吃一惊。她的右手已肿
得圆鼓鼓的了。

"妈妈！瞧您的手。没事吧？"

母亲的脸色也有点苍白，看起来有些浮肿。

"没事呀。这点小毛病不要紧的。"

"什么时候开始肿的？"

母亲露出有些目眩似的表情，一下子沉默了。我好想放声痛哭。
这样的手，根本就不是我母亲的手。而是其他某个老妪的手。母亲
的手分明更纤细更小巧。那才是我熟悉的手。优雅的手。可爱的手。
难道那双手就永远消失了吗？尽管左手还肿得不那么明显，但也让
我心疼得不忍直视。我只好挪开视线，盯着壁龛的花篮看。

我的眼泪就要夺眶而出了。我再也无法忍受，只好站起身来朝
饭厅走去。直治一个人正在吃半熟的鸡蛋。即便他偶尔待在伊豆的
家里，晚上也肯定会跑到阿咲那里去喝烧酒，而早晨则是一副闷闷

不乐的表情，饭也不吃，而只吃四五个半熟的鸡蛋，然后就窝到二楼上，躺躺起起，起起躺躺。

"妈妈的手肿了……"刚跟直治说了一半，我就低下脑袋，再也说不下去了。我埋着头哭了起来，双肩不住地颤抖。

直治也沉默了。

我仰起脸来，抓住桌子的一端，说道："已经不行了。难道你没有发觉？肿成那个样子，肯定是不行了。"

直治的神情也蓦地黯然下来，说道："那样子的话，就快了。嘁，这下变得多没劲呀。"

"我，想再给她治一治。无论如何都要再治一治。"我用右手使劲拧着左手，说道。

突然，直治小声地抽噎起来。

"什么好事都没有。我们什么好事都没有，难道不是吗？"

说着，他胡乱地用拳头抹了抹眼泪。

那天，直治特意去了东京，以便向和田舅舅报告母亲的病情，听取和田舅舅接下来的吩咐。只要是不在母亲身边时，我从早到晚几乎都在哭泣。在晨雾中去取牛奶的时候，对着镜子梳头发、涂口红的时候，我都总是在哭泣。与母亲一起度过幸福日子的种种回忆，宛如画卷一般浮上心头，让我忍不住痛哭。傍晚，天黑下来之后，我来到中式房间的阳台上，久久地啜泣。秋日的天空中星光闪烁，一只别人家的猫就蹲伏在我的脚边，一动也不动。

第二天，母亲的手肿得比前一天更厉害了。她什么也吃不下。就连橘子汁她也说因为口腔干裂，痛得喝不下去。

"妈妈，您要不要再戴戴直治的口罩？"我原本是想笑着说的，可说着说着，突然悲从中来，"哇"地哭了起来。

"看每天把你忙的，肯定累坏了吧？你就雇一个护士吧。"母亲静静地说道。我知道，比起自己的身体，她更担心我的身子，这让我觉得更加悲伤。我起身跑到浴室旁的三铺席房间里，痛痛快快地哭了一场。

正午刚过不久，直治就带着三宅老医生和两个护士回来了。

老医生平常总是玩笑连篇，可这时候却一副怄气的模样，咯噔咯噔地走进病室，立刻开始诊察起来。

"身体可是衰弱了不少啊。"

他自言自语似的嘟哝道，然后给母亲注射了一针樟脑液。

"今晚，大夫您住哪里呀？"母亲像是在说梦话似的。

"还是在长冈。已经预订好了的，你就不用担心了。你这个病人呢，就不要去替其他人操心了，随你的性子想吃什么就多吃点吧。只有摄取了营养，病才会好的。我明天还会再来的。我留一个护士在这儿，有什么就吩咐她好啦。"老医生对着母亲大声说道，然后对直治使了个眼色，就起身站了起来。

直治独自去送医生和随行的护士，没过一会儿就回来了。一看他的脸就知道，他是强忍着才没有哭出来的。

我们悄悄出了病室，向饭厅走去。

"不行了，是吧？"

"真没劲。"直治扭着嘴笑了，"没想到一下子就衰弱得这么快。医生说，也许就在今天，或者明天，反正说不准。"

说着，直治的眼泪扑簌簌地滚落下来。

"不用给亲朋好友发电报吗？"我反而格外镇静地说道。

"关于这个，我也跟和田舅舅商量过，舅舅说，现在可不是那种一下子就能把人叫来的时代了。即便有人来了，这么狭小的房子反而很失礼。再说附近也没有像样的旅店，就算长冈温泉吧，也最多只能预订到两三个房间。总之，我们已经穷得没能力去请那些大人物来了。舅舅本来也该马上就来的，但那家伙从来就是个吝啬鬼，根本就靠不住。昨晚上也是，竟然把母亲病重的事儿抛在一边，只顾着向我大肆说教。说实话，经那种吝啬鬼说教后能悔过自新的人，古今东西怕是绝无一例吧。尽管是姐弟关系，但那家伙与母亲，简直是天壤之别，真让人讨厌。"

"不过，我倒无所谓，可你今后还得仰仗着舅舅呢……"

"免了吧。还不如当乞丐的好。倒是姐姐今后还得求着他吧。"

"我……"说着，我眼泪潸然而下，"我自有去处。"

"嫁人？已经定了吗？"

"不是的。"

"是自谋生路？哇，好一个劳动妇女。得了吧，得了吧。"

"也算不上自谋生路啦。我呀，要当一个革命家呢。"

"哎？"

直治一脸诧异的表情看着我。

这时，三宅医生带来的护士过来叫我了。

"夫人像是有事找你。"

我急急忙忙走进病室，坐在被褥旁边，把脸凑近母亲，问道："怎么啦？"

但母亲想要说什么，却又沉默了。

"是要水吗？"我问。

母亲轻轻摇了摇头，貌似并不是要水。过了一会儿，她小声说道："我做梦了。"

"是吗？梦见什么啦？"

"梦见蛇了。"

我吓了一跳。

"套廊的换鞋石上,有条红色条纹的女蛇,对吧?你瞧瞧。"

我感到周身一阵发冷,起身走到套廊上,透过玻璃一看,换鞋石上果然有条蛇正沐浴着秋日的阳光,舒展着它细长的身子。我眼睛发黑,一阵晕眩。

我认识你。与那时相比,你只是稍微变大了一点,变老了一点而已。你就是被我烧掉了蛇蛋的女蛇,对吧?你的报复,我已经彻底领教到了。就请你给我到一边去吧。赶快给我走吧。

我一边在心里默念着,一边注视着那条蛇。但那条蛇却纹丝不动。不知为什么,我不想让护士看见那条蛇。于是,我一边"咚咚咚"地使劲跺着脚,一边故意用很大的嗓门说:"没有呢,妈妈。梦里的东西,根本就靠不住。"

说着,我瞅了瞅换鞋石那边。只见蛇终于挪动身体,慢腾腾地从石板上滑落下去。

已经不行了。不行了。看见那条蛇之后,一种绝望感真切地涌上了心头。据说父亲去世的时候,枕边也有过一条黑色的小蛇,而且当时我也亲眼看见过,庭院的所有树上全都缠满了蛇。

母亲似乎已没有力气坐起来,一直处于迷迷糊糊的状态中,整个身子完全瘫软在护士身上,而且,食物也难以下咽了。看见蛇之后,该怎么说呢?我的心反倒赢得了穿越悲伤的深渊后才有的安宁,萌生出了一份与幸福感相近的从容。到了这一步,我只想尽可能厮守在母亲身边。

从第二天开始,我就紧靠在母亲枕边而坐,一边织毛线。在毛线活和针线活上,我比一般人都更手脚麻利,但手艺却很糟糕。遇到这种情况,母亲总是手把手地教我。那天,尽管我并没有心思织毛线，但为了一直黏在母亲身边而又不显得不自然，我只得装模作样地做点什么。于是就搬出毛线箱，装作心无旁骛地织起了毛线。

母亲仔细打量着我的手，说："是在织你的袜子吗？那得再加八针才行，否则穿起来会很紧的。"

小时候，无论母亲怎样教我，我都织不好，这不，此刻我就像回到了那个时候似的一阵慌乱，既感到羞愧难当，又感到怀念不已。啊，母亲再也不会像这样教我了——想到这里，泪水竟模糊了我的视线，连针眼都看不清了。

母亲这样躺着时，似乎一点也不痛苦。从今天早晨开始，她就没有进过食物，我只是不时用纱布浸一浸茶水，来给他润润嘴巴。不过，她的意识很清楚，还时不时很平静地跟我搭话。

"报纸上好像刊登了天皇陛下的照片呢，去拿给我看看。"

我把报上登有照片的那一页举到母亲跟前给她看。

"老了。"

"不是的，是照片没照好。不久前的照片就显得很年轻，很活泼呢。没准反倒为这样的时代而高兴吧。"

"为什么？"

"因为，陛下这次也算是解脱了。"

母亲有些凄切地笑了。过了一会儿，她说："我想哭，但眼泪都干涸了。"

我蓦然涌起一个念头，没准母亲现在是幸福的吧。所谓的幸福感，难道不是像沉没在悲哀的河底，发出幽然光线的沙金吗？穿过悲哀的极限，看见神奇黎明后的心情——如果这就是所谓的幸福感，那么，陛下、母亲，还有我，此时此刻就确确实实是幸福的。静谧的秋日上午。洒满柔和光线的秋日庭院。我停下毛线活，眺望着齐胸高的大海波光粼粼的景色。

"妈妈，以前我一直都不懂人情世故。"我还想再多说点什么，但又怕被在角落里准备输液的护士听见了，自己会难为情，于是止住了。

"你说以前你……"母亲露出一丝浅笑，责问道，"那也就是说，现在你已经老于世故了，对吗？"

不知为什么，我的脸涨得通红。

"这人世间，可不好懂呢。"母亲转过脸去，自言自语似的小声说道。

"我是不懂。不过，又有谁懂呢？不管长多大，大家都还是孩子。什么都不会懂的。"

可是，我却必须得活下去。也许我还只是个孩子，但已经不能再成天撒娇了。从今以后，我要与这世间抗争下去。啊，像母亲那样，与世无争，不憎恶，不妒忌，美丽而悲哀地终其一生——这样的人，母亲已是最后一个了。今后世上再也不可能有这样的人了吧。走向死亡的人是美丽的。而活着，特别是活下去，却是散发着血腥味的、丑陋而肮脏的事情。我幻想着，在榻榻米上有一条怀孕的蛇正在挖洞。不过，我仍旧对某些东西难以断念。就算是厚颜无耻也无所谓，我一定要活下去，为达成心愿而与世间抗争到底。自从知道母亲将不久于人世，我的浪漫主义和感伤情绪已逐渐消失，而变成了一个让人不敢麻痹大意的邪恶生物。

那天晌午后，我在母亲身边给她润嘴巴时，一辆汽车停在了大门口。和田舅舅与舅妈一起从东京坐汽车赶了过来。舅舅走进病室，默默地坐在母亲的枕边。母亲用手绢遮住自己的下半张脸，一边端详着舅舅的面庞，一边哭了。但也仅仅是露出了哭相，而并没有流下眼泪。那感觉就像是一个偶人。

"直治在哪里？"过了一会儿，母亲看着我问道。

我来到二楼，看见直治正躺在西式房间的沙发上，读着新出版的杂志。我对他说："妈妈在叫你呢。"

"唉，又到了悲伤的戏份了。你等之人竟能强忍着，一直待在那里。神经也真够大条的。要不，就是太薄情。我委实是痛苦不堪，内心炽热，却肉体羸弱，实在无力守在母亲身边。"

说着，他穿好上衣，和我一起从二楼下来了。

我们俩刚一并排坐在母亲枕边，母亲就突然从被子下面伸出手来，默默地指着直治，接着又指向我，然后把脸转向舅舅，将两个手掌使劲合在一起。

舅舅用力地点点头，说："嗯，我明白了。明白了。"

母亲仿佛终于安下心来了似的，轻轻闭上眼睛，然后把手悄悄放进了被窝。

我哭了，直治也低着头呜咽起来。

这时，三宅老医生从长冈赶了过来，急忙给她打了一针。看见了舅舅，母亲似乎已无所留恋，说："医生，请早点让我解脱吧。"

老医生和舅舅面面相觑，一声不吭。两人的眼眶里早已泪光闪闪。

我起身走向饭厅，煮了舅舅喜欢吃的油豆腐乌冬面，给医生、直治和舅妈也各分了一份，一起送到了中式房间。然后把舅舅带来的礼物——丸之内酒店的三明治拿给母亲看，放在了母亲枕边。

"很忙吧。"母亲小声说道。

大家在中式房间闲聊了一阵后，舅舅和舅妈说有事必须得今夜赶回东京去，就把装着慰问金的纸包递给了我。而三宅也要和随身护士一起回去，就给留下来的护士吩咐了种种应急处理措施。他还说，病人现在意识还算清楚，心脏也还没有太过衰竭，所以，仅靠注射也还能坚持四五天吧。当天，他们几个都坐汽车回东京去了。

送走他们后，我来到病室，母亲脸上露出只对我才有的那种笑容，小声嘟哝道："忙坏了吧？"

她的脸看起来是那么生动，毋宁说是神采奕奕。我想，见到了舅舅，想必她很高兴吧。

"才没有呢。"

我也按捺不住少许的兴奋，笑了。

而这竟然是我与母亲之间最后的对话。

那之后过了约三小时，母亲就闭上了双眼。在秋日静谧的黄昏，日本最后的贵妇人，美丽的母亲，就这样溘然长逝了。当时，护士正在给她摸脉，而守护在她身边的，只有直治和我这两个亲人。

她的遗容几乎丝毫未变。记得父亲过世时，脸色还稍微有点改变，而母亲的脸色却毫无变化，只是呼吸停止了而已，以至于她什么时候停止呼吸的，也无法准确地判断。她脸上的浮肿从前一天起就已消退，整个脸庞就像蜡烛一般平顺光滑，薄薄的嘴唇微微有点歪斜，看起来就像是面带着微笑，比活着时的母亲显得更娇嫩和妩媚。我觉得，她就像《圣母怜子图》中的玛利亚。

六

战斗，开始。

不能一直沉溺于悲伤之中。有些东西需要我去奋力博取。新的伦理。不，即使这么说，也不啻一种伪善。恋爱。仅此而已。就像罗莎必须依靠新的经济学才能生存一样，我现在只有仰仗着恋爱才能活下去。耶稣为了揭露这世上的宗教家、道德家、学者、权威的伪善，为了毫不犹豫地向世人如实传递神的真爱，不惜将十二门徒派遣到四面八方。在我看来，当时他告诫门徒们的话语也在某种程度上适用于现在的我。

"腰带里不要带金银铜钱。行路不要带口袋，不要带两件褂子，也不要带鞋和拐杖……我差你们去，如同羊进入狼群，所以你们要灵巧如蛇，驯良像鸽子。你们要防备人，因为他们要把你们交给公会，也要在会堂里鞭打你们。并且你们要为我的缘故，被送到诸侯君王面前……你们被交的时候，不要思虑怎样说话，或说什么话，到那时候，必赐给你们当说的话。因为不是你们自己说的，乃是你们父的灵在你们里头说的……并且你们要为我的名，被众人恨恶，唯有忍耐到底的必然得救。有人在这城里逼迫你们，就逃到那城里去。我实在告诉你们，以色列的城邑你们还没有走遍，人子就到了。

"那杀身体不能杀灵魂的，不要怕他们，唯有能把身体和灵魂都灭在地狱里的，正要怕他……你们不要想我来，是叫地上太平，我来，并不是叫地上太平，乃是叫地上动兵刀。因为我来，是叫人与父亲生疏，女儿与母亲生疏，媳妇与婆婆生疏。人的仇敌，就是自己家里的人。爱父母过于爱我的，不配做我的门徒，爱儿女过于爱我的，不配做我的门徒。不背着他的十字架跟从我的，也不配做我的门徒。得到生命的，将要丧失生命，为我失丧生命的，将要得到生命。"①

战斗，开始。

如果我是因为恋爱，才发誓一定要完全遵从耶稣的教诲，也许

---

① 见《圣经·新约全书·马太福音》第10章。

会遭到耶稣的斥责吧。为什么"爱"是好的，而"恋"就是不好的呢？这我实在是懵然不知。总觉得两者并无区别。为了这懵然不知的"爱"和"恋"，为了这由此而生的悲哀，不惜让身体和灵魂都毁灭在地狱里的人。啊，我敢说，我就是这样的人。

在舅舅他们的协助下，我们没有告知其他的亲朋好友，便在伊豆安葬了母亲。在东京举行完正式葬礼后，我和直治又回到伊豆的山庄过上了说不清缘由的郁闷日子，就算两个人在同一屋檐下见了面也懒得开口说话。直治声称经营出版社需要资金，而拿走了母亲全部的珠宝，等他在东京喝得精疲力竭后，才带着重病人似的苍白面容，跌跌撞撞地回到伊豆的山庄来睡觉。有一次，他还带了个舞女模样的人回家来，搞得他自己也有些难为情。于是，我趁机说："今天，我去东京行吗？好久没去朋友那里了，想去玩玩呢。要住上个两三天吧，你就负责看家好啦。烧饭什么的，就请那位代劳吧。"

不失时机地揪住直治的弱点，正所谓"灵巧如蛇"吧，我把化妆品、面包等等全部塞进手提包，顺理成章地得到了上东京去见那个人的机会。

搭乘国营电车在东京郊外的荻洼站北口下车后，再走二十分钟左右，就可以抵达那个人在战后才住进的新居。这是我不露声色地从直治那里打听到的。

这是一个刮着凛冽寒风的日子。在荻洼站下车时，周围已经暗了下来。我不时拽住路人，说出那个人的地址后，请他们告诉我大致的方位。我踉踉跄跄地沿着沙砾路走了近一个小时，因为太过害怕，不禁眼泪潸然。这时，我突然被沙砾路的碎石绊了一下，结果木屐带子"啪嗒"一声就断了。我站在那里束手无策，无意中朝右手边的两家连檐屋望去，只见其中一家的门牌在夜色中泛着白光，上面貌似写着"上原"两个字。于是，我顾不得有只脚上只穿着袜子，就跑到那家屋子的玄关处，仔细一看门牌，上面的确是写着"上原"。不过，房子里却黑黢黢的。

该怎么办呢？瞬间我又怔住了，然后抱着破釜沉舟的心情，紧贴在格子门上，恍若要扑倒在上面似的。

"有人吗？"说着，我用两只手的指尖抚摸着格子门，低声嗫嚅道，"上原先生。"

这下有人应答了，却是一个女人的声音。

玄关的门从里面打开了。一个带有古典韵味的女人从昏暗的屋子里对着我笑了笑。她有一张细长的脸，看起来比我年长三四岁的样子。

"请问您是哪位？"

她问话的口吻里没有半点恶意和戒备。

"不，我，我是……"我没有说出自己的名字。唯独在这个人面前，我的恋爱带给我一种奇妙的内疚感。我战战兢兢地，近于卑屈地说，"先生呢？他不在家吗？"

她"啊？"了一声，有些怜悯地看着我，说："不过，他去的地方大都是……"

"很远吗？"

"不远。"她貌似觉得有些好笑，就用一只手捂住嘴巴说，"就在荻洼呢。车站前有一家名叫'白石'的关东煮小店，您只要去那里问，多半都能打听到他在哪里。"

我高兴得差点跳了起来，说道："啊，是吗？"

"哎呀，瞧您的木屐！"

她带我走进屋子，坐在门口的木板台阶上。夫人递给我一根皮带子，就是那种叫作简易木屐带的东西，可以用来修复断了的木屐带。就在我用它修复木屐时，夫人点燃一支蜡烛，送到房门口，毫不介意地说："真不巧，连电灯泡都烧坏了。最近的灯泡真是不管用，又贵又容易坏。要是我家先生在家的话，还可以叫他去买。可他昨天和前天晚上都没有回来，这已是第三个晚上了。因为身无半文，就只有早早睡觉了。"

夫人背后站着一个十二三岁的女孩。她大大的眼睛，瘦瘪的身材，给人很怕生的感觉。

敌人。尽管我不这样认为，但想必这夫人和孩子总有一天会把我当作敌人来憎恨的。想到这里，我的爱情也骤然冷却下来。我系好木屐带，起身拍了拍手，抖落掉手上的尘土。倏然间，一种凄凉感猛地裹挟住了四周，让我感到不堪忍受。我内心一阵摇曳，犹豫着，要不要冲进房子里，在黑暗中攥住夫人的手痛哭一场。但一想到那之后自己狼狈不堪的模样，就改变了主意。

"谢谢。"

我毕恭毕敬地鞠了个躬，然后走了出来。被冷风一吹，我顿时充满了斗志。战斗，开始。恋爱，喜欢，爱慕。真正地恋爱，真正地喜欢，真正地爱慕。因为恋爱，所以身不由己。因为喜欢，所以身不由己。因为爱慕，所以身不由己。那位夫人的确是一个少见的好人，那个小姑娘也确实漂亮。尽管如此，即便让我站上神的审判台，我也丝毫不觉得内疚。人本来就是为了恋爱与革命才降生到这个世上的。神也没理由来惩罚我。我没有一丁点不好。只因为真正喜欢，所以才敢理直气壮。为了见他一面，让我露宿两天三夜也在所不惜。

车站前果然有家名叫"白石"的关东煮店，一下子就找到了。

但那个人却不在店里。

"肯定是去了阿佐谷呢。你直接去阿佐谷站的北口，对了，大约走一丁①半的路，就有一家五金店呢。再从那里往右拐进去，大约走半丁路吧，就可以看见一家叫'柳屋'的小餐馆。最近，先生和'柳屋'的阿舍打得火热，近乎成天泡在那里。真是没办法。"

我到车站买好票，坐上了开往东京的国营电车。在阿佐谷下车后，从北口步行约一丁半路，再从五金店向右拐进去走半丁路，就看见"柳屋"静静地伫立在那里。

"方才刚离开的，和一大帮人一起。说是接下来要去西荻的千鸟大婶那里喝通宵呢。"

跟我说话的人比我还年轻和淡定，显得优雅而和蔼。莫非这就是传说中的阿舍，也就是与那个人打得火热的人吗？

"千鸟？在西荻的哪边？"

我心里很是忐忑不安，眼泪差点就滚落下来。我突然开始怀疑，此刻自己是不是已经疯了。

"尽管我不是很清楚，但据说是在西荻站下车，从南口出去往左拐的地方。总之，您到警亭去问问，就知道了吧。反正他不可能只喝一家就罢休的，没准去千鸟之前，就已经在哪家店喝上了也说不定。"

"那我去千鸟瞧瞧。再见了。"

我又开始折返回去。从阿佐谷乘坐开往立川的国营电车，途经荻洼，在西荻洼南口下车后，顶着冷风蹒跚向前。看见一个警亭，过去打听了千鸟的位置后，按照所指的方向，沿着夜路小跑了一阵。这时，千鸟的蓝色灯笼霍地映入了眼帘。我毫不犹豫地拉开了格子门。

———————

① 丁：日本长度单位，1 丁约合 109 米。

进门是一个土间，往里有一个六铺席大的房间。只见烟雾缭绕，有十几个人围着房间里的大桌子在喝酒，还一边"哇啦哇啦"地喧闹着。其中夹着三个比我年轻的姑娘，在里面抽烟喝酒。

我站在土间放眼望去，终于看到他了。恍如是在做梦。不，不是的。时隔六年，他已变得完全判如两人。

这就是我的彩虹，M.C，寄托着我生命价值的那个人吗？六年了。蓬乱的头发依旧未变，却可悲地泛着红色，变得稀疏了。而且脸色发黄，面部浮肿，眼眶充血溃烂，门牙脱落，还不停地嚅动着嘴巴，恍若一只老猴子弓着身子，蹲坐在房间的角隅里。

一个姑娘发现了我，用眼神告诉上原我来了。那个人就那样坐着，伸着细长的脖子看了看我，脸上毫无表情，只是用下巴示意我过去。在场的人似乎对我毫不关心，只顾继续大声地闹腾着。尽管如此，还是一一挪动屁股，给我腾出了一个地儿，让我坐在上原先生的右边。

我闷声不响地坐了下来。上原先生给我的杯子里斟满酒，随后又给自己的酒杯加满酒，用沙哑的嗓音低沉地说："干杯！"

两个酒杯轻轻碰在一起，发出了悲哀的"咔嚓"一声。

"吉罗钦、吉罗钦，咻噜咻噜咻、咻噜咻噜咻！"有人先这样喊道。接着马上有另一个人回应道："吉罗钦、吉罗钦，咻噜咻噜咻、咻噜咻噜咻！"然后，两个人"叮"的一声碰了碰酒杯，各自一口饮尽。"吉罗钦、吉罗钦，咻噜咻噜咻、咻噜咻噜咻！"随即到处都响起了这莫名其妙的歌声，他们一个劲儿地碰杯痛饮，仿佛是要用这种戏谑的旋律来渲染气氛，硬要把酒灌进喉咙里。

"那我就先失敬了。"

刚有人这样说完，踉跄着回去了，马上又有新客人慢腾腾地走进来，只朝上原先生点个头，就一屁股挤进了那帮人中间。

"上原先生，那个，上原先生，那个，啊啊啊的地方，你觉得该怎么说才好呢？是啊、啊、啊，还是啊啊、啊？"

探出身子发问的，是新剧演员藤田。我也在舞台上见过他。

"是啊啊、啊。比如，啊啊、啊，千鸟的酒真是不便宜啊。就像这样呢。"上原先生说道。

"净说钱的事儿。"一个姑娘说道。

"所谓'两个麻雀不是卖一分银子吗'①，你说，这是贵，还是便宜？"一个年轻绅士说道。

"不是也有'倘若不一厘钱都偿清的话'这样的说法吗？还有很多复杂的比喻，例如'一个给了五千，一个给了两千，一个给了一千②'，由此看来，耶稣也是精于算计的呢。"另一个绅士说道。

"再说，那家伙还是个酒鬼呢。我纳闷的是，《圣经》里为什么关于酒的比喻多得出奇，里面还收录了这么一句责难他的话：'瞧，这个嗜酒之人！'请注意，不是说'饮酒之人'，而是'嗜酒之人'，想必他是个喝酒高手。至少该有一升酒的酒量吧。"又一个绅士说道。

"好啦好啦，别说了。啊啊、啊，你们因为怕受到谴责，就拿耶稣来做挡箭牌。千惠姑娘呀，来，我们喝吧。吉罗钦、吉罗钦，咻噜咻噜咻、咻噜咻噜咻！"

说着，上原先生就和最年轻漂亮的那个姑娘使劲地碰了一下杯，然后一饮而尽。酒从他的嘴角滴落下来，打湿了他的下巴。他有些自暴自弃地胡乱用手掌抹了一把，然后连续打了五六个大喷嚏。

---

① 见《圣经·新约全书·马太福音》第 10 章。
② 见《圣经·新约全书·马太福音》第 25 章。

我悄悄站起来，走到隔壁房间，向老板娘打听厕所在哪里。老板娘脸色苍白，身材消瘦，貌似有病在身。回来经过那个房间时，我看见刚才那个最年轻漂亮的千惠姑娘就站在门口，好像在等着我。

"你肚子饿了吗？"她问道，脸上挂着亲切的笑容。

"嗯。不过，我带了面包来的。"

"尽管这里没什么好吃的，"病恹恹的老板娘紧靠在长方形的火盆旁，懒洋洋地斜坐着，说道，"您就在这个房间用餐吧。您要是陪着那帮酒鬼喝的话，那一晚上都别想吃饭了。请坐吧，上这儿来！千惠也一起坐过来吧。"

"喂，阿绢啊，没酒了哟。"一个绅士在隔壁喊道。

"来了，来了！"

应声回答的，是那个叫阿绢的女佣。她约莫三十岁左右，穿着漂亮的条纹衣裳。只见她用盘子托着十来个酒壶从厨房里走了出来。

"等等，"老板娘叫住了她，笑着说，"给这儿也来两壶。对了，阿绢，对不起，再麻烦你去一趟后街的'铃屋'，要两碗乌冬面来，快点哟！"

我和千惠姑娘并排坐在火盆旁烤手。

"请铺上褥垫吧。天变得好冷呀。您不喝点吗？"

老板娘把酒壶里的酒倒进自己的碗中，然后又给另两只碗也斟上酒。

然后，我们三个人默默地喝了起来。

"大家都真是好酒量呀！"不知为什么，老板娘竟用平静的口吻这样说道。

这时，响起了"嘎吱嘎吱"的开门声。

"先生，我拿来了。"传来了一个年轻男子的声音，"我们社长呀，可会算计了。我一再说要两万日元，可他死活就只给了一万。"

"是支票吗？"这是上原先生的沙哑嗓音。

"不，是现金。对不起啊。"

"啊，没什么，我给你写个收据吧。"

在此期间，一屋子的人依旧不绝于耳地唱着那首干杯歌："吉罗钦、吉罗钦，咻噜咻噜咻、咻噜咻噜咻！"

"阿直呢？"突然，老板娘一脸严肃地问千惠道。

我内心不禁"咯噔"了一下。

"不知道呢。我又不是负责看管阿直的。"千惠有些惊慌失措，一张脸涨得通红，让人顿生怜悯。

"这阵子，莫非他与上原先生闹了什么别扭？以前总是形影不离的呢。"老板娘镇静地说道。

"说是迷上了跳舞。没准是和舞女勾搭上了也说不定呢。"

"说到阿直，唉，可是又酗酒又玩女人，真拿他没办法。"

"那都是先生一手教出来的。"

"不过，阿直的秉性更糟糕。像他那种没落少爷……"

"对了……"我微笑着插嘴道，因为我觉得，再这样沉默下去，反而是对她们两位的不敬，"我呀，是直治的姐姐。"

老板娘似乎吃了一惊，重新打量着我。倒是千惠表现得很坦然，说道："怪不得长得那么像。看见您站在昏暗的土间里时，我真是吓了一跳。还以为是阿直呢。"

"原来是这样啊？"老板娘改变了口吻说道，"这么寒碜的地儿，真难为您来了。那么，您和那个上原先生，是老相识啰？"

"嗯，六年前见过……"我吞吞吐吐地说着，低下头，差点就潸然泪下。

"让你们久等了。"女佣端来了乌冬面。

"快吃吧，趁热。"老板娘劝我快吃。

"那我就不客气了。"

我一头埋进乌冬面冒出的热气中，呼哧呼哧地吃了起来。此刻，我觉得自己咀嚼到了生存的无限凄凉。

吉罗钦、吉罗钦，咻噜咻噜咻、咻噜咻噜咻。上原先生一边这样低声吟唱着，一边走进我们这个房间，在我旁边盘腿坐下，一声不响地把一个大信封交到老板娘手里。

老板娘也不打开信封瞧瞧，就一下子塞进了长方形火盆的抽屉里，笑着说："就这么点呀，剩下的可别赖账哟。"

"会拿来的。剩下的，就明年给你了。"

"又拿这种话来搪塞。"

一万日元。这些钱，能买多少只灯泡啊。如果有这么些钱，都够我过活一年了。

啊，这帮人准是哪里出了毛病。不过，话说回来，或许就跟我的恋爱一样，他们不这样做，就活不下去吧。人既然降生到这个世上，那就不能不活下去。如果是这样，那这帮人为了活下去而做出的行为也就不应该遭到憎恶。活下去。活下去。这是一个多么难以忍受，甚至叫人气息奄奄的宏大事业啊。

"总之，"隔壁的绅士说道，"要想今后在东京混下去，跟人打招呼时不能把'你好'坦然地戏说成'尼好'，那是不行的。要求现在的我们具备稳重、诚实之类的美德，就等于是在拽拉上吊自杀者的后腿。稳重？诚实？呸，去他的吧。这不是让人没法活下去吗？若是不能轻松地说出'尼好'，那就只剩下了三条活路：一是回家种地，二是自杀，三是被女人包养。"

"对于这三样都做不到的家伙来说，至少还有最后一招。"另一个绅士说道，"那就是让上原先生请客，喝个痛快。"

吉罗钦、吉罗钦，咻噜咻噜咻，吉罗钦、吉罗钦，咻噜咻噜咻。

"没地方可住，是吧？"上原先生自言自语似的嘟哝道。

"是问我吗？"

我意识到，自己心中有条毒蛇正扬起镰刀一样的脑袋。敌意。我因某种近于敌意的情感而绷紧了身体。

"和大伙儿挤在一块儿睡，能行吗？这天也真够冷的。"上原先生对我的生气视而不见，咕哝道。

"这怎么可以啊？"老板娘插嘴道，"也太委屈她了吧。"

上原先生咂了一下舌头，说："如果是那样，原本就不该到这种地方来的。"

我沉默着。这个人是肯定读过我的那些信的。而且，从他说话的氛围中我很快就觉察到，他比任何人都爱我。

"真是没办法。那就去拜托福井先生帮个忙吧。千惠姑娘，你能带她去吗？算了，都是女人，路上不安全。还真是麻烦呢。大婶，请把这个人的木屐挪到厨房那边去吧。我这就送她过去。"

外面已是深夜了。风已收敛了几分，天空中缀满了闪烁的星星。我们并肩走着。

"其实，大伙儿挤着睡，也没关系的。"

上原用困倦的声音"嗯"了一声。

"您是想和我两个人单独在一起，对吧？"说着，我笑了。

"正因为这样，所以才讨厌嘛。"

上原先生撇着嘴，露出了苦笑。我真切地意识到，他是疼爱我的。

"您喝的酒真是不少呢。每天晚上都这样？"

"是的，每天都这样。一早就开始喝。"

"好喝吗？酒这东西。"

"可难喝了。"上原先生这么说道。不知为什么，他的声音竟让我毛骨悚然。

"那工作呢？"

"糟糕透顶。无论写什么，都觉得很无聊，悲哀得不行。真可谓生命的黄昏。艺术的黄昏。人类的黄昏。其实，这样说也是一种矫情吧。"

"郁特里罗①。"我几乎是无意识地脱口而出。

"啊，郁特里罗。好像还活着呢。这个酒精的亡灵。眼下只剩下一具尸骸。最近十年，他的画真是俗不可耐，没有一幅像样的。"

"不光是郁特里罗吧？其他的艺术家们不也全都……"

"是的，都衰退了。而新芽们也依旧是新芽，羸弱不堪。霜。Frost②。貌似整个世界都结了一层不合时宜的霜。"

上原先生轻轻搂着我的肩膀，以至于我的身体就像是被上原先生用和服外套的衣袖给包裹起来了。我没有拒绝，反倒更紧贴着他，慢慢地走着。

路旁树木上的枝头。光秃秃的树枝纤细而尖锐地戳向夜空。

"树枝，可真美呀。"我不由得兀自嘟哝道。

"嗯，特别是花儿与黝黑的树枝搭配在一起。"他说道，显得有些莫名的惊慌。

---

① 莫里斯·郁特里罗 (1883—1955)：法国风景画家。作品有《旧巴黎蒙马特区》《雷诺阿的花园》等。相对于他的作品，其一生的经历似乎更具传奇性，曾因酗酒而被学校开除，被银行解雇，甚至一度住进疗养院。

② 英文，"霜"。

"不，我喜欢这种树枝，没有花，没有树叶，也没有新芽，什么都没有。尽管如此，不也活得好好的吗？跟枯枝可不一样呢。"

"只有自然是不会衰弱的吧？"说着，上原先生又接连打了好几个喷嚏。

"不会是着凉了吧？"

"不，不，才不是的。实际上，这是我的一个怪毛病，只要酒精达到饱和点，马上就会打这种喷嚏。就像是酒精的警示器吧。"

"那恋爱呢？"

"哎？"

"您有吗？某个让您达到饱和点的人。"

"什么呀？可不准取笑我哟。女人都一样，没有省油的灯。吉罗钦、吉罗钦，咻噜咻噜咻。说来，实际上有一个呢。不，只能算半个吧。"

"您看过我的信了？"

"看了。"

"您的回答呢？"

"我讨厌贵族。总觉得他们身上有着某种令人作呕的傲慢劲儿。令弟阿直作为贵族，也算是个成大器的男人了，但不时也会突然表现出让人束手无策的狂妄。我嘛，是个乡下农民的儿子，只要一路过这样的小河边，就会想起小时候在故乡小河里钓鲫鱼和捞鳝鱼的往事，顿时觉得好难受。"

小河在黑暗深处流淌着，发出幽微的轻响。我们沿着小河边的路往前走。

"不过，你们贵族不仅不可能理解我们的感情，还嗤之以鼻，加以轻蔑。"

"那屠格涅夫呢？"

"那家伙是贵族。所以，我才讨厌他的。"

"不过，他的《猎人笔记》倒是……"

"嗯，唯独那本书还算不错……"

"它描写的是乡村生活的感伤……"

"那折中一下，就算那家伙是个乡村贵族吧。"

"我现在也是一个乡下人，还种田干活呢。堪称乡下的穷人吧。"

"那你现在还喜欢我吗？"他用粗暴的语气问道，"还想要我的孩子吗？"

我没有回答。

他的脸以山岩崩塌之势凑了过来，不容分说地吻了我。那是散发着性欲气息的一个吻。我一边接受它，一边流下泪来。这是带着屈辱和悔恨的苦涩眼泪。泪水夺眶而出，止也止不住。

我们俩又继续并肩前行。

"真是失策。我也迷上了你。"说着，他笑了。

但我却笑不出来，只是蹙紧了眉头，撅起了嘴角。

真拿他没办法。

如果要用语言来表述，就是那样一种感觉吧。我注意到，自己拖着木屐的双脚早已乱了步伐。

"真是失策。"那个男人又说了一次，"管他的，就走一步算一步吧。"

"真够矫情的。"

"你这家伙。"

上原先生用拳头在我肩膀上捅了一下，随即又打了个大喷嚏。

福井先生的家到了。貌似里面的人都已经躺下睡了。

"电报，电报。福井先生，有您的电报哟。"上原先生大声吼叫着，敲了敲玄关的门。

"是上原？"房子里传来了男人的声音。

"是的。王子和公主来求您留宿一夜了。天一这样冷下来，就净打喷嚏，搞得这出私奔好戏也变成了滑稽剧。"

玄关的门从里面打开了，站着一个年过五旬、有些秃顶的小个子男人。他穿着花里胡哨的睡衣，面带有些奇怪的腼腆笑容迎接我们。

"拜托了。"上原先生一说完，斗篷也没脱下便走进了屋子里。

"画室太冷受不了，我们就借住二楼吧。快过来。"说着，他拉住我的手，穿过走廊，在走廊尽头拾级而上，就进入了一个黑暗的房间，随即按下了开关。

"就像是高级餐馆的房间呢。"

"嗯，完全是暴发户的趣味。不过，这房间拿给他那种蹩脚画家，也够可惜的。他算是贼运亨通，一路顺畅吧。这么好的房间，不用也是白不用，快睡吧，睡吧。"

就像在自个儿家一样，他毫不客气地拉开壁橱，取出被褥来铺在地上。

"就睡在这里吧。我回去了。明天早晨我来接你。厕所在下完楼梯紧靠右边的地方。"

说完，他就像是从楼梯上滚落下去似的，发出一阵"哒哒哒哒"的噪音。然后，就突然安静了下来。

我摁下电灯开关，熄了灯，脱掉用父亲从国外带回的布料所缝制的天鹅绒大衣，只松开腰带，和服也没脱就钻进了被窝。不光因为疲惫，可能还因为喝了酒吧，整个身体都瘫软无力，很快就迷迷糊糊地睡着了。

不知什么时候，那个人已躺在了我身边……有近一个小时，我都在拼命地做着无声的抵抗。

突然间觉得他好可怜，也就放弃了抵抗。

"如果不这样，您就没法安心吧。"

"嗯，算是吧。"

"您呀，是不是搞坏了身体？还咯血了，对吧？"

"你怎么知道？实际上，前不久咯了不少的血呢。但我对谁都没有讲。"

"因为您身上散发出与我母亲去世前同样的气味。"

"我是抱着死的念头才使劲喝酒的。活着，让我悲伤得难以忍受。这悲伤不像寂寞和凄凉那样还留有余地。当四周的墙壁都传来阴森可怕的叹息声时，怎么可能存在着唯我独有的幸福呢？当你知道，活着绝不可能赢得自己的幸福和荣誉时，人会陷入怎样一种心境呢？努力。努力这东西只会成为饥饿野兽的饵料。悲惨的人太多了。莫非这也是矫情？"

"不是的。"

"恐怕就只剩下了恋爱。就像你信中所说的那样。"

"是的。"

我的爱情消失了。

天亮了。

屋子里有了微明的光线。我仔细打量着睡在我身边的这个人的脸。一副不久于人世者的面容。一张精疲力竭的脸。

牺牲者的脸。高贵的牺牲者。

我的人。我的彩虹。我的孩子。可憎的人。狡黠的人。

在我眼里，这是一张世上绝无仅有的、非常非常美丽的脸。仿佛爱情又重新复苏了，我的心怦怦直跳，一边抚摸着他的头发，一边主动亲吻了他。

这是可悲爱情的实现。

上原先生闭着眼睛，搂抱住我，说道："我确实有些扭曲。因为我是农民的儿子。"

我已经离不开这个人了。

"我，现在可幸福了。即便周围的墙壁充斥着哀叹之声，我此刻的幸福感也同样达到了饱和点。我幸福得又要打喷嚏了。"上原先生突然呵呵笑了，"不过，已经太晚了。已经是黄昏了。"

"明明是早晨呢。"

而就在那天早晨，弟弟直治自杀了。

七

直治的遗书。

姐姐：

我已经无可挽救。我先走一步了。

我实在想不明白，自己凭什么必须得活下去呢？

想活下去的人，就活下去好啦。

就如同人有生存的权利，人也理应有死亡的权利。

我的这种想法一点也不新鲜，毋宁说是理所当然而又最起码的事实。只是人们对此感到莫名的恐惧，不肯明目张胆地说出来而已。

想活下去的人，无论干什么都必须坚强地活下去，这的确很了不起，想必被誉为人类之荣耀的东西也就存在于其中吧，但我觉得，死亡也并非罪恶。

我，我这棵草，很难生存在这个世上的空气与阳光中。要想生存下去，总觉得欠缺了某些东西。我活到今天，已经是拼尽了全力。

我进入高中后，才开始和那些与我成长于完全不同阶级的人交往，他们都像野草一样坚毅和强悍。为了不被他们的气势所压倒所打败，我开始服用麻药，近于半疯狂地抵抗他们。后来我成为了士兵，在那里，我把服用鸦片当作了生存的最后手段。我这种心情，姐姐是不会懂的吧？

我想变得粗俗，变得强大，不，是想变得残暴。我认为，这才是我能够成为民众之友的唯一途径。光靠喝酒，是办不到的。必须一直让自己头晕目眩。为此，除了嗑药找不到其他办法。我必须忘记家庭，必须反抗父亲的血统，必须拒绝母亲的温柔，必须对姐姐保持冷漠。否则，我就拿不到进入民众之家的入场券。

于是，我如愿变成了粗俗之人，开始滥用粗俗的言辞。但其中的一半，不，其中的百分之六十，都无异于可悲的赝品，拙劣的伎俩。在民众眼里，我依旧是个矫揉造作、假装正经、性格阴郁的家伙。他们绝不会敞开心扉与我坦诚交往。可事已至此，我又不可能再回到被我摈弃的沙龙。如今，即使我的粗俗有百分之六十是人工的赝品，但其余的百分之四十却已是不折不扣的真货。对所谓上流沙龙那种臭不可闻的优雅，我恶心到几近呕吐，片刻也不能忍受，与此同时，那些号称高官显贵的人们也会讶异于我举止的粗俗，而将我立马驱逐吧。我不可能回归到已舍弃的世界，而只能被民众赐予一个彬彬有礼但却恶意遍布的旁听席。

无论哪个时代和社会，像我这种没有生活能力，并有缺陷的草，压根就不具备什么狗屁思想，兴许注定了只能自然灭亡的命运，但我也自有我的说辞。我感觉到，是某些客观情况让我难以活下去的。

所有的人都是一样的。

这真的算得上一种思想吗？我觉得，发明这一奇怪话语的人，既不是宗教家，也不是哲学家，亦非艺术家。想来，它是发端于民众的酒馆。也不知是出自何人之口，反正它就像蠕动的蛆虫一般，源源不断地涌向外面，不知不觉地裹挟了整个世界，让一切都变得阴郁而灰暗。

这句奇怪的话语，其实和民主主义，还有马克思主义都毫无关系。它肯定是在酒馆里那些丑男人向美男子发出的怨词詈语。其诉诸的只是一种单纯的焦虑。一种嫉妒。而绝不是思想或者别的什么。

不过，酒馆里这种源于嫉妒的谩骂声，却奇怪地摆出一副饶有思想的面孔，大肆通行于民众之中。它原本与民主主义和马克思主义丝毫无关，但不知何时，却与那些政治思想、经济思想搅和在一起，导致情况变得出奇的愚劣和鄙俗。对于将如此荒唐的言论拿来冒充思想的勾当，也许就连梅菲斯特①也会因良心谴责而有所顾忌吧。

所有的人都是一样的。

这是一句多么卑屈的话语啊。它在贬低他人的同时，也贬低了自我，没有任何的自尊，让人放弃所有的努力。马克思主义主张劳动者的优越地位，而并没有说所有的人都是一样的。民主主义主张个人的尊严，也没有说所有的人都是一样的。唯有皮条客才会说："嘿嘿，无论怎么装腔作势，人不也都一样吗？"

为什么要说"人都一样"，而不能说"谁更优秀"呢？这分明是奴隶劣根性的复仇。

不过，这句话实在是又猥亵又可怕。它让人们相互畏葸，让所有的思想都遭到亵渎，让努力遭到嘲笑，让幸福遭到否定，让美貌遭到玷污，让光荣遭到剥夺。我认为，所谓"世纪的不安"都源于这句奇怪的话语。

尽管我讨厌这句话，但同时又被这句话所胁迫，并因恐惧而周身颤抖，无论干什么都羞怯难当，惴惴不安，心跳加速，找不到栖身之处。于是，索性仗着酒精和麻药的晕眩来换取瞬间的安宁，结果把自己搞得一塌糊涂。

是我太软弱了吧？要知道，我是有着某种重大缺陷的草呢。即便我举出这些歪歪道理，皮条客也同样会笑着说，瞎扯什么呀，你原本就是一个贪图玩乐之人，一个大懒虫，一个好色鬼，一个自私的享乐主义者。就算遭到这种抢白，过去我也只会因害臊而含糊地点点头，但如今在

---

① 梅菲斯特：歌德长诗《浮士德》中的魔鬼。

这临死之际，我却想留下一句抗议的话。

姐姐，请相信我。

即便沉溺于玩乐，我也一点都不快乐。也许是患了快乐阳痿症吧。我只是想从自己的贵族影子中逃离出去，才这样发疯地玩乐和颓废的。

我们到底是否有罪呢？生为贵族，难道是我们的罪孽吗？只因出生在那个家庭，我们就不得不永远像犹大的家人一样畏畏缩缩，不断谢罪，羞愧地活下去。

我应该早点死掉才好。但母亲的爱是我唯一的羁绊。一想到这里，我就不能死了。人拥有自由生存的权利，同时也拥有随时都任性死去的权利。尽管如此，我还是认为，在母亲活着时，这种死的权利只能被保留起来，否则意味着，它同时也会杀死"母亲"。

现在，即便我死去，也不会有人悲恸得伤害身体。不，姐姐，其实我知道，失去我以后，你们会有多么悲痛。不，还是丢掉那些虚饰的感伤吧。知道我的死之后，你们肯定会痛哭的，但你不妨想象一下我活着的痛苦，还有我从这种讨厌的生活中得到完全解脱后的喜悦。这样一来，我想，你们的那种悲痛就会逐渐解消和平息的。

肯定有人会摆出一副自鸣得意的面孔来谴责我的自杀。他们口口声声说，我应该活下去，却从未向我伸出援助之手。想必这些人乃是可以满不在乎地劝说天皇陛下开一家水果铺的伟人。

姐姐。

我还是死了的好。我缺乏所谓的生活能力。无力因金钱而与人争斗，甚至连敲竹杠都不会。即使和上原先生一起玩，我的账单也都是自己支付的。上原先生把这归结为贵族狭隘的自尊心，一副嫌弃的样子，但我并不是出于自尊心才付账的，而是不敢用上原先生辛苦工作挣来的钱去无聊地吃喝或玩女人。简单地说，这都是因为尊敬上原先生的工作。可一旦这么说，又觉得是在撒谎，其实，就连我自己也不清楚个中究竟。只觉得被人请客是件很可怕的事。尤其是别人用他的辛苦钱来请客，我更是觉得特别难堪，特别心塞，无法忍受。

于是，只有把家里的钱和物品拿出去变卖，给母亲和你带来了痛苦，而我自己也并不快乐。所谓经营出版社的计划，也不过是掩饰愧疚的门面话。实际上，根本就不是真心想做。对一个不敢坦然接受请客的人来说，即便真心去做，也肯定是赚不到钱的。关于这一点，不管我多么愚蠢，也还是有自知之明的。

姐姐。

我们已经很穷了。我曾想趁自己还活着时去款待别人，但却落到了不依靠别人的款待就活不下去的地步。

姐姐。

既然如此，我为什么还必须得活着呢？我已经没救了。我还是去死吧。有种药可以让人轻松地死去。是我当兵时弄到手的。

姐姐是那么美丽（我一直以美丽的母亲和姐姐为傲），那么聪慧，所以，我对姐姐的事儿毫不担心。是的，我甚至没有资格来担心你。因为那就跟强盗关心被盗者一样，只会叫人面红耳赤。我想，姐姐肯定会结婚生子，依靠丈夫来生活下去吧。

姐姐。

我有一个秘密。

长期以来，我都深埋在心间，即使在战场上，我也满脑子都想着那个人，总是梦见那个人。不知多少次我睁眼醒来，都发现自己满面泪痕。

至于那个人的名字，就算嘴巴烂掉，我也不敢告诉任何人。现在我就要死了，我琢磨着，至少要清楚地告诉姐姐吧，但还是觉得很可怕，不敢说出那个名字。

不过，若是把这件事作为绝对秘密而深藏在胸间，到死都不告诉任何人，那么，我总觉得，即便我的整个身体被火化成灰，唯独胸口这个部位也绝不会被烧尽的，还会散发出一股腥臭味吧。这让我备感不安，所以打算只告诉姐姐，就像讲述一个虚构的故事，采取宛转而含糊的叙述策略。然而，即便说是虚构的故事，想必姐姐也应该察觉到了她是谁。因为与其说它是虚构的故事，不如说只是换了个假名来稍加掩饰而已。

姐姐，你已经猜到了吧？

姐姐应该知道那个人，但或许没有见过面吧。她比姐姐还要年长一点。单眼皮，丹凤眼，从不烫头发，总是梳着那种不起眼的发型，大概就叫垂髻吧。尽管穿着寒酸的衣服，却并不邋遢，总是显得整洁而利落。她是一位中年画家的夫人。战后，她丈夫借助新画法接连发表了不少作品而一举成名。尽管这个西洋画家举止粗俗，行为放荡，但这位夫人却强装镇静，在生活中始终保持温柔的微笑。

我站起身说："那我这就告辞了。"

那个人也站起来，毫无戒备地走到我身边，仰头看着我问："为什么？"

她用平常的嗓音说道，就像是真的不明白一样稍歪着头，好一阵子都凝视着我。而且，她的眼睛里看不到任何邪念和虚饰。就我的性格而言，原本只要与女人目光相遇，就会惊慌失措地挪开视线，但唯独这一次，我一点也不感到害羞，虽然两个人的脸只有一尺之隔，但我却开心地一直注视着她的眼睛，长达六十秒甚至更久。然后，我微笑着说："不过……"

"他马上就会回来的。"她依旧一脸认真的表情，说道。

我突然想到，所谓诚实，不就是指这种感觉的表情吗？它绝不是那种修身教科书式的陈腐道德。毋宁说，原本由诚实这个词语所表达的德行，正好就是这种可爱的东西。

"我下次再来。"

"这样啊？"

自始至终，都贯穿着这种再普通不过的对话。某个夏日的午后，我去那个画家的公寓拜访，结果画家外出不在，夫人告诉我，他会马上回来的，建议我进屋去等画家回来。于是，我照夫人说的那样进到屋子里，浏览了大约三十分钟的杂志，见画家还没有回来的迹象，就站起身来说"那我这就告辞了"。仅此而已。但我却痛苦地爱上了那一天那一刻的那一双眼睛。

用高贵来形容，应该没错吧。我周围的贵族中，除了母亲之外，没有一个人能有那种毫无戒备的"诚实"眼神。唯有这一点我敢斗胆断言。

那以后，某个冬天的傍晚，我被那个人的侧影所深深地打动。还是在那个画家的公寓里，我一大早就陪着画家坐在被炉里喝酒，边喝边把日本的所谓文化人士骂个狗血喷头，还笑得前仰后合。不一会儿，画家就倒下打起了鼾，我也躺下变得迷糊起来。这时，我发现有人给我盖上了软乎乎的毛毯。我眯缝着眼睛一看，只见东京冬天黄昏时的天空一片浅蓝，清澈如水，而夫人正抱着她女儿，悠闲地坐在公寓的窗边。她端庄的侧影在黄昏浅蓝色天空的映衬下，就像文艺复兴时期的侧影画那样浮现出清晰的轮廓。她悄悄给我盖上毛毯的善意中，既不带任何情色意味，也没掺杂其他的欲念。啊，"人性"这个词，不就是用在这种时候，才倍显生命力的词语吗？她只是出于一个人理所应有的关爱之心，近于无意识地做出了那个举动。此刻，她眺望着远方，安静得恰似一幅画作。

我闭上眼睛，因思念和渴慕几近疯狂，泪水夺眶而出，索性用毛毯蒙住脑袋。

姐姐。

我之所以去画家那里，最初完全是因为醉心于他作品的特殊笔法，以及背后潜藏的疯狂激情。但随着交往的加深，我不禁对他的缺乏教养、信口开河与卑鄙无耻而大失所望，相反，倒是被他夫人的美好心性所吸引，不，毋宁说我爱恋与倾慕着她内心满含的正当的爱。到后来，我是因为渴望见到夫人，才去造访那个画家的。

如今我甚至认为，倘若那画家的作品里还多少散发着艺术的高贵气息，那也不啻夫人善良内心的反映罢了。

　　现在就把我自己的感受如实说出来吧，其实，那个画家是一个嗜酒如命和贪图玩乐的投机商人。只因需要钱来大肆挥霍，他才肯在画布上乱涂一气，并趁着流行之势故作姿态，待价而沽。那家伙所拥有的特长，不外乎是乡巴佬的厚颜无耻、愚蠢的自信和奸诈的商业才能。仅此而已。

　　也许那家伙对其他人的画，不管是外国人的画，还是日本人的画，都一窍不通吧。而且，就连对自己画的是什么，也懵里懵懂吧。只是为了得到享乐的玩资，才拼命把颜料涂抹到画布上。

　　更让我吃惊的是，他居然对自己的那些胡言乱语深信不疑，没有半点羞愧和惧怕。

　　他只顾着自鸣得意。既然他对自己的画都懵然不懂，更不可能对别人作品的长处有一知半解了。所以，他能做的就只有贬低别人。

　　总之，尽管他口口声声说，自己的颓废生活如何痛苦，但实际上，这个混蛋乡巴佬因来到久已向往的都市，取得了自己也没有想到的成功，所以一下子得意忘形，而只顾着寻欢作乐了。

　　我有一次对他说："看到朋友都在偷懒玩耍，唯有自己在用功学习，我就会很难为情，感到害怕，所以即使不想玩，也忍不住混入他们中间一起玩了。"

　　听我这么一说，这个中年画家回答道："哎？这就是所谓的贵族气质吧，真讨厌。我是看见别人玩，觉得自己也不一起玩的话，未免不划算，所以才使劲玩的。"

他一脸坦然的表情。当时，我打心眼里瞧不起这个画家。是的，他的放荡中缺失的是苦恼。毋宁说只是把无聊的游玩作为骄傲的资本。不愧是个真正愚蠢的享乐主义者。

不过，说再多这个画家的坏话，也都跟姐姐毫不搭界，更何况在这将死之际，一想到与他长久以来的交往，还是不禁萌生怀念之情，涌起了想再见一面、一起玩玩的冲动。是的，我对他已没有半点憎恨。再说他也有着寂寞之人的种种优点，在此我就不再多说什么了。

我只是想让姐姐知道，我曾因爱上他的夫人而神思恍惚，陷入痛苦。即使姐姐知道了这件事，也不必告诉什么人，更不必为了达成弟弟生前的夙愿而去矫情地多管闲事。所以，只要姐姐一个人知道这件事，并悄悄在心里想"原来是这样啊"，那我就心满意足了。如果说我有什么奢望，那就是——听到我这没脸见人的告白后，至少姐姐能更深地了解我之前活着的痛苦，那么，我将不胜欣慰。

我曾梦见自己与夫人手牵着手，并且发现夫人也是很久以前就喜欢上了我。即便从梦中醒来后，我的手心里还残留着夫人手指的温暖。仅此我已心满意足了，觉得应该断念了。这倒不是因为害怕道德，而是惧怕那个半疯狂的，不，应该说是完全疯狂了的画家。我想就此罢休，把胸中的热火引向别处，所以饥不择食地与各种女人鬼混，以至于有天晚上，就连那个画家也不得不对我的行为蹙紧了眉头。我千方百计地想逃离那个夫人的幻影，想忘记她，想看淡一切，但就是做不到。结果我发现，自己是个只可能爱上一个女人的男人。我可以坦白地说，我从不觉得夫人的其他女性朋友是美的，或者可爱的。

姐姐。

死之前，请允许我写一次吧。

……阿菅。

这是那位夫人的名字。

昨天，我带了一个压根就不喜欢的舞女（这女人有着一种天生的愚蠢）到山庄来。不过，绝不是为了今天早晨自杀才来的。尽管我的确打定主意要在近期辞别人世，但昨天把女人带回山庄，是因为她缠着我要出来旅行，而我也厌倦了在东京厮混，所以就想，不妨和这个愚蠢的女人在山庄待上两三天。虽说会给姐姐带来一些不便，但还是一起来了，恰好姐姐要出门去东京的朋友家，这让我突然意识到，如果要死，就不如趁这个时机吧。

以前我一直都想死在西片町的家里，因为我不愿死在大街上或荒野里，让自己的尸体被一群看热闹的人瞎折腾。但西片町的家已经转让给别人，如今我只有死在这山庄里。不过，一想到姐姐会是第一个发现我尸体的人，不知会有多么惊愕与恐惧，我的心情顿时沉重起来，觉得千万不能在只有姐姐和我两个人待在山庄的夜晚自杀。

啊，这是一个千载难逢的机遇。恰好姐姐不在，将由大脑迟钝的舞女来代替姐姐成为我自杀的发现者。

昨天晚上，两个人喝完酒，我把女人打发到二楼的西式房间睡觉，自己则独自在母亲过世的一楼房间里铺好被褥，然后就着手写这篇手记了。

姐姐。

我已失去孕育希望的土壤。再见了。

归根结底，我的死属于自然死亡。因为人是不可能仅凭思想就死亡的。

此外，我还有一个难以启齿的请求。母亲的遗物里有一件麻料夏衫，姐姐说明年夏天拿给直治穿而特意缝改过，对吧？就请把那件衣服也放进我的棺材里吧。我想穿上它。

天色已经亮了。长期以来，辛苦你了。

别了。

昨晚喝过的酒已彻底醒了。我很清醒，不是因喝醉而死的。

让我再说一次，别了。

姐姐。

我，是贵族。

八

梦。

大家都离我而去了。

直治死之后，我料理好后事，然后独自在山庄住了一个月。

我怀着澄净如水的心情，给那个人写了一封也许是最后的信。

好像您也已经把我抛弃了。不，是逐渐忘却了。

但我却是幸福的。貌似我已如愿怀上了身孕。如今，虽然我觉得痛失了一切，但腹中的小小生命却成了我孤独微笑的种子。

我再怎么也不会觉得，这是一次卑鄙而龌龊的失败。这个世上，为什么会存在着战争、和平、贸易、工会、政治等等呢？关于这一点，这阵子我也算是有些开窍了。而您却懵然不知，对吧？所以，您永远都是不幸的。那就让我来告诉您吧，无非是为了让女人生下好孩子。

从一开始我就没打算指望您的人格或责任心。问题的关键只在于，我孤注一掷的恋爱冒险是否能够成功。而现在，我已如愿以偿，内心就像森林中的沼泽一样安详宁静。

我认为，我胜利了。

玛利亚即便生下的不是丈夫的孩子，但只要她引以为豪，那他们就肯定是圣母和圣子。

我有一种满足感，为自己坦然忽视陈腐的道德，而得到了一个好孩子。

那之后，你依旧会"吉罗钦、吉罗钦"地和绅士们、姑娘们喝着酒，继续沉溺于颓废的生活吧。不过，我并不打算阻止你。或许那也算是您最后的斗争方式吧。

把酒戒了，赶快治好病，争取多活几年，干一番像样的事业——这种假惺惺的套话，我已经不想再说了。与其干一番"像样的事业"，不如抱着不惜一死的心情，坚持贯彻所谓的违背道德的生活，没准这样反而会受到后世人们的称赞。

牺牲者。道德过渡期的牺牲者。不管您，还是我，都无一不是吧。

革命到底是在何处进行的呢？至少在我们周围，陈腐的道德依旧一成不变，阻挡着我们前进的方向。无论海面的波浪如何喧嚣，海底的海水都纹丝不动，静静地躺着佯装酣睡，哪里有一星半点革命的影子。

不过，在第一回合的战斗中，我自认为撬开了一丝陈旧道德的大门。这次，我打算与出生的孩子一起，再战第二回合和第三回合。

为所爱的人生下孩子，并把他抚养成人，这就是我道德革命的终极目标。

就算您忘了我，或者因酗酒而丢掉了性命，我也可以为完成我的革命而坚强地活下去。

尽管近来我从某人那里了解到了您人格的低下，但让我变得如此坚强的人，却也恰恰是您。在我心中挂上彩虹的人，也是您。赋予我生存目标的人，也是您。

我以您为傲，也希望让生下的孩子以您为傲。

私生儿与母亲。

但我们已打定主意，要和陈腐的道德抗争到底，要像太阳一样活着。

也恳求您继续战斗下去。

革命尚未开始，还需要更多宝贵的生命做出令人扼腕叹息的牺牲。

在如今这个世界上，最美丽的莫过于牺牲者。

这不，已经有了一个小小的牺牲者。

上原先生。

我已经不打算再拜托您什么了，但为了这小小的牺牲者，请您答应我一件事。

那就是请让您夫人也抱抱这孩子，哪怕一次也好。到那时，请允许我这么说："这是直治让某个女人偷偷生下的孩子。"

至于为什么要这么做，我不能告诉任何人。不，其实就连我自己也不明白，为什么要那么做。不过，我无论如何都必须得请您允许我那么做。为了直治这个小小的牺牲者，我无论如何都必须得请您允许我这么做。

或许您会不高兴吧？可就算不高兴，也请您忍耐一下。就把这看作是被抛弃和忘记的女人所想出的唯一一个小小的恶作剧吧。请务必答应我。

此致

M.C My Comedian[1]

昭和二十二年[2]二月七日

---

① 英文，"我的喜剧演员"。M.C 是其首字母的缩写。
② 1947 年。

樱　桃

吾面对青山而举目

——诗篇　第一百二十一

　　我希望大人比孩子更重要。即便像旧式道学家那样一本正经地认定，"一切皆为孩子"，可事实上，竟也是大人比孩子更弱势。至少在我家便是如此。尽管从没打过如意算盘，希望老后让孩子们来伺候和照顾我，但我这个父亲在家里还是得一味讨好孩子们。说到孩子，我家的几个都还年幼，长女七岁，长男四岁，次女才一岁。虽说如此，孩子们个个都开始骑在父母的头上了，而两个大人则大有像是孩子们的侍男侍女的感觉。

　　夏日，一家老小全都挤在三铺席大的房间里，吵吵嚷嚷地用晚餐。身为父亲的我一个劲儿地用汗巾揩掉脸上的汗水，独自嘟哝道："川柳①集里倒是有这样的诗句：吃饭时大汗淋漓，也属粗俗之举。可无奈孩子们如此吵闹，再优雅的父亲也得流汗哪。"

---

①　川柳：由十七个假名组成的诙谐、讽刺短诗，是日本的一种文学体裁。

孩子他妈把奶头塞进一岁女儿的嘴里，一边照顾丈夫和儿女吃饭，一边还得给孩子擦鼻涕、收拾泼洒的饭菜，忙得真是手脚无措。

"孩子他爹，好像你的鼻子最容易流汗了。这不，总是忙不迭地擦鼻子哪。"

身为父亲的我苦笑道："那你呢？又是什么地方容易流汗？是大腿根儿吗？"

"瞧，多优雅的父亲哪。"

"哎呀，我们不是在讨论医学问题吗？哪有什么优雅和粗俗之分的。"

"我嘛，"孩子他妈的表情变得稍为严肃了些，说道，"在我这双乳之间，……其实是泪水的溪谷……"

泪水的溪谷！

我噤口不语了，又埋头继续吃自己的饭。

在家里，我总喜欢开玩笑，这大概是因为内心的烦恼太多，不得不强装出表面的快乐吧。不单在家里是如此，就连在与他人接触时，不管心里多么痛苦，身体多么疲惫，也会尽力营造出一种愉快的氛围。而每当与人分手后，我早已累得步履蹒跚，可脑子里却还在不停地思考着金钱、道德、自杀之类的事情。这并不仅限于与人接触之时，即便在写小说的时候也同样如此。在悲伤抑郁的时候，我反倒会竭力去创作一些轻松愉快的故事。我自认为是在把美好奉献给读者，谁知人们并不领情，反而鄙视我，说太宰这个作家近来着实浅薄，单纯以趣味性来哗众取宠，实在是肤浅之至。

一个人愿意奉献给他人，这能说是坏事吗？难道装模作样，不苟言笑才是善举？

我是个傻正经人，对那些令人扫兴的不快之事无法容忍。就算在家里，我也总是不停地说着笑话，带着如履薄冰的感觉开玩笑，与部分读者和批评家的想象相左，我家的榻榻米亮丽如新，案头整理得井井有条，夫妻之间相互体贴尊重，不用说绝无丈夫殴打妻子之事，就连高叫着"滚出去""滚就滚"之类的粗暴争吵也从未发生过。在疼爱孩子这点上，父亲和母亲都不落人后，而孩子们也总是快乐地黏着父母。

不过这只是表面现象。孩子他妈一露出胸脯，便是泪水的溪谷，而丈夫睡觉时的盗汗也日益增多。夫妻双方都深谙对方的痛苦，却竭力加以回避。一旦丈夫开起玩笑来，妻子在一旁也会乐呵呵的。

每当妻子提到泪水的溪谷时，丈夫就会默不作声，即便想说说笑话，转移开话题，也会一时找不到合适的措辞。可继续沉默下去，心中的不快又会郁积得太多，就算丈夫是个"万事通"，也终究只能绷紧了一张脸。

"去雇个人吧，无论如何都只能这样了。"为了不破坏妻子的心情，丈夫怯生生地咕哝道。

作为三个孩子的父亲，在料理家务上我是绝对无能的，就连被子我也不收拾，只知道开些低能的玩笑。对什么配给呀、登录①呀之类的事情更是一无所知，回家就如同客居旅店。整天都忙着待客、应酬，要不就是带着盒饭去工作室，有时一去便是一个礼拜，家也不回。嘴上成天挂着"工作、工作"，可每天却只能写出两三页的东西，其余的时间全都耗在了喝酒上。饮酒过多，导致身体枯瘦，成天嗜睡，而且还四处结交年轻女人。

说到孩子，七岁的长女和今春出生的次女尽管有点爱伤风感冒，

---

① 配给、登录：指日本第二次世界大战时期的配给制和登录制。

但还算是正常。可四岁的长男就不同了，个头矮小，至今还不能站立，只能在地上爬行，一句话也不会说，只会咿呀几句，甚至分辨不出其他人的说话声。大小便也不能自理，饭倒是能吃不少，却迟迟不见长大，显得又瘦又小，头发稀疏。

夫妻俩都对长男的事讳莫如深。白痴、哑巴……如果让这些词脱口而出，并承认现实的话，未免太过惨烈了。妻子不时紧紧搂抱着孩子，丈夫却常在一旁有种发作似的冲动，想抱上孩子投河自尽。

"哑巴儿子遭父亲杀害。某日正午时分，某区某街某号某商人（五十三岁）在自家六铺席的房间里，用劈柴刀杀害次男某某（十八岁）后，又用剪刀戳破喉咙自杀未遂，被送往附近医院抢救，至今尚未脱离危险。该户人家最近为二女儿（二十二岁）招了入赘女婿，因担心又哑又傻的次男妨碍这段婚姻，竟出于爱女之心，萌生绝念。"

这一类的新闻报道，也引发我喝得烂醉。

呜呼！如果这个长男仅仅是发育迟缓就好了。如果有那么某一天，他突然间茁壮成长起来，就如同在愤然嘲笑父母的多虑，该有多好！夫妻俩没有告诉任何亲朋好友，只是一边在内心深处悄悄这样祈祷着，一边表面上若无其事地逗弄着长男。

夫妻俩都为了生存而竭尽全力。我原本就不是一个多产的作家，而只是个极端谨小慎微的人，却被活生生地暴露于公众面前，不知所措地进行着创作。写东西很吃力，甚至不得不求助于闷酒。所谓喝闷酒，乃是对自己无法写出真实的想法而倍感悔恨和懊丧时喝的酒。能明确表达自己观点的人是不会喝什么闷酒的（女人中喝酒者不多，盖缘于此）。

跟别人高谈阔论，我从未赢过，每次都必输无疑。因为我总是被对方强烈的自信、惊人的自我肯定所压倒，最终只能缄口不语。仔细想来，我也察觉到了对方的自私，逐渐开始相信，并非都是我的过错。不过明明辩输了却还要死缠烂打，这未免过分凄惨。更何况对于论争，我历来就像对待斗殴一样厌恶无比，尽管怒气冲天却依旧面带笑容，要不就索性保持沉默，随后又开始胡思乱想，不由自主地借酒浇愁。

　　坦白地说，我这篇东西写得絮絮叨叨，东拉西扯。说穿了，就是一篇描写夫妻吵架的小说。

　　"泪水的溪谷"，这正是吵架的导火索。如前所述，我们这对夫妻不用说动手动脚，就连恶言相向的事也从未有过，堪称相敬如宾的一对。话虽如此，还是有些地方因一触即发的危险而不得不提心吊胆。这种危险就像是彼此在无言中搜罗着对方不是的证据，又像是拿起一张牌瞥一眼后便悄然放下，在反反复复之中，只等着把牌收齐之后，冷不防在你眼前一下子摊牌似的，这无疑加深了夫妻间客套的程度。妻子一方姑且不论，丈夫倒是像个越是捶打，灰尘出得越多的人。

　　"泪水的溪谷"，一听到这说法，丈夫便禁不住一阵悲哀。他不喜欢争论，只有一味沉默，在心里嘀咕道：不管你用哪种讥讽的语气说出这个词，其实，流泪的人又何止你一个。在为孩子的事绞尽脑汁这一点上，我也并不示弱，也知道自己的家庭有多么重要。即便是孩子夜晚的一声咳嗽，也会让我猛然惊醒，心头一阵难受。说到这个家，我何尝不想住进更好一些的房子，让你和孩子们兴高采烈。可我就是没有这个能力，仅仅是为了维持现状，也已经是豁出老命了。我也不是什么凶神恶煞的怪物，没有对妻儿见死不救的胆量；我也不是不知道什么配给、登录之类的事情，只是实在没有那个工夫。我暗自在心里这样嘟哝着，却没有勇气说出口来。没准儿又会被妻子转移目标，弄得自讨没趣，最后充其量嘀咕一句"去雇个人吧"之类的话，以表示自己一点小小的主张。

妻子属于沉默寡语的一类人，在她的话语中带着一种冷冰冰的自信（不单是她，其他女人也大抵如此）。

"可实在是没有人愿意来呀！"妻子回答道。

"找一找肯定会有的，不是没人愿意来，大概是没人肯在这儿待下去吧。"

"你是说，我不会用人吧？"

"哪儿的话……"

我又沉默了。其实，我真是那么想的，却只能不吭声。

是啊，要是雇个人就好啦。当妻子有事背着最小的孩子外出时，我必须照顾另外两个孩子，而且家里每天必定有十来个客人。

"我想去工作室。"

"这就去吗？"

"嗯。有东西一定得在今晚赶出来。"

这倒并非谎言，不过其中也不乏这样的动机，那就是想逃离家里这种压抑的气氛。

"今晚我想去妹妹那里一下。"

我知道妻子的妹妹眼下病重，可如果让妻子去探望，那我就又得留下来照看孩子了。

"所以我才说要雇一个人嘛。"

刚一开口，我就又止住了话头。只要一提及妻子娘家的事，两个人的心理就会变得复杂起来。

人活在这世上，真是一件不容易的事，到处都有枷锁来束缚住你，哪怕是稍微动一下，也会冒出血来。

　　我默默地站起身来，从六铺席房里的桌子抽屉中取出装有稿费的信封，放进和服衣袖，又用黑色的包袱皮将稿笺纸和辞典裹好，就恍如自己的身体已不再是物体似的，飘飘然地出了门。

　　这下哪还有心思工作，满脑子都想着自杀的情景。于是，径直去了喝酒的地方。

　　"欢迎光临！"

　　"拿酒来！哇，今天你又穿着这么漂亮的衣服哇！"

　　"不错吧？我想，这花纹是你喜欢的。"

　　"哎，今天两口子吵架，气儿还没消呢。来，喝喝喝！今晚就住在这里啦！不走了！"

　　我希望大人比孩子更重要。与孩子相比，其实父母更加弱势。

　　樱桃上市了。

　　在我家，是不会给孩子吃高档东西的。孩子们也许连樱桃都没有见过。要是带些回家让他们尝尝，他们该多高兴啊。如果用线系住樱桃蒂，挂在脖子上，那颗颗樱桃看上去一定就像珊瑚首饰吧。

　　我吃着盛在大盘子里的樱桃，味同嚼蜡。我一边吃着，一边不断从嘴里吐出樱桃核，而心中却虚张声势地嘟哝着一句话：大人比孩子更重要。

蟋 蟀

　　我要和你分手。你满嘴都是谎言。兴许我也有不对之处。但我确实不知道，自己到底哪里不对。我已经二十四岁了。到了这把年纪，就算说我哪里不对，也没法改变了。除非一下死去，再像耶稣基督那样复活，否则是根本改不了的。可我也知道，自杀乃是头号的罪恶，所以我要和你分手，按照我认为正确的活法，来试着努力活下去。我觉得你很可怕。在这个世界上，没准儿你的活法才是正确的，但于我而言，却怎么也没法那样做。嫁给你都快五年了。记得是十九岁那年春天与你相亲的，然后就只身跑到你身边来了。到今天我才说，当时我父母都是拼命反对这门亲事的。还有弟弟也是，那时他才刚进大学，露出一副不以为然的表情，有些少年老成地问我："姐姐，真的不要紧吗？"因为怕你不高兴，一直憋到今天我都没有说，其实那时候，我还另外谈过两门亲事。尽管如今记忆都模糊了，但据说其中一个是帝国大学毕业的少爷，志向是当一名外交官什么的。我还看过他的照片，长着一副像是乐天派的开朗面孔。这是池袋的大姐给介绍的。另一位则就职于我父亲的公司，是个接近三十岁的技师。因为是五年前的事，所以也记得不真切了，不过据说是一个大户人家的长男，人也很踏实靠谱。好像很受我父亲的赏识，父母都巴不得促成这门亲事。印象中，应该是没有看过他的照片。尽管这些事怎么着都是无所谓的，但只因害怕被你笑话，心里不舒服，所以才把记忆中的事都抖搂了出来。之所以告诉你这些陈年旧事，绝不是为了故意跟你过不去或者别的什么。这一点请你务必相信。否则，我就为难了。我从未有过不贞的念头，比如愚蠢地认为，要是嫁给其他人就好了之类的。除了你之外的其他人，我是难以想象的。如果你又像往常那样一笑了之，我会感到很难过的。我是一本正经地在跟你说话，就请听我说完吧。不管是那时，还是现在，我都没有半点意思要和你以外的其他人结婚。这一点是铁板钉钉的。从孩提时代起，我最讨厌的就是磨磨蹭蹭。当时父母，还有池袋的大姐，都想方设法劝我去相亲，说也就是先见个面而已，但在我心目中，相亲就跟婚礼是一码事，所以没有贸然答应。因为完全无意和那个人结婚。如果真像大家说的那样，对方是一个无可挑剔的人，那么即便没有我，不也同样有很多其他好女孩在等着他吗？因此，总觉得提不起劲来。我想嫁给这样一个人，在这个世界上（我这样说，没准儿又会被你笑话）除了我，就没有谁肯嫁给他。我就这样懵里懵懂地想着。恰好这时，有人说到了你。因为提亲的方式很不礼貌，惹得父母一开始就很不痛快。提亲的是古董商但马先生，当时他到父亲的公司来卖画。在像往常那样饶舌了一番后，他突然话题一转，开了个不够庄重的玩笑："这幅画的作者日后必成大器。将府上的千金嫁给他，如何？"父亲听了根本就没放在心上，只是买下那幅画，挂在了公司会客厅的墙壁上。两三天之后，但马先生又来了，这次是来正式提亲的。父母感到很唐突，惊讶地说道：

"这也太不庄重了。如果说担任说客的但马先生有失体面，那么拜托但马先生的那个男人就更是……"事后我才从你那里得知，这一切事先你并不知道，都是但马先生出于朋友的忠诚而自作主张的。真是有劳但马先生了。如今，你能出人头地，也是托但马先生的福哪。是的，他真是抛开了生意经来全身心地帮你。也就是说，他是看准了你这个人。今后也千万别忘了但马先生哟。当时，我听到但马先生那莽撞的请求，尽管有些吃惊，却很奇怪地想见见你了。总觉得有种莫名的兴奋。有一天，我悄悄去父亲公司看你的画。这件事，我曾经告诉过你吧。我装着找父亲有事的样子，走进会客厅，独自静静地欣赏着你的画。那天天气很冷。我站在没有生火的宽大会客厅的角落上，一边直打着哆嗦，一边看你的画。那幅画上画着小小的庭院和向阳的套廊。套廊上没有人，却放着一个孤零零的白色坐垫。是一幅只由蓝、白、黄三色组成的画面。看着看着，我哆嗦得更厉害了，几乎再也站立不住。我当时就认定，这幅画除了我是没有人懂的。这可不是乱说，你千万别笑话。看见那幅画之后，有两三天时间，不论昼夜，我的身体都战栗不止。我琢磨着，无论如何，自己都只能嫁给你了。说来怪轻浮的，让我害羞得仿佛整个身体都在燃烧，但还是去央求了母亲。母亲露出了很不情愿的表情。但我决心已定，不肯罢休，就自己直接答应了但马先生。但马先生说了声"太好了"，就起身站了起来，不承想绊在椅子上摔了一跤。尽管如此，我和但马先生都一笑也没笑。那以后的事，想必你也是清楚的吧。在我们家，随着时间的流逝，对你的评价也越来越糟糕。比如，说你瞒着你父母，就从濑户内海的家乡跑到东京来了，你的父母自不用说，就连亲戚全都对你冷眼相看；说你喜欢喝酒；说你的画作从未在展览会上展出过；说你好像是个左翼分子；还有，怀疑你是否真的是从美术学校毕业的；等等。也不知道是从哪里调查到的，反正父母给我讲了各种各样的事情，来斥责我，来阻止我。不过在但马先生热心的斡旋下，总算决定去相亲了。记得那天我和母亲一起来到了千疋屋的二楼上。你就跟我想象中的一个样。你衬衫袖口的洁净让我一阵心动。当我端起红茶的托盘时，整个身体恍如故意捣蛋似的不住颤抖，结果勺子在盘子上发出咔嚓的响声，让我不知所措。回到家里后，母亲更加激烈地数落起你来，说你最大的不是就是只顾着抽烟，也不怎么跟母亲搭话，还说你面相不好，未来没有希望。不过我已经决定嫁给你了。僵持了一个月，终于我取胜了。和但马先生商量之后，我什么也没带就只身跑到了你那里。对于我来说，没有比在淀桥公寓里度过的那两年更快乐的时光了。每天每天，脑海里都满是明天的计划。你对什么展览会和所谓名家的名字漠不关心，只随性地画些喜欢的画。越是贫穷，我就越是心中暗喜，莫名地兴奋，对当铺和旧书店抱着一种遥远回忆中的故乡似的亲近感。当真的身无半文时，可以尝试自己所有的力量，觉得干劲十足。要知道，越是没有钱的时候，饭菜就越是美味，越是幸福。我不是接连发明了各种好吃的料理吗？可现在，已经不行了。什么想要的东西都可以轻易买来，一想到这个，便不再有任何幻想了。即使去逛市场，我也只感到一片空虚。我只是把隔壁大婶们要买的东西也同样买回来而已。你突然间声名鹊起，于是我们就从淀桥的公寓搬出来，迁到了三鹰的这个家里。但从那以后，我们就再也没有任何快乐的事了。我也失去了一展身手的空间。你突然变得能说会道，对我也是更加呵护了，但我却觉得，自己就像是被豢养的小猫，总是很困扰。我没想到你会在这世上立身成名，一直认为，你到死都会一贫如洗，只会随性地画一些想画的画，被世间的人们所嘲笑，却若无其事，不向任何人低头，只偶尔喝点喜欢的小酒，不被俗世所玷污地度过一生。莫非是我太傻了？不管是那时还是现在，我都相信：在这个世上，必定存在着一两个那样的美丽之人。我暗自想，因为其他任何人都看不见他额头上的月桂树冠，他会受尽委屈，也没有人愿意嫁给他来照料他，所以我要嫁给他，伺候他一辈子。我一直以为，你就是那个天使。还认为，只有我知道这一点。但结果如何呢？不承想你突然变得伟大起来。不知为什么，我觉得羞愧得不得了。

我并不是憎恶你的成名。当我知道，越来越多的人一天天爱上你那悲凉得几近神秘的画作之后，每天夜里我都在感谢神灵，高兴得想哭。在淀桥公寓的两年里，你兴之所至地画着你喜欢的公寓后庭，或是新宿深夜的街道。当身无半文时，但马先生就会登门造访，作为两三幅画作的报酬，给我们留下足够的钱。但那时，看见自己的画被但马先生拿走，你的脸上会露出无限落寞的神色，对钱什么的漠不关心。每次但马先生来，都会悄悄把我叫到走廊上，无一例外地先说一声"请笑纳"，一本正经地行个礼，然后把一个白色信封塞进我的腰带里。你常常是一副不知情的样子，而我也做不出那种马上翻看信封内容之类的粗俗行为。因为我觉得，钱没有就没有吧，总能想到办法的。关于信封里装了多少，我也从未向你报告过。因为我不想玷污你。真的，我从没想过要你去赚钱，要你去出名。是的，一次也没有想过。我一直认定，像你这种笨嘴笨舌而脾气又暴躁的人（对不起，这样说你），是不可能有钱，也不可能出名的。但这一切都只是外表而已。为什么？为什么？

从但马先生来商量个人画展的时候起，不知为什么，你变得注意打扮，还开始定期去看牙医了。原来你虫牙很多，笑起来就像个老头子，但你却毫不介意。即便我劝你去看牙医，你也总是半开玩笑地说："等牙齿全掉光了，就去整个镶假牙好啦。到时一口闪光发亮的金牙，惹得女孩子都来喜欢，也只能认命了。"你就这样搪塞着，从不打算去打理牙齿。可不知是吹来了哪股风，你居然不时趁工作的空闲溜出去，换上一两颗金牙回来了。"喂，你笑来看看！"我这样一说，你满是胡须的脸顿时羞得通红，难得用怯生生的语气辩解道："都怪但马这家伙天天撺掇。"个人画展是在我来淀桥后的第二年秋天举办的。我真是太高兴了。能让更多的人爱上你的画，凭什么不高兴呢？不过我是有先见之明的。报纸上那样一味赞美你，展出的画也被一抢而空，甚至有名的画家也写信过来，可我总觉得，这一切太过美妙了，反倒有种害怕的感觉。尽管你和但马先生都叫我去画展现场看看，但我却浑身哆嗦，只顾着在家里打毛线。你的画二十幅、三十幅地整齐排列着，被很多人来观赏——仅仅是想象着这一幕，我也差点儿泪流满面。如此美妙的事情来得这么早，肯定会有什么坏事发生的。我就这样想着。每天夜里，我都向神灵认错，并在心里祈祷："幸福仅此已经足够了，所以从今以后，求您保佑他，不要生病，不要有什么坏事发生。"而你呢，每天晚上都在但马先生的邀约下，四处到各个名家的府上去寒暄问候。虽说也有过隔天早晨才回家的时候，但我也并没有觉得什么。只是你会给我详细描述前一天晚上的事情，比如某某老师如何如何，纯粹是个浑蛋等等，一点不像那个沉默寡言的你，竟开始说起很多无聊的事来。那之前，我已经和你在一起生活了两年，从没听你搬弄过别人的是非。不管某某老师如何，你不都一直是唯我独尊的态度，一副漠不关心的样子吗？还有，你那么说，无非是想拼命告诉我，前一天晚上你并没有做什么亏心事。其实，你不用那么心虚地绕着圈子来辩解，我也不是一无所知地活到今天的，你还不如摆明了告诉我的好。

就算我痛苦一两天，但过后倒还轻松些。反正我都是你一辈子的老婆。在那些方面，我是不太相信男人的，当然也不会胡乱猜忌。如果是那种事，我一点也不担心，能够笑着忍过去，却有另一些事情让我更加难过。

我们突然之间成了有钱人。你也变得格外忙碌了。还被邀请加入二科会，成了会员。于是，你开始对公寓的房间太小觉得难为情了。但马先生也三番五次地来催我们搬家，还授以可恶的秘诀："住在这样的公寓里，关乎社会上的信誉。最重要的是，画价永远也涨不上去。不如豁出去，租一个更大的房子吧！"听到这么一说，你也附和道："对呀，没错。住在这样的公寓里，人们会小看你的。"因为你连声说些粗俗的话，让我感到很讶异，顿时变得好落寞。但马先生骑着自行车四处奔走，帮我们找到了三鹰的这个家。年末时，我们带着不多的几样家具，搬进了这个老大老大的房子。在我不知道的时候，你去百货公司买下了好多漂亮的家具。等那些家具一件件送到的时候，我的胸口一阵发堵，随即被一种悲哀攫住了。因为这和随处可见的那些暴发户没什么两样。但我觉得这样对不住你，一直拼命假装高兴地闹腾着。不知不觉间，我也变成了那种讨人厌的太太。你甚至还说要雇一个女佣，唯独这一点我死活都没同意。我没法去使唤别人。搬来这里后，你马上就印制了三百张贺年卡兼搬家通知书。对，三百张！什么时候，你结交了那么多朋友？我觉得，你开始走在非常危险的钢丝绳上了，让我很害怕。不久，肯定会发生不好的事情。你不属于那种依靠庸俗的交际来获得成功的人。想到这里，我就不禁胆战心惊，忧心忡忡地过着每一天。可是，你非但没有遭受挫折，反而好事连连。难道是我错了？我母亲也开始偶尔来看我们了，还每次都带来和服、储金簿之类的东西，俨然心情大好。父亲一开始很讨厌公司会客厅里的画，甚至把它收进了公司的储藏室里，但据说现在却把它带回家里，还换了个漂亮的画框，挂在了父亲的书斋里。池袋的大姐也写信来，让我好好加油。家里也开始高朋满座了，客厅常常是人满为患。这种时候，你那爽朗的笑声常常传到厨房里。你现在变得喜欢说话了。以前你是那么沉默寡言，所以我一直认定，你什么都心知肚明，只因觉得一切都很无聊，所以才保持缄默的。但现在看来，并非如此。你在客人面前口如悬河地说着百无聊赖的事情，而且还把前一天才从客人那里听到的画论照搬过来，当作自己的高见煞有介事地说出来。当我把自己读过小说后的感想告诉你之后，第二天你就原封不动地套用我的愚见，装模作样地对客人说："其实，就连莫泊桑也对信仰抱着敬畏之心呢。"有时候，我走进客厅去给客人沏茶，正好听到你这么说，顿时羞愧得停住了脚步。原来，你以前是什么都不知道的，对吧？对不起！其实，我也一无所知，但我相信，至少我还有自己的话语。可你呢？要么一言不发，要么就只会模仿别人说话。尽管如此，你却神奇地获得了成功。那年你在二科展上的画还得了报社的大奖，以至于报纸上充满了令人汗颜的溢美之词。孤傲、清贫、思索、忧愁、祈祷、夏凡纳①等等，诸如此类的词语全都用在了你身上。后来，你对客人说起那家报纸的报道时，居然大言不惭地说："还算道出了部分真实吧。"哎，你都在说些什么呀？其实，我们并不清贫。要我给你看存折吗？自从搬到这个家以后，你就像变了个人一样，常常把钱挂在嘴上。一旦有客人托你作画，你肯定会大模大样地

---

① 夏凡纳（Puvis de Chavannes，1824—1898）：法国象征主义画家，主要作品有《文艺女神们在圣杯中》《贫穷的渔夫》等。

提到价格。"事先说清楚比较好，可以避免事后麻烦，让大家保持融洽的气氛。"你就这样对客人说道。我在一旁偶然听到这话，觉得浑身不舒服。为什么对钱那么执着？在我看来，只要创作出好的画，生活自然会有办法的。好好工作，默默无闻，过贫穷而节俭的生活，没有比这更惬意的事了。我对金钱或别的什么都没有欲望。我希望内心秉持遥远而宏大的自尊，悄悄地活下去。你甚至开始察看我的钱包了。一旦有钱进来，你就会把钱分成两份，放进你的大钱包和我的小钱包里。你的钱包里装的是五张大纸币，而我的钱包里，则是一张叠了四折的大纸币。剩下的钱则会全部存进邮局或银行。我总是在一旁看着。若是我忘了给放存折的抽屉上锁，被你看见了，你会很不高兴地抱怨我，让我感到心灰意冷。一旦你去画廊收钱，一般都是第三天才回来。即便这样，还是在深夜酩酊大醉后回来，嘎吱嘎吱地打开玄关门。刚一进屋子，你就净说些让人悲哀的话题："喂，还剩了三百日元呢。你数数看！"因为是你的钱，不管用多少，不都无所谓吗？我知道，为了消愁解闷，有时候也会想潇洒地挥霍一下吧。难不成你以为，把钱用光了，我会很沮丧？尽管我也知道金钱的宝贵，却并不是只想着它而活着的。剩了三百日元，就那么得意扬扬地回来，你的这种心理让我倍感凄凉。我一点也不想要钱。我也不想买什么、吃什么或者看什么。家里的用具大多是利用的废物，和服也是重新染色和缝制的，没有买一件。我总能想办法对付过去。就连手巾架，我也不想买新的。因为太浪费了。你时常带我去市内，请我吃昂贵的中华料理，但我一点也不觉得好吃。总觉得于心不安，有些心惊胆战。我是真心觉得太浪费，好可惜。比起三百日元，比起中华料理，倒是你在这个家的后院给我搭一个丝瓜架，不知会给我带来多么大的喜悦！因为八铺席房间的套廊正当强烈的西晒，如果搭一个丝瓜架，肯定会很有用。我那么求你，你都只是说"不如叫个园丁来吧"，不肯亲手帮我做。"叫园丁来"——这种模仿有钱人的做法，我是真心讨厌。本来是想请你做的，结果你总是说"好的，明年吧"，结果到了今天也没有做。在自己的事情上，你总是大肆挥霍，但在别人的事情上，你却总是佯装不知。曾几何时呢？你的朋友雨宫先生为夫人的病而犯愁，前来找你帮忙，结果你故意把我叫到客厅里，一本正经地问我："现在家里有钱吗？"我都说不上是可笑还是愚蠢，十分窘迫。正当我红着脸，不知所措时，你一副揶揄的口吻说道："别藏着掖着了。就在那边到处找找吧，总会找出二十日元来吧。"我真是吃了一惊。仅仅二十日元。我重新打量着你的脸。你用一只手来推开我的视线，说道："好啦，就算你借给我吧。别那么小气。"说完，你又转身面对雨宫先生，笑着说道："彼此彼此了。这种时候嘛，贫穷总是不好受的。"我讶异得什么都不想说了。说到清贫，你其实并不清贫哪。而说到忧愁，瞧你身上，哪里还有它美丽的影子？不如说你是个任性的乐天派。每天早晨，你不是都在盥洗间里大声哼着俗气的小曲吗？我在附近羞愧得不得了。说到祈祷，说到夏凡纳，这些词用在你身上，真是给活生生地糟蹋掉了。说到孤傲，难道你没发现，你总是生活在一群吹捧你的喽啰中间？你被"光临寒舍"的客人们尊称为老师，把这个那个的画全都批得体无完肤，扬言说没有任何人走的是与你相同的道路。我认为，如果你真那么想，就用不着靠大肆贬低别人，来换取客人的赞同了。你是那么急于赢得客人的赞同，哪怕只是当场一时的东西。这还算什么孤傲？其实，就算不能让每个来客都心悦诚服，又有什么呢？你是个喜欢撒谎的骗子。去年，你从二科会退出，结成名叫什么新浪漫派的团体时，你知道我有多么悲哀吗？因为你是把背地里遭你嘲笑和轻蔑的一帮人集结起来，建立了那个团体。你简直没有定见。莫非在这个世界上，你那样的生存方式才是正确的？当葛西先生来访的时候，你们凑在一起大说雨宫先生的坏话，又是愤慨，又是数落；可一旦雨宫先生来了，你却又大献殷勤，说什么"我的朋友还是只有你"。你说得饱含感激，根本听不出是在撒谎。然后，你又开始抨击葛西先生。世上所谓的成功者，难道都干着和你一样的勾当？居然还能一帆风顺，节节高升。我感到不胜恐惧，也不得其解。肯定会发生不祥之事的，那就发生好啦。为了你，也为了证明神的存在，我在内心深处的某个地方祈祷着，祈祷某件不祥之事的发生。但不祥之事却没有发生。一件也没有发生。仍旧是好事接踵而至。你那个团体的首届展览会竟然好评如潮。我还听说，你那幅菊花图被观众誉为心境澄明，散发着圣洁爱情的馥郁芬芳。怎么会这样呢？我感到太不可思议了。今年的正月初，你第一次带我去大名鼎鼎的冈井老师家拜年。他也是你画作最热心的支持者。尽管他是一个那么有名的大家，却住在比我们家还窄小的房子里。仅凭这点，我就觉得他是个真正的大家。他身体胖胖的，有种稳如泰山的感觉，他盘着腿，透过眼睛仔细打量着我。那真的是一双孤傲之人的眼睛。就像在父亲公司那间寒冷的会客厅里初次见到你的画时一样，我的整个身体直打哆嗦。老师很随意地聊些单纯的话题。他边看着我，边半开玩笑地说："哦，真是位好夫人。想必是武家出身吧。"不料你却一本正经而又不无炫耀地回答道："嗯。内人的母亲是士族。"听着，我出了一身冷汗。母亲怎么变成士族了？父亲也罢，母亲也罢，都是地地道道的平民。要不了多久，你就会在别人的吹捧下，说什么"这家伙的母亲是华族"了吧。就连老师都没有看穿你全部的谎言，这真是奇怪。难道整个世界都是如此？"想必你近来工作很辛苦吧？"老师这样说着，不停地安慰你。可我的脑海里却浮现出了你每天早晨在盥洗间哼着粗俗小调的情景，差一点就要笑出声来。走出老师家不到一条街远的地方，你就用脚踹着沙砾，骂道："切！就知道对女人甜言蜜语！"我吓了一跳。你太卑劣了。刚才还在老师面前作揖打躬的，现在转身就说起了坏话。你是个疯子。从那时起，我就想和你分手了，再也无法忍耐了。你肯定是错了。我暗自想，就来点什么灾厄吧。但依旧没有发生灾厄。你甚至把但马先生长期以来的恩典也给忘了，对朋友说什么"但马这个浑蛋又来了"云云。而但马先生似乎也知道了，竟主动笑着说："但马这个浑蛋又来了哟。"还边说着，边慢吞吞地从门口进来。算了，你那些朋友的事，我真的是彻底搞不懂了。人的尊严都去了哪里？我要和你分手。我仿佛觉得，你们全都搅和在一起嘲笑我。前几天，你在广播上谈论什么新浪漫派的时局意识。当时，我正在茶室读着晚报，突然间收音机里播出了你的名字，接着就传来了你的声音。我觉得，那俨然就是别人的声音。是多么浑浊而不洁的声音哪！我想，这真是一个可恶的人。我得以从远处来批判你这个男人。你，只是一个凡夫俗子。从今以后，还会继续出人头地吧。真是无聊。"我之所以有今天……"听到这里，我一下子掐断了开关。你把自己想成什么了？赶快感到羞耻吧！"我之所以有今天"——这种可怕而又愚蠢的话语，请你再也不要说了。啊，你早点摔一跤，跌在地上就好了。那天夜里，我早早地睡了。关了灯，一个人仰躺着，听见有只蟋蟀在我背后拼命地叫着。虽然是在地板下叫着，但位置就在我背部的正下方，仿佛是在我的脊椎里叫着似的。我想把这小小的、幽幽的声音存放进我的脊椎里，一生不忘地活下去。我也想过，或许在这个世界上，你是对的，而我是错的，但我却怎么也闹不明白：我究竟错在哪里，又怎么错了？

Goodbye

作者的话

唐诗的五言绝句里，有一句叫"人生足别离[①]"。我的一个前辈把它翻译为：唯有再见方为人生。的确，相逢时的喜悦乃是转瞬即逝的情愫，而唯有别离的伤痛才刻骨铭心。即便说我们总是生存在惜别之情中，亦绝非戏言。

因此，鄙人把本文题作"Goodbye"。若说是用来意指现代绅士淑女们的别离百态，也许有些不无夸张，但如果能以此描绘出各种别离的模样，将不失为一大幸事。

变心（一）

某位文坛耆宿[②]去世了。在告别仪式结束之际，天上飘起了点点

---

① 唐代诗人于武陵《劝酒》："花发多风雨，人生足别离。"
② 耆宿：有名望的老人。

雨丝。显然，这是一场早春的雨。

在回去的途中，两个男人合撑着一把雨伞并肩而行。他们都是前来向过世的文坛耄宿表示礼节性哀悼的，而此刻，他们俩的话题不外乎尽是与女人之间的艳事或丑闻。其中一个半老的大个子男人穿着带有家徽的和服，是一位文人，而另一个比他年轻很多的美男子则戴着哈罗德·劳埃德式的眼镜，身穿条纹状的裤子，是一名编辑。

"那家伙……"文人说，"貌似也很好女色哪。而再说你吧，也该到见好就收的时候了。这不，瞧你一副憔悴的样子。"

"我正打算全部都一刀两断呢。"那个编辑红着脸回答道。

这个文人一贯口无遮拦，说起话来也全都是粗俗的话题。长期以来，美男子编辑都对他敬而远之，可偏偏今天自己没有带伞，无奈之中只好钻进了文人的蛇眼伞下，听凭他说三道四了。

正打算全部都一刀两断。说来，此话也并非全是谎言。

有些东西正悄然发生着变化。战争结束过了三年，总觉得有些东西已经变了。

今年三十四岁的田岛周二，是杂志《OBELISK》的总编辑。虽然他说起话来似乎带着点关西腔，但对自己的出身却几乎闭口不谈。他是个精明能干的男人，担任《OBELISK》的编辑一职，不过是为了在社会上装装门面而已，暗地里却在帮人做黑市买卖，大敛不义之财。但有句俗话说得好，黑心钱来得快也去得快，据说他把钱全用在了花天酒地上，甚至包养了近十个女人。

不过，他倒不是单身男人。不仅不是单身男人，现任妻子还是他的二婚对象。他的前妻因患肺炎而撒手人寰，留下了一个痴呆女儿。那以后，他便变卖了东京的房产，疏散到埼玉县的朋友家里。就在疏散的过程中，他认识了现在的妻子，在把她变成自己的女人后，与她结了婚。而不用说，这段婚姻乃是他现任妻子的初婚，其娘家则是那种家境殷实的农户。

战争结束后，他把妻子和女儿托付给妻子的娘家，只身一人回到东京，在郊外的公寓租了一间房，但也只是用来睡个觉而已。他四处闯荡，又精于算计，所以赚了大把的钞票。

不过这样过了三年后，不知为什么，心态发生了变化。或许是整个世道变得越发微妙了吧，抑或是因多年的不节制导致身体近来明显消瘦了吧。不，不对，也许只是单纯的上了年纪而已，反正如今可谓色即是空，连喝酒也变得索然无味了。常常会有一种近于乡愁的情绪倏然掠过他的胸口，他开始琢磨着，是不是该买下一间小房子，把老婆和孩子都从乡下接到身边来……

看来，是该就此金盆洗手，停止黑市买卖，一门心思地做杂志编辑了。说到这一点……

说到这一点，眼下可是面临着一大难关。那就是首先必须和那些女人彻底了断。一想到这里，就连工于心计的他也感到束手无策，只能喟然叹息。

"打算全部一刀两断哪……"大个子的文人歪着嘴巴苦笑道，"这倒是件好事。不过话说回来，你到底养了多少个女人哪？"

变心（二）

田岛一脸哭丧的表情。越想越觉得，仅凭一己之力，根本不可能与那些女人一刀两断。如果用钱就能摆平一切，那事情可就简单了，但很难设想，那些女人会因此而甘愿退出。

"如今想来，我真是疯了。太荒唐了，竟染指那么多女人……"
他蓦地涌起一个念头，想向这个半老的粗鄙文人坦白所有的一切，
听听对方有什么高见。

"真没想到你还能说出这种正经话来。不过越是多情的人，就
越容易莫名地惧怕所谓的道德，而这也正是他们讨女人喜欢的地方。
男子汉仪表堂堂，又有钱，又年轻，再加上又讲道德又温柔，那当
然是有女人缘了。这是不言而喻的。即使你打算一刀两断，对方也
不会答应吧。"

"就是这一点伤脑筋哪。"他用手绢揩着脸。

"你不会是在抹眼泪吧？"

"没有，是雨水打在镜片上起了雾……"

"瞧你，那声音明显是在哭呢。还真是个窝囊的好色男。"

既然是个帮人做黑市买卖的人，那也就没什么道德感可言，但
正如那文人说的，田岛尽管是个多情的男人，但奇怪的是，却对女
人不乏诚实的一面。女人们似乎也因此对他毫不戒备，百般信赖。

"难道就没有什么高招吗？"

"哪有哇。本来，你去外国什么的躲上个五六年再回来，倒是个
好办法吧，但就眼下的局势看，又是没法轻易出国的。还不如干脆
把那些女人全都召集到一间屋子里，让她们高唱一曲离别歌……不，
还是唱毕业歌好啦，再由你一一颁发毕业证。然后呢，你就装着发
狂的样子，裸奔到外面，一逃了之。这办法绝对可靠。女人们肯定
会被惊吓得从此罢休吧。"

这算得上什么高招哇，根本就派不上任何用场。

"我这就告辞了。我呀，就从这里去搭电车了……"

"哎呀，急什么呢？不如一起步行到下一个车站吧。反正对你而

言，这可是一个重大问题哟。还是两个人一起来想想对策吧。"

看来，那文人这天百无聊赖，就是不肯放走田岛。

"不必了，我会自己想想办法的……"

"不，不，你一个人肯定是解决不了的。你不会打算去死吧？说实话，这下我倒是更不放心了。被女人迷恋上而去死，这不是悲剧，而是喜剧。不，完全就是滑稽剧。对，滑稽透顶。谁也不会同情你的。还是不要去死的好。对了，我有个好主意。那就是，去找个绝世美人来，把事情的原委告诉她，请她假扮成你太太，然后带着她一个个地去拜访那些女人。这一招绝对奏效。女人们看见她，肯定会一声不响地退下阵去。怎么样，要不要试试？"

真可谓溺水者的救命稻草。田岛不由得动了点心。

行进（一）

田岛决定试一试，但这样做分明有个难题。

那就是如何才能找到绝世美女。如果是奇丑无比的女人，则每走一个电车车站的距离，就会发现不下三十个吧，可一旦说到绝世美女，就不得不怀疑，除了传说之外，她还可能存在于其他什么地方。

田岛本来就自诩仪表堂堂，再加上喜好揶饬，死要面子，他号称，如果和丑女走在一起，立马就会腹痛难忍，所以总是避免与丑女同行。他现在那些所谓的情人，也个个都是美人，但还不至于达到绝世美人的地步。

在那个雨天，从那位半老的粗鄙文人口中听到随口胡诌的秘诀后，尽管他内心也认为这何其荒唐，进行了反驳，但实际上，他自己也根本想不出任何招数。

那就姑且先试一试吧。没准儿在人生的某个角隅里，就藏着那种绝世美人。一想到这里，他那镜片背后的眼睛就蓦然开始滴溜溜地转动起来，还带着点下流的意味。

舞厅、咖啡馆、等候室，没有，到处都没有！尽是丑不堪言的女人。办公室、百货店、工厂、电影院、裸舞馆，找遍这些地方，也同样不见踪影。就算跑到女子大学校园附近，透过墙垣朝里偷窥，或是跑到某某选美比赛的会场去寻找，抑或谎称是见习，溜进电影新人的选拔现场去物色，最后都是无功而返。

但万万没料到，猎物竟霍然出现在归途上。

当时他已经开始绝望了。正逢暮色降临，他一副忧郁的表情，徜徉在新宿车站背后一条从事黑市买卖的暗巷里。他甚至无心去造访那些所谓的情人。毋宁说一想到她们，就会不寒而栗。是的，必须与她们做个了断了。

"田岛先生！"

冷不防听见有人在背后叫他的名字。他吃了一惊，差点儿就跳了起来。

"呃，请问您是——"

"哎呀，瞧你这记性，真讨厌。"

嗓音很难听。就是所谓的乌鸦嗓吧。

"呃？"

他再次定睛看着对方。原来是他没有一下子认出对方来。

这女人，他是认识的。她是个黑市贩子，不，是专跑单帮倒卖配给物资的。尽管只和她做过两三次黑市交易，但她那一口的乌鸦嗓和一身惊人的蛮力气却让他记忆弥深。虽然是个瘦削的女人，但却轻易就能背起十贯①重的东西。她总是身穿散发着鱼腥臭的褴褛衣衫和工作裤，脚下套着一双长筒雨靴，让人分不清是男是女，感觉就跟乞丐没什么两样。怪不得和她进行交易后，田岛忙不迭地就把手洗了个干净。

万万没想到，她竟然是个灰姑娘！此刻，她一身洋装也尽显高雅的情趣。身材很苗条，手脚娇小得让人爱怜，年龄二十三四，或者二十五六吧，脸上带着一抹忧愁，恍若梨花般透着幽蓝，显得高贵无比，正可谓绝世美人。做梦也没想到，这便是那个轻易就能背起十贯重量的黑市贩子。

尽管乌鸦嗓是她的软肋，但只要让她保持沉默不就得了。

这女人可以用来试试。

行进（二）

俗话说，人靠衣装马靠鞍。特别是这女人，仅仅是换了一身衣装，就彻底变成了另一个人。没准儿她原本就是个妖精。不过能像她（她的名字叫永井绢子）那样摇身一变的女人，毕竟还是凤毛麟角。

"看来你是赚了不少哇。瞧，你今天这身打扮真够漂亮的。"

"瞧你说的，真是讨厌。"她的嗓音的确很难听。顷刻间，那种高贵的感觉便烟消云散了。

"有件事想拜托你，不知……"

"你这个人哪，特抠门，就知道一个劲儿砍价……"

---

① 贯：1 贯约为 3.75 公斤。

"不，不是买卖上的事。我呀，已打算洗手不干了。你呢，还在跑单帮？"

"这还用说？不跑单帮，喝西北风啊？"她说话果然很粗俗。

"可瞧你这身装束，一点也不像啊。"

"我毕竟是个女人呗。偶尔也想打扮得漂亮点，看个电影什么的。"

"今天是去看电影啊？"

"嗯，这不，才看了回来。对了，那电影叫什么来着？是叫《放浪乱步记》……"

"应该是《徒步放浪记》吧。一个人去看的？"

"干吗问这个，讨厌。男人什么的，就是奇怪。"

"正是看中你这一点，才有事拜托你呢。能不能耽搁你一小时，不，三十分钟也成？"

"是好事吧？"

"肯定不会让你吃亏的。"

两个人并肩走着。擦肩而过的路人，十有八九都会回过头来看着他们。不，不是看田岛，而是看绢子。田岛固然也算个美男子了，可今天在绢子的气度面前也只能甘拜下风，看起来是那么黯淡寒碜，就仿佛一朵鲜花插在了牛粪上。

田岛把绢子带进了他常去的黑市料理店。

"这里有什么店家推荐的招牌菜吗？"

"对了，炸猪排貌似是他们的招牌菜呢。"

"那我就点这个了。我呀，肚子可真是饿坏了。除此之外，他们还能做什么菜？"

"一般的菜，基本上都能做吧，不过你究竟想吃什么呢？"

"想吃这里的拿手菜。除了炸猪排，就没有别的了吗？"

"这里的炸猪排，有很大一块哟。"

"真抠门。得了，你就拉倒吧。我还是去里面问问。"

这女人有一身蛮力气，还特别能吃，但又的确是个绝世美人。可不能让她跑了。

田岛喝着威士忌，一边不耐烦地看着绢子没完没了地进食，一边说起自己想拜托她的事。绢子继续吃着，不知道是在听还是没听，貌似对田岛说的话根本不感兴趣。

"你会答应我的吧？"

"真是个浑蛋，你这人怎么一点出息都没有！"

行进（三）

对方出其不意的尖锐言辞，让田岛不禁有些畏惧。

他说："是啊，就是因为没有出息，才拜托你的呀。我现在真是一筹莫展哪。"

"用得着把事情搞那么复杂吗？要是腻了，索性从此不见面，不就得了吗？"

"哪能做出那么绝情的事啊。兴许对方今后也要结婚，或者还要另找新的情人，但我毕竟觉得，还是应该让对方自己来做出选择，而这也是作为男人的责任。"

"噗——这算哪门子责任！口口声声说要分手什么的，可还不是想藕断丝连？瞧你这副好色鬼的嘴脸。"

"喂喂，你说话再这样失礼下去，我可要生气了。失礼也该有个限度吧。瞧你，就只知道在那里使劲地吃。"

"能来点甜白薯泥吗？"

"你还要吃啊？你这是在做胃扩张吗？你这分明是一种病嘛。还是去请医生看看吧。从刚才起，你就吃了不少。还是适可而止吧。"

"你果真很抠门。女人嘛，吃这么多，算是很普通的。那些才吃一点就说'哎呀，我吃得够多了'的大小姐，其实是为了保持身材，故意装样子罢了。我可是有多少就能吃多少的。"

"行了，已经行了，对吧。这个店可不便宜哟。你平常总是这么能吃吗？"

"开什么玩笑？只是在别人请客的时候才这样呢。"

"那么这样吧。今后，你想吃多少我都请你，不过你也得答应我拜托你的事。"

"那样一来，我就得撂下自己的活不干，所以满亏的。"

"那个会另外补偿你的。你平常做生意耽搁了的损失，我会每次都付给你的。"

"只是跟着你到处走走，就行了？"

"嗯，是的。只是有两个条件。第一，在其他女人面前，你不要说一句话。这一点就拜托你了。笑一笑哇，点点头哇，摇摇头什么的，你最多这样就行了。其次，在别人面前，不准吃东西。只和我单独在一起时，你再怎么吃都没关系，但只要有其他人在场，你就最多只限于喝杯茶吧。"

"此外，你还会另付我钱吧？你这人很抠门，不会骗我吧。"

"不用担心。其实我这次也是孤注一掷。如果失败了，也就是全军覆没。"

"就是所谓的覆水一战，对吧？"

"覆水一战？你这个傻瓜，是背水一战哪。"

"啊？是吗？"

她一副满不在乎的表情，而田岛倒是变得越发不耐烦了。不过她是那么美，有一种凛然绝伦的高雅气质，俨然来自另一个世界。

炸猪排、鸡肉可乐饼、金枪鱼生鱼片、乌贼生鱼片、中华面、鳗鱼、火锅、牛肉串烧、寿司拼盘、海虾沙拉、草莓牛奶。

这一切都被扫荡一空了，可现在，她居然还要甜白薯泥！该不会每个女人都这么能吃吧？不，抑或真的有这种可能？

行进（四）

绢子的公寓位于世田谷一带，她说，早晨她通常都要去跑跑单帮，但下午两点以后，基本上都是闲着的。于是，田岛就和绢子约定，每周选一个合适的日子，先打个电话联络好在哪里碰头，会合后再一起前往田岛打算分手的女人那里。

几天后，两个人的首站目标，选择了日本桥某个公寓内的美容院。

前年冬天，喜欢打扮的田岛溜达着偶然进了这家美容院，在这里烫过发。这里的美容师名叫青木，年龄在三十岁左右，是所谓的战争遗孀。与其说是田岛去勾引对方的，还不如说是女人一方主动贴上来的。青木每天都是从筑地的公寓来日本桥的店里上班，而收入仅勉强够她维持自己的生活。于是，田岛就开始资助她生活费。如今，在筑地的公寓里，田岛和青木的关系已是众所周知的秘密。

不过田岛却很少在青木上班的店里抛头露面。因为田岛认为，像他这样高雅的美男子出没在店里，肯定会妨碍她做生意。

可今天，田岛却出人意料地带着一个绝世美人，翩然出现在她的店里。"诸位好！"他先是有些见外地寒暄了一声，然后说道，"今天把内人也带来了。是这次从疏散地把她接回来的。"

寥寥数语，已传达了所有的弦外之音。青木长得眉清目秀，肌肤白皙，而且显得聪明伶俐，也是个不同凡响的美人。但和绢子放在一起，就像千金小姐脚上的银靴子与士兵脚上的大筒靴一样，还是相距甚远。

两个美人默默地点头以示寒暄。青木脸上已经是欲哭无泪的卑屈表情。显然，两者间的胜负已经昭然若揭。

前面也说过，田岛对女人不乏诚实的一面，从未向女人们隐瞒过自己已婚的事实，而且一开始就坦白道，老婆和孩子现在暂时疏散在乡下。从今天的架势看，这回尊夫人终于现身了，而且还如此年轻、高贵，富有教养，堪称绝世美人。

青木除了欲哭无泪，别无他法。

"请帮我夫人打理一下头发吧。"田岛乘胜追击，试图给对方最后一棒，"据说，不管是在银座，还是别的地儿，都找不着您这样手艺高超的美容师呢。"

这倒也不纯粹是奉承话。事实上，青木的确是个手艺精湛的优秀美容师。

绢子面朝镜子坐了下来。

青木把白色的肩披搭在绢子身上，开始梳理绢子的头发。她的双眼盈满了泪水，似乎随时都要夺眶而出。

绢子一副若无其事的表情。

倒是田岛离开座位，走了出去。

行进（五）

绢子刚做完头发，田岛就悄悄走进美容室，将一寸厚的一扎纸币塞进青木白色上衣的口袋里，怀着近于祈祷般的心情，在她耳边低声耳语道："Goodbye！"

那声音像是在安慰，又像是在道歉，带着温柔而哀切的口吻，让他自己也倍感意外。

绢子一声不吭地站了起来。青木也默默无语，只顾着整理绢子坐皱了的裙子。田岛则一步当先走出了门外。

啊，分别是如此痛苦。

绢子面无表情地从后面跟了上来，说："其实，也并不怎么样。"

"你是指？"

"烫发技术呀。"

浑蛋！田岛真想大骂一声绢子，但考虑到是在百货店里，只好忍住了。田岛心想，青木这个女人，从来不说别人的坏话，也不向我要钱，还经常给我洗衣服。

"这样，就算结束了？"

"嗯，是的。"

田岛的心被一种无尽的悲凉给裹挟住了。

"这么轻易地就分手了，那女人也太窝囊了。不是也还算个美人吗？既然还有那份姿色……"

"给我住口！什么叫那女人？不准再用那种失礼的称呼了。她可是个大好的老实人哟，和你不一样。总之，你给我住嘴！一听到你那乌鸦嗓，我就忍不住抓狂。"

"我的妈呀，那可就不好意思了。"

哇，多么粗俗的说法！田岛真的觉得自己快要崩溃了。

出于奇怪的虚荣心，田岛与女人在一起时，总是事先把钱包交给对方，让女人去付账，假装自己对账单漠不关心，一副阔佬的派头。但迄今为止，还没有一个女人不征得他同意就擅自买东西的。

但这个嘴上挂着"不好意思"的女人却泰然自若地破例了。在百货店里，到处是昂贵的商品。她会毫不犹豫地专挑高档商品，而且尽是些优雅无比、品位不凡的东西，让人觉得不可思议。

"能不能给我适可而止！"

"果真是抠门！"

"接下来，你又要去狂吃一番吧？"

"好吧，今天就算我为了你忍一忍吧。"

"把钱包还给我。从现在开始，用钱不准超过五千日元。"

眼下哪里还顾得上虚荣和面子。

"我才用不了那么多呢。"

"胡说，你不是用了吗？一会儿看看钱包里剩余的钱，就知道了，你肯定花了一万日元以上。要知道，上次带你去吃的料理也不便宜哟。"

"如果是那样，我们就到此为止吧，怎么样？说来，又不是我自个儿愿意跟着你这样走来走去的。"

这话近于一种威胁。

田岛只有一阵叹息。

大力士（一）

不过，田岛原本也不是省油的灯。既然他靠帮人做黑市买卖，一下子就能轻松获利数十万，就足以证明他是个精明能干之人。

就性格而言，他绝不是那种被绢子大肆挥霍，还能默默表现出宽容美德的人。如果不能得到相应的回报，他是绝不肯罢休的。

你这个可恶的家伙！嘚瑟什么呀？看我怎么把你变成我的女人！

分手的行动姑且暂缓一步吧。我要首先征服那家伙，让她变成一个彬彬有礼、温顺而节俭的小胃口女人，然后再继续实施分手计划。照现在这样下去，只会枉费钱财，不可能推进分手计划。

胜利的秘诀就在于：不让敌人靠近，而是主动打入敌营。

根据电话簿，他查到了绢子公寓所在的街区门牌，准备主动出击。他提上一瓶威士忌和两袋花生就出发了，心想要是饿了，就让绢子给做点什么吃的。他还打起了如意算盘，心想，自己只管大口大口地喝下威士忌，佯装着喝醉的样子，就直接睡在绢子那里好啦，接下来嘛，那女人就该是我的了。关键是，这一招绝对划算，还可以省下在外住宿的房费。

在女人面前，田岛向来是个自信心爆棚的人。可现在居然想出如此粗暴、无耻、下作的攻略，看来的确是抓狂了。也许是被绢子花掉了太多的冤枉钱，神经有些失常了吧。应该克制色欲这一点就自不用说了，人如果过分纠结于金钱，整天只想着赶快收回成本，其后果也必然堪忧。

这不，田岛因为过于憎恨绢子，竟制订了丧失人性的卑鄙计划，结果招致了差点儿丢掉性命的大灾难。

傍晚，田岛终于找到了绢子位于世田谷的公寓。这是一栋老式的二层木制建筑，显得阴气十足。一爬上楼梯，尽头处就是绢子的房间。

他敲了敲门。

"谁呀？"里面传来了乌鸦嗓的声音。

打开门，田岛吓了一跳，顿时站住了。

屋子里到处乱七八糟，还散发着一股恶臭。

哇，好不凄凉。是一个四铺席半的房间。只见榻榻米的外表已经黢黑到油光发亮，还像波浪般高低不平，压根儿看不到榻榻米的四个边。整个房间堆满了像是用来跑单帮的工具，比如石油罐、苹果箱、一点八公升装的酒瓶，还有裹在包袱皮里的不明物品，像是鸟笼似的东西、纸屑等等，显得杂乱无章，几乎找不到下脚之处。

"怎么，原来是你呀！干吗来了？"

绢子又回到了几年前见到她时的那种乞丐装束。身上穿着又脏又破的工作裤，完全看不出是男是女。

房间的墙壁上贴着一张互助信贷公司的宣传画。此外，其他地方就再也找不着可以称作装饰的东西了。就连窗帘也没有。难道这就是一个二十五六岁姑娘的房间？屋子里点着一盏昏暗的小灯，尽显凄凉和阴森。

大力士（二）

"就是来玩玩。"田岛毋宁说被一种恐惧感攫住了，声音也不由得变成了绢子式的乌鸦嗓，"不过我可以下次再来的。"

"你肯定有什么算计吧。因为你是一个不会白跑路的人。"

"哪里哪里，今天嘛，真的是……"

"还是爽快点吧。你呀，有点太磨叽了……"

可是，眼前这房间也未免过于寒碜了。

莫非要在这里喝威士忌？哎，早知如此，就该买更廉价的威士忌来了。

"才不是磨叽，只是爱干净罢了。瞧你今天，不是也太邋遢了吗？"田岛紧蹙着眉头说道。

"今天哪，我背了有点沉的东西，所以有些累，就睡了个午觉，直到刚刚才醒来。哦，对了，有好东西呢。要不要进屋里来？这东西还满便宜的。"

貌似绢子想的是买卖上的事。说到赚钱，那可跟房间脏不脏没关系了。于是，田岛脱下鞋子，选了个榻榻米上还算干净的地方，就那样穿着外套，盘腿坐了下来。

"你，应该喜欢吃乌鱼子吧？看你平时挺爱喝酒的。"

"那可是我的大爱。你这里有吗？就请拿出来招待我吧。"

"开什么玩笑。那就赶快交钱吧。"

绢子真是恬不知耻，居然把右手伸到了田岛的鼻尖前。

田岛一副受够了的表情，撇着嘴说道："看到你的所作所为，觉得整个人生都好虚幻。快收回你的那只手吧。乌鱼子什么的，我才不要呢。那是马吃的东西。"

"我会便宜卖给你的，真是个傻瓜。真的很好吃哟，是正宗产地的正牌货。别磨蹭了，快把钱拿出来吧。"

她晃动着身体，似乎并不打算把手收回去。

不幸的是，乌鱼子的确是田岛的大爱，喝威士忌的时候，只要有这玩意儿，就一了百了了。

"好吧，那就来一点吧。"田岛有些气恼地把三张大纸币放在了绢子的手心上。

"再来四张。"绢子若无其事地说道。

田岛吃了一惊，说道："浑蛋，还是给我合适点吧。"

"果然很抠门。要不就大大方方地买下一整块吧。别像在买柴鱼片似的，还要人家切下一半来卖给你。真抠门。"

"那好吧，就来一整块吧。"

到此，就连磨叽的田岛也终于爆发了，说道："好啊，一块、两块、三块、四块，这样该行了吧。快收回你的手！我真想见识见识，生下你这种无耻之人的父母究竟长得什么样。"

"我也想见识一下呢。要是看到他们，我还想掴他们几巴掌，问他们，干吗扔下我？一旦被扔掉，就算再新鲜的青葱也会马上枯掉的。"

"算了，别跟我提身世什么的，好无聊。把杯子借我用一下。从现在开始，就只想着威士忌和乌鱼子了。对了，还有花生呢。这个给你。"

大力士（三）

田岛把威士忌倒在大杯子里，咕咕咕地两口就喝干了。本来今天是打定主意让绢子请客的，不承想反被她强卖了所谓正宗产地的高价乌鱼子。眨眼之间，只见绢子毫不手软地把一大块乌鱼子全部切成小片，满满地盛在一个脏兮兮的大碗里，再一股脑儿撒上味精，说道："请用吧。味精就算我请客了，别介意。"

这么一大碗乌鱼子，是怎么也吃不完的。何况还撒上了味精，简直就是胡来。田岛顿时露出了痛苦的表情。就算是把七张纸币放在蜡烛上一烧了之，也不会涌起如此惨痛的损失感吧。实在是浪费，而且毫无意义。

田岛怀着欲哭无泪的心情，从满满的碗底夹起一片幸好没被撒上味精的乌鱼子，一边吃，一边惶惶然地问："你自己做过饭吗？"

"要做是当然能做啦。只是嫌麻烦，不做罢了。"

"洗衣服呢？"

"你别门洞里看人。说来，我还算挺爱干净的呢。"

"挺爱干净的？"

田岛茫然地环视着恶臭弥漫的凄凉房间。

"这个房间嘛，原本就是这么脏，根本无法整理。再说，我不是还在做生意吗？所以屋子里免不了乱堆些东西。来，让你瞧瞧壁橱吧。"

她站起来，一下子打开了壁橱。

田岛顿时看傻了眼。

里面整洁干净，井然有序，散发着光芒，甚至还飘来馥郁的香味。衣柜、梳妆镜、行李箱，木屐箱上面还摆放着三双小巧可爱的鞋子。换句话说，这个壁橱就是有着乌鸦嗓的灰姑娘悄悄拥有的魔法密室。

很快，绢子又啪地关上了壁橱，从田岛身边挪开一点距离，很随意地坐了下来。

"一个星期好好打扮一次，这就够了。又不想讨男人的欢心。平常就穿成这个样，正好。"

"不过那条工装裤是不是太邋遢了点？看起来也不卫生。"

"你这话啥意思？"

"好臭。"

"假装优雅，有什么用？你不也一样，总是一身酒臭吗？这味，闻着就不爽。"

"也就是说，我们是臭味相投的一对？"

随着酒劲逐渐上来，房间凄凉的景象，还有绢子一身乞丐般的装束，都不再让田岛心怀芥蒂了。毋宁说心中燃烧起一种欲望，要去实施一开始就制订的计划。

"不是有句话叫'不打不成交，越打越亲热'吗？"

这种挑逗方式未免太下作了吧。但男人每到这种场合，即便是所谓的大人物或大学者，都是采用这种愚蠢的说话方式来勾引女人的，而且常常出乎意料地获得成功。

大力士（四）

"能听见钢琴声呢。"

他越发装腔作势起来，故意眯缝着眼睛，侧耳倾听着远处传来的广播声。

"你也懂音乐？明明就是一副音痴相。"

"你这个傻瓜，不知道我是音乐通啊？如果是名曲，我巴不得听一整天呢。"

"那曲子，叫什么？"

"肖邦。"

当然是在信口开河。

"咦？我还以为是越后狮子舞的音乐呢。"

两个音痴之间的这场对话，显然是前言不搭后语。田岛感到实在是索然无趣，就很快换了一个话题。

"想来，你以前也是和人谈过恋爱的，对吧？"

"说什么蠢话。我可不像你那么淫荡呢。"

"还是注意一下你的用词吧。真是个粗俗的家伙。"

田岛蓦地感到很不痛快，更是大口地喝着威士忌。看来，恐怕已经取胜无望。但就此败下阵来，又会有损于身为好色男人的名誉。无论如何，都必须坚持到取得胜利。

"恋爱和淫荡，根本就是两码事呢。你真是什么都不懂，就让我来教教你吧。"

说着，田岛也不能不为自己那种下流的口吻感到不寒而栗。这可不成。虽然说时间早了点，但还是装着喝醉了，就这样躺下睡了吧。

"啊，怎么这就醉了呀。因为是空腹喝的酒，所以醉得不轻吧。让我在这里借个地儿躺一下吧。"

"这怎么行？！"乌鸦嗓一下子变成了怒吼声，"别以为我好骗！我早就看穿你的把戏了。想在这里过夜，那就拿五十万，不，拿一百万出来！"

这下全盘皆输了。

"你犯得着那么动怒吗？只因为喝醉了，才想在这里……"

"不行，不行，快给我回去！"

绢子站起身，打开了房门。

这时的田岛早已黔驴技穷，只好使出了最丑陋、最卑鄙的一招。

他站起身，冷不防想抱住绢子。

只听到乓的一声，田岛的脸被拳头猛揍了一下。他不由得发出了啊的一声怪叫。就在这一瞬间，田岛想起绢子是个轻易就能背起十贯重量的大力士，不禁直打哆嗦，说道："请饶了我吧，你这个强盗。"

他发出一阵奇怪的叫声后，赤着脚跑出了门外。

绢子镇定下来，关上门。

过了一会儿，门外传来了田岛的声音："喂，对不起，我的鞋……另外，如果有绳子之类的东西，拜托你给我。我的眼镜脚坏了。"

在作为好色男人的历史上，这可是从未有过的奇耻大辱。田岛懊恼得怒火中烧。他用绢子施舍给他的红绳子临时绑住眼镜，再挂在两只耳朵上，有些自暴自弃地呻吟着说："谢谢！"

说完，他一下子冲下楼梯。不料途中踩虚了一步，顿时发出一声尖叫。

冷战（一）

田岛绝不甘心在永井绢子身上投入的资本付诸东流。说来，他还从不曾做过如此亏本的买卖。一定得千方百计地利用她，发挥她的价值。不收回成本，岂不冤枉？不过那家伙可不好对付，是个大力士，还是个大饭桶，再说又贪婪无比。

天气渐渐转暖了，各种花儿也开了，唯独田岛一个人陷入了深深的忧郁中。从那个彻底溃败的夜晚算起，又过去了四五天。他新配了一副眼镜，脸颊上的红肿也已消退，先给绢子的公寓打了一个电话。他琢磨着，要向绢子展开一场思想战。

"喂喂，我是田岛呢。前一阵子，我喝得烂醉，真是不好意思，哈哈哈……"

"女人家一个人过日子，难免会遇到各种状况，才没放在心上呢。"

"哪里哪里，那以后我也认真地想了很多，结果呢，还是决定和那些女人一刀两断，买一间小小的屋子，把妻儿从乡下接回来，重新建立一个幸福的家庭。不知道这在道德上是不是说不过去呀？"

"你说的话，让我总觉得不明就里。不过每个男人都是一路货色，一旦攒了钱，都会尽想些放不上台面的奇怪事情吧。"

"所以你的意思是，这样做不对，是吧？"

"不是挺好吗？看来，你是攒了相当多的钱吧？"

"不要张口闭口都是钱……我是问，关于道德上，也就是思想上的问题，你有什么想法？"

"我什么想法都没有，对于你做的事。"

"当然，你那么说是没错，不过我觉得嘛，我这么做是对的。"

"如果是那样，不就得了吗？我要挂电话了。那些废话，我才不想听呢。"

"不过对于我来说，却是关系到死活的大问题。我觉得，道德上的问题还是必须重视的。你就救救我吧，对，求你救救我。我就是想做好事呢。"

"你今天好奇怪。不会是又想装着喝醉了的样子，来干什么坏事吧？我才不会上当受骗呢。"

"别数落我。其实，人都有一种从善的本能。"

"可以挂电话了吧？没别的事了吧？刚才起就一直想撒尿，正憋得我原地跺脚呢。"

"请稍等一会儿，对，就一会儿。一天付给你三千日元，怎么样？"

思想战转眼间演变成了金钱战。

"还要招待我吃饭吧？"

"这个就饶了我吧。最近，我的收入也着实少了很多。"

"没有一张（一万的纸币），那可不成。"

"就五千吧，好不好，就这样办吧。因为这是道德问题。"

"我要尿了。你就高抬贵手吧。"

"就五千，求你了。"

"你呀，还真是个浑蛋呢。"

电话那头传来了哧哧哧的窃笑声。看来，她是答应了。

冷战（二）

既然这样，那就只能最大限度地利用绢子了。除了一天付给她五千日元之外，绝不再招待她一片面包、一杯水。对绢子若是不尽其所用，实在是亏大了。总之，温情是最大的忌讳，很可能招致自身的毁灭。

田岛曾被绢子猛揍一拳，发出了奇怪的尖叫，这反倒让田岛心生一计，决定好好利用绢子身上的蛮力气。

在田岛的所谓情人们中间，有一个叫水原景子的人，年龄不到三十岁，是一个不算太高明的西洋画画家。她在田园调布租了个两室的公寓，其中一间用作起居室，另一间则用来做了画室。有一天，她带着某个画家的介绍信来到《OBELISK》编辑部，红着脸战战兢兢地问，能不能让她给杂志画点插图什么的。田岛觉得她很可爱，决定尽微薄之力来接济她的生活。水原性格温和，沉默寡言，还是个爱哭的女人。不过她哭的时候，绝不会疯狂地大声嚷叫。正因为哭起来就像纯洁的小女孩一般楚楚可怜，所以倒也并不让人讨厌。

不过这女人有一点特别棘手，那就是她有个哥哥。她哥哥曾在满洲当过很长时间的兵，自幼就是个蛮横不讲理的人，而且身强力壮，体形彪悍。当田岛最初从景子那里听到她哥哥的事时，便觉得浑身不对劲。显然，她这个身为军曹或是伍长的哥哥，对田岛这个好色男人来说，打一开始就成了不祥的存在。

这个哥哥最近从西伯利亚那边回来了，而且就一直住在水原的公寓里。

田岛特别不愿意与这个哥哥碰面，所以先给景子的公寓打了个电话，想把她约出来见面，不料这一招根本就行不通。

"本人是景子的哥哥，不知你……"

电话那边传来的声音非常有力，一听就知道，是出自一个彪悍的男人。原来，那家伙果然还在那里呢。

"我是杂志社的人，想找水原老师谈谈画稿的事……"

田岛说到最后几个字时，声音都在不住地颤抖。

"不行。她感冒了，正躺着呢。眼下，工作的事就免了吧。"

真不走运。看来，想把景子约出来，似乎不太可能。

但是，如果因畏惧这个哥哥，而一直拖着，不赶快和景子分手，这对景子而言，似乎也是有失礼数的。再说，既然景子因感冒而卧病在床，还有个从军队回来的哥哥赖着不走，想必也急需钱用吧。兴许这反而是一个好机会。田岛寻思着，到时候给病人说一些体贴好听的安慰话，再悄悄递给她一笔钱，这样一来，就算是当兵的哥哥，也不会出手打人了吧。没准儿比景子还感激涕零，主动找自己握手也说不定。不过，若是万一对我大打出手的话……到时候，我就索性躲到永井绢子这个大力士的背后去好啦。

这样一来，就算是让永井绢子物尽其用了。

"这样行不？尽管我倒是认为应该没什么问题，但那边有个蛮横粗暴的男人。如果他敢动武的话，就请您轻轻挡住他好啦。不过也没什么好怕的，貌似那家伙很弱，不难对付的。"

不知不觉之间，他对绢子说话的口吻已悄然改变，开始显得彬彬有礼了。

（未完）[1]

---

[1]　此为太宰治遗作，未完结。

译后记："永远的少年"

——太宰治及其文学的心理轨迹

太宰治的小说第一次进入中国读者的视野，大约是在 1981 年。张嘉林先生翻译的《斜阳》出现在"文革"结束后不久的中国文坛，掀起了一股不小的"太宰文学热"。尽管它似乎被淹没在了罩着诺贝尔文学奖光环的川端康成的翻译热浪里，却还是悄无声息地形成了一股虽不张扬但持续涌动的暗流，造就了一批痴迷得近于狂热信徒的读者群体。与"川端文学"和后来的"大江文学"不同，"太宰文学"不是以轰轰烈烈的方式，而是以更加个体和隐秘的、甚至是"同谋犯"的方式闯入读者心中某一片或许是被刻意掩饰的一隅，搅动了读者内心深处最柔弱而又最执拗的乡愁。

"太宰文学"被誉为"永恒的青春文学"，被年轻的少年们（包括另一种心理状态上的少年们）视为神明一般地尊奉，其中散发着的"清澄的感受性"和决不妥协的纯粹性，堪称世界上青春文学的最好范本。与此同时，"太宰文学"又被誉为"弱者的文学"，正如他在《蓄犬谈》一文中所说的那样："艺术家本来就应该是弱者的伙伴——弱者的朋友。在艺术家来说，这就是出发点，就是最高的目的。"太宰治似乎是把懦弱作为一种出发点，甚至是一种武器，以退为进地向所谓的强者、伪善的人生和社会公开宣战，从而彰显出一种别样的强大、别样的高贵和骄傲的激情。

太宰治的一生充满了传奇色彩，用现在的话来说，就是拥有大量可以炒作的题材。他出身豪门，一生立志文学，师从井伏鳟二等小说名家；大学时代曾积极投身左翼运动，却中途脱逃；生活放荡不羁，却热心于阅读《圣经》；五度自杀，四度殉情未遂，三十九岁时与最后一位情人投水自尽。以至于他说"我过的是一种充满耻辱的生活"（《人间失格》），"生而为人，我很抱歉"（《二十世纪旗手》），但与此同时，"上帝选民的恍惚与不安俱存于吾身"（《叶》）。而这些格言式的短语恰好成了太宰治人生和文学的最好注脚，也从某个角度勾勒出他一生的心理轨迹。

太宰治于 1906 年 6 月 19 日出生在日本青森县北津郡金木町一个大地主家庭，父亲是一个多额纳税的贵族院议员。尽管津岛（太宰治的本姓）一家是津轻这片穷乡僻壤远近闻名的豪门望族，却是依靠投机买卖和高利贷而发家致富的暴发户。因此，"我的老家没有什么值得夸耀的家谱"，"实在是一个俗气的、普通的乡巴佬大地主"（《苦恼的年鉴》）。这样一个豪华而粗鄙的家庭使太宰治滋生出一种"名门意识"，同时又使他终生对那种真正的贵族抱有执着的憧憬（这在《斜阳》中表现得尤其充分）。因此，他的一生一直在留恋、依赖这个家庭和背叛、批判这个家庭的矛盾中挣扎、搏斗，以追求个人的自我价值。不难看出，太宰治作为津岛家的公子，为这个家庭感受到了自卑和自豪的矛盾，而这种双重情感的分裂与太宰治一生的极度荣誉感和自我欠缺感的性格基调，乃是一脉相承的。

从小在周围和学校受到的不同于一般人的优厚待遇和自幼的聪

颖敏感以及"名门意识"，使他感到自己是不同于他人的特殊人种。这种极度的自尊和优越感发展为一种极度的荣誉感和英雄主义，导致了他所谓的"选民意识"。而过分的自矜又导致了他强烈的自我意识和敏锐的感受性，并必然在粗糙的现实中动辄受伤。在冷漠的家庭中，他近乎早熟地解构着他人的面目和人类的本性，从少年时代起就反复经历了对荣誉的热烈憧憬和悲惨的失败，进而是对人性的绝望。正是这种极度的自尊心和容易受伤的感受性构成了太宰治一生的性格基调。它不难演变成一种对绝对的渴求，对至善至美的最高理想的执着憧憬，容不得半点瑕疵的洁癖。这种绝对的追求因为缺乏现实的根基和足够的心理准备，一遇到挫折就很容易蜕变成强烈的自卑和完全的自暴自弃。要么完美无缺，要么彻底破灭，这无疑最好地表达了太宰治一生的纯粹性和脆弱性，同时亦不妨看作现代青春特性的集中写照。

作为家庭的第六个儿子，加之父亲的忙碌和母亲的体弱多病，他是在叔母和保姆阿竹的养护下长大的。他生活在孤独寂寞的世界里，渴望着热烈的爱而又无法得到，这使他感到有一种被世界抛弃了的悲哀。外界对于他永远是一个可怕的存在，仿佛自己被排挤在社会外，不能与现实社会和他人发生有机的联系。从某种意义上说，这反而使他能够站在现实以外，利用自己的批判意识来认识乃至批判家庭和社会中人的冷漠、虚伪和庸俗。可以说，在社会和外界遗弃了太宰治的同时，太宰治也拒绝了伪善、鄙俗的外界社会，从而使他的内心世界与现实世界的隔膜和分裂愈演愈烈，以至于发展成为一种尖锐的对抗性。因而，他对世间的认识永远是静止的，甚至不乏极端的成分，并依靠这种极端而成就了一种决不妥协的纯粹性。他蜷缩在自己独自的世界里形成了一个封闭性的自我，再加上物质条件的优厚使他得以在一个远离了实用性和人生操劳的超现实的境地中，在浪漫的主观世界里，编织自己至善至美的理想花环，并以此为基点去认识现实和批判现实。而这种脱离了实际生活的批判意识因为处在丑恶的现实之外，所以使他能够在剖析实际生活时变得更加犀利更加纯粹的同时，也很容易变成一种不结果实的花朵，一种必然败北的斗争。

而当太宰治的极度荣誉感和强烈的批评意识从外界转向自我时，追求至善至美的性格又使他无法肯定自我的价值，从而对自我进行了毫不留情甚至是苛刻的反省，迫使他背负了在常人看来大可不必的自卑意识和自我欠缺感。作为大地主的第六个儿子，太宰治有一种"家庭的多余人"意识，之后随着共产主义运动的兴起，在与平民百姓的接触中发展成了一种"社会的多余人"意识。于是，他陷入了一种现实的批评者和理想的追求者之间的深刻矛盾中，以至于不得不在早期作品《往事》的题首录下了魏尔伦的诗句："上帝选民的恍惚与不安俱存于吾身。"

在这种极度的苦恼、自我意识的分裂中怎样解决现实与理想之间的矛盾呢？"我终于找到了一个寂寞的排泄口，那就是创作。在这里有许多我的同类，大家都和我一样感到一种莫名的战栗。做一个作家吧，做一个作家吧。"（《往事》）于是，太宰治在一个远离了现实的地方，在一个独自的世界里——文学中找到了孤独和不安的排泄口，使主观理想与客观现实在一个架空的世界里——创作的天地中，依靠观念和冥想得到了暂时的统一。

除了在文学中寻求矛盾的暂时缓和以外，在实际生活中太宰治被迫走上了一条自我破坏的道路。对市民社会的虚伪性和陈规陋习深恶痛绝的他弃绝了那些世俗的追求自我价值的道路，而是通过确认自己的自我欠缺感，甚至牺牲自己这样一种貌似无赖的方式来达成旧的道德秩序的解体，以换取一种"废墟的生命力"，实现一种曲折的自我肯定、自我升华，摆脱过剩的自我意识的泥沼。而大正末年、昭和初期兴起的无产阶级运动，恰好成了他确认自我欠缺感、进行自我破坏的突破口。

昭和初年的无产阶级运动直接波及了津岛家，以榨取农民血汗致富的津岛家不用说成了无产阶级运动的对象，这加深了太宰治的"社会的多余人意识"，并进而发展成作为地主儿子的"民众之敌"的意识。太宰治为此抱有一种宿命的罪恶意识，在少年期所经历过的观念上的败北因为革命的到来得到了具体而实际的印证。这种阶级意识上的"负的意识"压迫着太宰治，促使他很快加入了共产主义运动，出席秘密研究会，并写出了《学生群》《一代地主》等带有无产阶级色彩的作品，但不久他就脱离了革命。显然这与他的思想性格，特别是他参加革命运动的独特方式是密不可分的。

太宰治作为绝对理想的追求者必然对相对的现实、僵化腐败的现存道德秩序持激烈的否定态度，因而共产主义运动的兴起无异于一盏明灯点燃在现实的黑暗之中。他对现实的矛盾不加妥协、一律拒绝、全面批判的态度，与共产主义运动对现实社会的猛烈批判乃至对旧秩序的颠覆，从某种意义上看，无疑有着相似的一面。因而太宰治来不及仔细研究共产主义，仅仅由于共产主义运动对现有制度的否定便产生了强烈的共鸣。"总之，与其说是那种运动的目的，不如说是那种运动的外壳更符合我的口味。"(《人间失格》)毋庸置疑，共产主义运动是一场打倒一切剥削阶级的现实革命，作为大地主的儿子，太宰治所抱有的宿命的罪恶意识使他不可能作为一个革命者，而只能作为革命的对象投身其中。因此，不是成为革命家，而是破坏自己、灭亡自己，清算封建家庭的罪孽，成为民众之友，发掘自己作为被革命者的存在价值，就成了他参加共产主义运动的独特方式。这种独特的方式决定了他只能稀里糊涂地投身于革命，在自己极度受伤甚至毁灭之后，便又脱离了革命。显然，他参加革命所要解决的主要问题不是客观的现实，而是自己出身的原罪意识和过剩的自我意识。换言之，他不是作为一种社会思想，而是作为一种个人伦理来参加革命的，这决定了他在共产主义运动这一改革现实的社会实践中必然半途而废，因而，他始终没有从世界观上信奉马列主义，而仅仅是作为一种知识修养对马列主义持理解态度。因此，不难理解太宰治在共产主义运动中遭受挫折、身心交瘁的情况下脱离革命的结局。在共产主义运动中加深了自己的"多余人"意识，并进行了残酷的自我破坏之后，太宰治逃离了革命。这彻底决定了他只能以灭亡者的身份与社会发生联系的生活道路。不是共产主义运动，而是共产主义运动的挫折感、背叛感一直折磨着患有洁癖的太宰治，使他背上了沉重的罪恶意识，使其文学变成了与罪恶意识搏斗的记录。

"如果是叛徒，就要像叛徒一样地行动。……我等待着被杀戮的日子。"（《虚构之春》）太宰治在确认了自己的"多余人"意识、"叛徒"意识之后，只能把"叛徒"的烙印打在自己的脸上，以自我破坏来追求自己作为"叛徒"的价值。"抱着不惜一死的心情，坚持贯彻所谓的违背道德的生活，没准这样反而会受到后世人们的称赞。牺牲者。道德过渡期的牺牲者。"（《斜阳》）因此，太宰治自觉地也是无可奈何地选择了一条自我毁灭的道路。不仅彻底毁灭自己，并以此去扩大恶，从内部来使旧的秩序彻底崩溃，为新的时代，为他人，尽自己作为破灭者的努力，求得一种"负的平方根"，进而最终得到一种自我价值的肯定。这便是太宰治的"无赖"哲学。而最大的自我毁灭就是死亡——于是，太宰治和一个酒吧女招待一起跳海自杀，结果那个女人死了，他却活了下来，这无疑更加深了他的罪恶意识。

共产主义运动的挫折使他对一切思想的有效性产生了怀疑。也不再相信任何改革现实的实践活动，因而，他又重新回到了因参加共产主义运动而一度中断的文学创作中。他以遗书的形式发表了总题为《晚年》的一系列小说。他在文学中以观念的形式避免强烈的自我破坏来解决现实的苦恼，达到了一种较为直接的自我肯定，使自己的行为得以正当化。然而，每当他的自我在文学中得到主张时，其批评意识又会即刻复活，对这种自我主张本身发起攻击，从而形成更深的自我否定。这种自我主张与自我否定交替进行，循环往复，使他暂时在文学中得以统一的自我变得愈加分裂，而这也给他的创作手法带来了极大的影响，比如在《叶》《丑角之花》《虚构之春》《狂言之神》等小说中，分裂的自我在绝望的自我否定与自嘲式的自我肯定中轮番登场，而无数的主人公都不啻是作者的分身。

于是在实际生活中，背负着"罪恶意识"而又渴求自我绝对完美的太宰治只能以彻底的自我牺牲和自我破坏来谋求与他人与社会的联系，并试图在这种联系中确认自己的价值，其具体方法就是他所谓的"丑角精神"。在与外界的敌对关系中经历了无数次败北的"多余人"和"叛徒"最后只能屈从于外界的现实生活，罩上"丑角"的面罩来掩盖自己的真实面目，用小时候起就惯用的"逗笑""装模作样"等手法来伪装自己，取悦于他人，使自己彻底地非自己化。与他人同一化，从而发展成一种"丑角精神"。但他极度的自尊心和荣誉感又不允许他完全屈从于外界社会，因此，他又开始了向人们的攻击和报复。因而，"丑角精神"就是这样一种复杂的心理机制的产物。

太宰治扮演丑角乃是为了向他人求爱，同时又保护脆弱的自我。但太宰治的文学却力图使自己的这种"丑角精神"上升为一种绝对的利他精神，以此来反衬社会和他人的冷漠，夸耀自己的纯粹。事实上，我们不难发现，他的这种"丑角精神"虽然总是力图上升为一种利他主义精神，却一直未能达到一种真正的利他主义，其直接的目的较之服务于他人，更注重保护自我。由于这种"丑角精神"是在绝对固守自我的内心世界、割断与现实联系的前提下发挥的，因而求爱只是一个外壳，核心乃是掩藏真实的自我。即使他用虚假的自我赢得了与他人的联系，但这种联系也是建立在真实的自我之外的，因此必定是脆弱的、缺乏现实性的表面联系，从而注定了太宰治的"丑角精神"必然以失败告终。但是，根本否认人与人之间相互理解之可能性的太宰治是能够预料并且不怕这种失败的，因为虽然败在了别人手里，却战胜了自己。正是在一次次惨重的失败中，太宰治向人们、更向自己证实了自我通向至善至美境地的途径。因而，太宰治的"丑角"越演越烈，并在《人间失格》中大谈"丑角精神"的发挥和破灭。正是借助文学与现实的相辅相成，太宰治得到了一种心理上的自我满足、人格上的自我升华和非同寻常的自我优越感，使至善至美的理想之星在汗流浃背的服务中冉冉升起。

"只有具备自我优越感的人才可能扮演丑角。"(《乞丐学生》)不难看出，太宰治的"丑角精神"既是获取自我优越感的途径，同时也是因扮演丑角、屈从于他人和社会而受伤的自尊心对外界现实和他人的报复。"以自虐为武器试图进行报复，这是太宰治的伦理。"于是，为了获得更大的自我肯定，他就只能加倍地扮演丑角。他的这种自我肯定有时甚至是建立在一种希望现实的恶、人类的恶暂时不变的基础之上的，因为只有现实和他人的恶不变，甚至越烈，他的高尚和纯粹才越发夺目，才越能在与现实和他人的反衬中追求并凸显自己的完美。因而他是靠摒弃了对现实社会之完美的追求来保持住了对自我之完美的追求。从这种意义上说，他是一个自我中心主义者，但他又要用自我的完美反过来教育世人，给人类以爱的榜样，从这种意义上说，他又是一个善良的人，一个带有悲剧色彩的英雄人物。以至于他不惜用死亡来证实并完成自己的纯粹，然后再用自己的纯粹来拯救世界。换言之，是企图先拒绝现实以追求自我的绝对完美，然后再用绝对完美的自我来引导人们追求现实世界的绝对完美。至此，太宰治的想法明显地向《圣经》靠近了。

怎样使自己的"丑角精神"和自我破坏获得真正的价值和永恒的意义呢？太宰治以文学为媒介表白自己的衷肠，证实自己的纯粹，但又不免感到这种文学上的自我肯定有他自己厌恶的傲慢与矫饰之嫌。所以他在文学上的自我肯定是相对的，显得躲躲闪闪，时刻有被自己和他人批评的可能性。因此，太宰治迫切需要找到文学以外的一种东西来求得绝对的自我肯定，以统一分裂的自我。"'你要像爱自己一样爱你的邻人。'这是我最初的宗旨，也是我最后的宗旨。"（《随想（回信——致贵司山治）昭和二十一年三月》）于是，太宰治以《圣经》为依据，将自己的"丑角精神"上升为一种爱邻人的宗教精神，从而使自己的自我破坏因为神的出现而获得了绝对的道德意义。正如同为"无赖派"代表作家的坂口安吾所言："在不良少年中也算是特别的胆小鬼和好哭鬼。依靠臂力不能取胜，依靠道理也不能取胜。于是，只好搬出一个证据的权威来进行自我主张。芥川和太宰都把基督搬出来做证。这是胆小鬼和好哭鬼的不良少年的手腕。"太宰治一接触到《圣经》，不需要教会和牧师，便马上变成了《圣经》的热心读者。一面扮演丑角，一面又怀疑丑角意义的太宰治通过接近《圣经》，使"丑角精神"获得了一种形而上的意义，一种有力的理论依据，从而有可能从自我保护手段上升为崇高的宗教精神。因而，他死死攀住基督这棵树，来使自己摆脱自我怀疑的泥潭，向基督的完美境界阔步前进，以成为一个绝对的善者。作为一个追求完美的人，太宰治对那种纯粹高尚的、无报酬的行为和毫无利己之心的生活，还有这种生活的完美实践者、基督的美感到深深的钦慕和向往。但太宰治作为一个罪人、叛徒，只能把自己投影于犹大身上，主动走向神这个绝对者的审判台，使自我破坏和"丑角精神"在神的面前演变成一种自我赎罪，并使自我赎罪彻底化为通向自我完善的途径，以获取与基督相同的意义。他"不相信神的宠爱，而只相信神的惩罚"（《人间失格》）。这是他对神的独特信仰方式，从而使他区别于一般的基督教徒。我们知道，基督教因保罗的出现而由律法式的宗教变成了信仰的宗教。神把他的儿子耶稣派到人间，将人类从罪孽中拯救出来。无罪的基督身着仆人的褴褛衣衫在十字架上受刑而死，以他一个人的死赎清了全人类的罪过。因而基督之死证明神不仅是惩罚之神，更是恩宠之神。只有这样才打开了前往天国的道路。但太宰治对于神不是乞求宽恕，而仅仅是乞求一种惩罚。太宰治没有看到，更准确地说，是故意抹杀了死于十字架上为全人类赎罪的耶稣的光辉，而只是以绝对理想追求者的身份崇拜着基督的完美。他把"人间失格"的形象与基督耶稣的形象联系起来，不断地乞求神的惩罚，以便使自己在神的惩罚中不断升华，最终由一个"人间失格者"过渡到耶稣式的英雄。越接近基督，也就意味着自我破坏愈加惨烈，越是丧失为人的资格，从而在这种带有自虐色彩的行为中汲取到文学的源泉，体验到一种超越了凡人向神的完美过渡的快感。正如法国作家纪德所言："我因鞭笞自己而感到喜悦，喜悦自己的无处逃避——其中有莫大的骄傲，在身处罪恶时。"于是，太宰治借助神的惩罚而获得了鞭笞自己的喜悦。但鞭笞自己的极限无疑是自杀——尽管太宰治深谙这一点，却依旧勇敢地向自虐寻求文学的据点。他的很多作品都可以称为请求神惩罚的结果。如果失去了神的惩罚而相信神的恩宠，太宰治将作为一个常人成为教徒，从而可以得到心灵的解放而免受自我意识分裂的痛苦，但与此同时，也将失去"太宰文学"的本质。因为对神的信仰意味着单纯的祈祷，一切行动将由神来赋予，而人也就失去了作为人本身的自我意识和主体价值，成为神的仆从。这势必威胁到太宰治能否保持作家的主体性。至此，太宰治面临着文学家和信徒之间的选择危机。但他却毅然决然地选择了文学家的立场，弃绝了神的拯救和日常生活的安定，背负着十字架，用文学家的精神来贯穿了自己的一生。"只有信仰基督的赎罪，才会得到神的义。并且不是依靠自己的功绩，而是依靠恩宠得到义的人才会得到实施基督的戒律的能力。"如此一来，不相信基督之赎罪的太宰治自然不能得到神的义，从而关闭了自己通往天国的道路。既然不能得到神的义，就自己创造自己的义——"就跟玩扑克牌一样，一旦把负的全部收齐了，也就变成了正的。"（《维庸之妻》）面对神的权威，他建立起了自己的权威——要是神不惩罚我，我就自己惩罚自己。从某种意义上说，神不啻是他自我惩罚的工具。神被太宰治利用后便遭到了抛弃。可以说，太宰治自始至终贯彻了人本主义，以人的胜利来战胜了神，从而反过来证实了神的胜利。无疑，当他拒绝神的拯救时，信仰也就发生了危机，注定他自我惩罚的尽头只能是自杀。

我们不难发现，尽管神暂时统一了太宰治分裂的自我，却不能填平太宰治与不存在着神的外部世界之间的鸿沟。太宰治因为神不是走进了大众和现实，反而更加远离了现实的人类。但太宰治活着的目的更主要是在向人类的求爱中通过他人来证实自己的存在价值，较之神的肯定，他更希求的是人的肯定，甘愿为得到人类的信赖和爱而放弃神的恩宠。他只是借助了神的力量，而不可能在信仰的世界里驻足常留，必然在终极意义上抛弃神而返回人间，即便这是一个不可能获得信赖和安慰的冷漠世间。可是，"怎么也不能对人类死心的"太宰治一旦放眼现实世界，面对战后假民主主义的盛行，沙龙思想在文坛上的支配地位，还有战后的一片废墟和旧有道德的全面崩溃，他不禁发出了高度虚无的叹息："只是一切都将逝去。"（《人间失格》）"管他是不是人面兽心，我们只要活着就行了。"（《维庸之妻》）于是，他只好用肉体的消亡来结束内心的纠葛。但他不愿平常地死去，而必须做一次悲壮的牺牲，来维护并成就自己英雄的声誉。面对让人绝望的现实，又要拯救这个神不存在的人类世界，太宰治只好让自己成为一个来自人间的神，换言之，像耶稣死在十字架上一样，为了全人类他要勇敢地死去，靠死亡来最后完善自己，然后再用死亡达成的永恒、绝对、至美来拯救人类和现实。因为自杀有着区别于自然死亡和被动死亡的英雄色彩，因此，在他看来，自杀意味着主动抛弃了现实的相对性而获得了永恒和绝对。于是，1948年6月13日，太宰治投河自杀，试图通过死亡来成为人类现代的赎罪者，本世纪的耶稣。"是吗？……真是个好孩子。"（《眉山》）"我们所认识的阿叶，又诚实又乖巧，要是不喝酒的话，不，即使喝酒……也是一个神一样的好孩子哪。"（《人间失格》）他留下这些自我主张的美丽希望后绝尘而去，他的死不是面对神，不是通向天国的，而是面对人间的，即希望以死亡来换取人们的承认和赞美。不过，太宰治最终也没能变成耶稣，倒是因其独特的文学作品在日本文学史上甚至于世界文学史上占据了重要的一席之地。如今，太宰治和夏目漱石、宫泽贤治一样，是日本读者阅读得最多的作家之一，甚至成了不少青少年的精神导师。

太宰治作为文学家活跃于日本文坛，只有从 1933 年到 1948 年的短短十五年。太宰治的文学创作通常分为前期、中期和后期，分别与日本左翼运动遭到镇压的战前时期、第二次世界大战和战后的迷惘时代相对应。从空间上看，养育了太宰治的故乡，乃是津轻这样一个处于日本本州北端的乡下地区。尽管太宰治长大成人后移居到了东京的郊外，但除了故乡津轻和东京之外，他也就只去过伊豆、三岛、甲府、新潟、佐渡等区区几个地方。不用说前往海外旅游，就连京都和大阪等关西地区也不曾涉足。换言之，太宰治作为一个文学家，在时间上只短暂地生活在了一个极其特殊而又异常的年代里，而从空间上说，也只是生活在了一个极其有限的狭窄地域里。不用说，这样一个作家所写出的作品，成为一种非常褊狭的特殊文学，自有其必然性。

尽管如此，太宰文学却具有一种超越了时空的不可思议的普遍性和现代性。阅读《斜阳》和《人间失格》等作品，不能不感觉到，太宰治所直面的乃是人类，特别是现代人共同面对的普遍课题，描写了现代社会中出现频率越来越高的自闭者、叛逆者、边缘人或多余人的悲剧。比如，就像《人间失格》中的主人公那样，在现代，一旦试图富有实验性地、忠实于自我地生活下去，就很可能遭到社会的疏远和异化，成为"人间失格者"。或许在所有现代人的心中，都或明或暗地存在着一块懦弱、孤独而又渴求着爱的荒地，而这块荒地却被太宰治的文字无声地侵袭，而且无从回避。之所以有无数的读者痴迷于太宰文学，无疑是因为他们把太宰治看作了自己心灵秘密的代言人，甚至具有排他性的青春密友。在太宰治自杀辞世已经过去了几十年的今天，太宰文学迷有增无减，且逐渐跨越了国界。与其说"太宰文学"业已跻身功成名就的经典作品行列，不如说在现代语境里反倒越来越彰显出历久弥新的鲜活的现代性。这无疑是因为太宰治不惜用生命作为赌注，将自己置于实验台上以暴露现代人的耻部，追求人类最隐秘的真实性和人类最本源性的生存方式，并表现为融独特性和普遍性为一体的文字之缘故。

心理学家荣格认为，所有人内心的无意识深处都存在着一个"永远的少年"原型。所谓"永远的少年"，乃是奥维德对希腊少年神伊阿科斯的指称。既然被称为"永远的少年"，也就意味着可以返老还童，永不成年。在厄琉西斯的秘密仪式上，他又是谷物与再生之神。作为英雄，他试图急速地上升，但时而又会突然坠落，被吸入作为地母的大地中。于是他又以新的形式再生，重新开始急速上升的过程。借助地母神的力量，他可以不断重复死亡与再生的过程，永葆青春。他永远不会长大成人，是英雄，是神的儿子，是地母的爱子，又是打破秩序的捣蛋鬼，同时又不可能彻底定型为其中的某一角色。他决不被习俗所束缚，总是孜孜不倦地追求着自己的理想。他们对无意识中闪现的灵光，总是保持着开放的心灵，却缺乏加以现实化的能力，所以常常被认为是心理学上的退化。但荣格认为，退化并不总是一种病态，毋宁说是心灵创造性过程的必需之物。依靠退化，自我得以与无意识相接触，由此获得的既可能是病态的或者邪恶的东西，也可能是未来发展的可能性或是崭新生命的萌芽。因此，这种退化很可能是一种具有创造性的退化。

或许正是在这种意义上，人们把"太宰治文学"称为"永恒的青春文学"。我们总是——同时也只可能——从他的作品里找到一个主人公，一个保持了纯粹性却长不大的"永远的少年"。即便我们从封闭的自我走向了广阔的社会，走向了成熟，而不能不向他挥手作别，但这个"永远的少年"也总是会在内心深处唤起一种深深的战栗和乡愁般的情愫，让我们管窥到人性的渊薮，点燃我们潜在的创造激情。这是因为——就像李安说过，每个人心中都有一座"断背山"一样，我们每个人心中也必定潜藏着一个"永远的少年"原型。

だざいおさむ

太宰治

1909—1948

日本"战后文学""无赖派文学""私小说"领域代表人物。

代表作:

《人间失格》《维庸之妻》《斜阳》

图书在版编目（CIP）数据

人间失格 /（日）太宰治著；杨伟译 .—北京：作家出版社，
2019.5（2024.2 重印）
（作家经典文库）
ISBN 978-7-5212-0323-3

Ⅰ.①人… Ⅱ.①太… ②杨… Ⅲ.①自传体小说—日本—
现代 Ⅳ.① I313.45

中国版本图书馆 CIP 数据核字（2019）第 004972 号

人间失格

作　　者：（日）太宰治
译　　者：杨　伟
责任编辑：省登宇
装帧设计：谈　天
出版发行：作家出版社有限公司
社　　址：北京农展馆南里 10 号　　邮　　编：100125
电话传真：86-10-65067186（发行中心及邮购部）
　　　　　86-10-65004079（总编室）
E-mail:zuojia @ zuojia.net.cn
http://www.zuojiachubanshe.com
印　　刷：北京中科印刷有限公司
成品尺寸：142×210
字　　数：320 千
印　　张：10.75
版　　次：2019 年 5 月第 1 版
印　　次：2024 年 2 月第 8 次印刷
ISBN　978-7-5212-0323-3
定　　价：39.00 元（精）